3371. S. M. arey.

SUR LE COMPTE

RENDU AU ROI EN 1781.

NOUVEAUX ÉCLAIRCISSEMENS,

PAR M. NECKER.

Prix, 48 fols.

A PARIS,

HOTEL DE THOU, RUE DES POITEVINS.

1788.

CE Mémoire a été livré à l'impreſſion le 9 du mois dernier, & les deux Editions qui s'en faiſoient en même temps à Paris & à Lyon, étoient preſque achevées, lorſque le Roi m'a rappellé à ſon ſervice ; SA MAJESTÉ a donné ſon approbation au juſte deſir que je lui ai montré de rendre publics des Eclairciſſemens auxquels, dans toutes les poſitions, je dois attacher un grand intérêt. Cependant, dans un moment où, tout entier à une ſeule penſée, je dois négliger toutes les conſidérations perſonnelles, je me ferois interdit juſques à la ſatisfaction de juſtifier l'exactitude du Compte rendu, ſi le pénible travail auquel je me ſuis livré, ne préſentoit pas pluſieurs notions & pluſieurs remarques, dont la Nation, appellée bientôt à connoître plus particuliérement l'état des Finances, pourra tirer différens avantages. J'aurois bien voulu néanmoins être encore à temps d'apporter pluſieurs changemens à la manière dont j'ai exprimé mes divers ſentimens. Les circonſtances n'étant plus les mêmes, le rapport que les mouvemens de l'ame doivent avoir avec elles ne ſubſiſte plus ; & le ton que j'avois pu prendre, comme particulier, a perdu de ſa convenance. Le choix de SA MAJESTÉ, & l'honorable aſſentiment que l'on a bien voulu y donner, ne me permettent plus déformais d'être acceffible à des attaques perfonnelles : mais la feconde obfervation que je vais faire me caufe le plus de regrets. L'émotion que j'avois éprouvée, en réfléchiffant fur les premières impreffions que le Mémoire de M. de Calonne avoit fait naître, s'eft montrée, malgré moi, dans plufieurs endroits de mon Ouvrage ; ce fentiment fi pénible fe feroit changé pour moi dans une reconnoiffance continuelle, fi j'avois pu prévoir ces témoignages fi touchans de l'eftime publique, & dont je jouis avec charme, malgré les grandes obligations qu'ils m'impofent. Que ne m'eft-il poffible d'effacer quelques mots de reproche ou de plainte, qui çà & là me font échappés dans le cours de cet Ouvrage ! mais on fe tranfportera facilement dans la fituation où j'étois en le compofant. Ce Mémoire étant à-peu-près imprimé, il n'étoit plus temps d'y rien changer ; & les embarras que ce travail m'eût occafionnés n'auroient plus trouvé place dans le cours d'une vie dont je dois aujourd'hui tous les momens à des travaux publics ; heureux, fi je puis, en m'y livrant, perdre le fouvenir du paffé, & ne connoître plus que les peines inféparables d'une fi grande tâche !

Que fi, nonobftant ces diverfes obfervations, quelques perfonnes penfoient encore que, dans ma pofition nouvelle, j'aurois dû anéantir toute cette controverfe, j'acheverai de répondre à cette objection, en faifant remarquer qu'il eſt hors de mon pouvoir de fupprimer complétement vingt mille exemplaires diſtribués entre plufieurs Imprimeries, & qui, malgré mes foins, donneroient lieu néceffairement à plufieurs Editions clandeſtines.

TABLE DES SECTIONS.

Fin de la Table.

NOUVEAUX ÉCLAIRCISSEMENS

SUR

LE COMPTE RENDU AU ROI

En 1781.

SECTION PREMIÈRE.

Observations préliminaires.

IL faut donc que je réponde à ce Mémoire de M. DE CALONNE ! Je n'ai jamais connu de travail qui m'ait été si pénible, & qui m'ait infpiré plus de trifteffe. Souvent découragé par toutes fortes de réflexions, j'ai eu befoin de me donner à moi-même des commandemens, pour fuivre & pour achever cette tâche. Je me fuis vu dans la néceffité de reprendre un à un tous les détails de mon adminiftration, &

A

j'ai dû quitter toutes les penfées qui élevoient & confoloient mon ame, pour m'épuifer en calculs arides, & qui n'avoient plus pour moi l'intérêt attaché à l'efpoir d'être utile; enfin, toutes les facultés que j'avois autrefois confacrées au fervice du Roi & au bien de l'Etat, il m'a fallu les employer à une fimple défenfe perfonnelle. Quelle trifte différence! Ah! que n'avois-je acquis le droit de dire, comme Scipion, *Montons au Capitole!*

Cependant ces ennuis, ces laborieufes recherches n'ont pas été mes feuls déplaifirs; j'ai eu fans ceffe devant moi le fpeƈtacle hideux de l'artifice & de la diffimulation, & fouvent je fuis tombé dans une profonde rêverie, en appercevant de quelle manière on peut imiter le langage & les formes de la perfuafion. Je croyois, je l'avoue, qu'il exiftoit des différences plus frappantes entre les apparences & la réalité; & fi quelque idée encourageante eft venue fe mêler à mes douloureufes réflexions, c'eft au moment où je me fuis repréfenté que j'avois à défendre une caufe plus intéreffante que la mienne, celle de l'honneur & de la vérité, de cette vérité fans laquelle il n'eft plus de morale, fans laquelle les hommes quittent les vertus réelles pour devenir habiles à fe tromper, & préfèrent aux tributs durables d'une eftime méritée, les fuffrages paffagers qu'on obtient par l'adreffe & le favoir faire.

Me permettra-t-on auffi de le dire? je crois fermement que pendant le cours de mon miniftère, que dans mon Ouvrage fur l'Adminiftration des Finances, & dans le dernier, plus cher encore à mon cœur, j'ai foigneufement établi des principes de morale & de politique, effentiels au bonheur des hommes & à la profpérité des Nations: mais pour prêter de la force à cette falutaire doƈtrine, il importe peut-être que les fentimens dont elle eft émanée, paroiffent purs & fans tache; &

fous un pareil rapport, la défenfe de ma conduite s'annoblit à mes propres yeux.

Je l'avouerai cependant, quand il m'arrive de perdre de vue tout ce qu'il y a de captieux & d'éblouiffant dans la marche & les difcours de M. de Calonne, tout entier alors au fouvenir de tant de chofes qui auroient dû fixer le jugement du public, je penfe, avec amertume, qu'une femblable réunion ne fuffit pas encore pour garantir la plupart des hommes des féductions d'une trompeufe adreffe ; & quelquefois, cédant à un fentiment de dépit, j'aurois voulu renoncer à l'opinion de ceux qui font des juges fi imparfaits ; à l'opinion de ceux qui, pour fatisfaire une vaine prétention d'impartialité, ou pour s'en donner les honneurs, croient devoir écarter toutes les circonftances qui environnent ou qui précèdent une controverfe ; comme fi dans certaines affaires & dans certaines relations, les confidérations morales ne devoient pas s'unir à l'étude des chiffres !

Enfin, quand on a tant de refpect pour ces chiffres, quand on a tant de confiance dans ces réfultats tirés *en dehors*, & additionnés enfuite fans aucune faute, il faudroit pourtant examiner de près les raifonnemens qui en font la première bafe ; il faudroit obferver fi de certains principes très-communs & très-évidens, fe lient véritablement aux conféquences que l'on en déduit. Je penfe qu'une attention fuperficielle ne fuffit plus, lorfque, fur la foi d'une immenfité de calculs, on veut porter un jugement qui doit intéreffer l'honneur & la réputation du moindre d'entre les hommes : & ce que je vais ajouter eft bien impolitique ; mais je le dirai néanmoins, car tout ce qu'on ne peut obtenir qu'avec de l'art, je n'en veux point, & j'aime pardeffus tout, à exprimer mes fentimens, & à céder à leur émotion : je dirai donc que la partie du

A 2

public de Paris, dont la voix se fait le plus entendre, & qui prend goût, depuis quelque temps, aux affaires de Finance, ou qui se plaît du moins à en parler, a besoin encore de beaucoup de leçons. Je ne suis pas en peine de ses progrès, si quelque intérêt habituel l'attire constamment vers les mêmes idées ; car on arrive à tout avec de l'esprit : mais actuellement, elle me semble, en cette matière, ce que sont les hommes dans l'âge où ils passent de l'enfance à la première jeunesse ; ils perdent leur confiance & leur abandon, & ils n'ont pas encore l'assurance qui naît du sentiment de ses forces.

Mais laissons-là toutes ces réflexions, qui ne sont pas trop propres à me gagner des suffrages. Je suis donc obligé de discuter avec soin le Mémoire de M. de Calonne, & je dois retenir en mon cœur ce que je pense de cette prétendue nécessité ; une pareille gêne n'adoucit pas ma tâche : & pour dernière contrainte, l'adversaire qui me poursuit arrête, par sa position, tous les élans de mon ame : ce n'est plus au milieu de son pouvoir & de son crédit ; ce n'est plus environné des Notables de la plus grande Nation ; ce n'est plus sur les marches du Trône que je puis l'appercevoir, & lui adresser la parole : loin de son pays, & malheureux, selon l'opinion publique, malgré les assurances qu'il nous donne de sa gaieté, il peut tout contre ceux qu'il attaque, & une ame généreuse ne peut rien contre lui. Je suis donc forcé de me contenir dans les bornes d'une juste défense, incertain, à ce prix, de fixer l'attention ; incertain d'inspirer un intérêt suffisant, quand je viens traiter une question dont les débats ne peuvent plus servir à aucune de nos passions.

L'accusation de M. de Calonne est une des plus graves & des plus offensantes qu'on ait jamais dirigées contre un homme public ; & passé les premières pages de son Mémoire, qui

5

m'ont paru concertées avec une forte de modération (1), je trouve par-tout les expressions les plus propres à me blesser : mais si je ne puis résister, dans le cours de cette réponse, à profiter des avantages de tout genre, que M. de Calonne m'offre à chaque instant, je me défendrai, j'espère, des sentimens d'amertume étrangers à notre contestation.

Entrons dans le labyrinthe où l'on m'attire ; essayons, à force de peine, de dénouer tous les entrelacemens, de principes, de raisonnemens & de calculs, dont on a fait usage pour rendre difficile la connoissance de la vérité ; & tâchons, s'il est possible, de tirer de cette confusion des idées nettes & distinctes, & des résultats dignes de foi.

C'est par un petit nombre de lieux communs présentés avec pompe, que M. de Calonne commence son attaque contre moi ; & je dédaignerois d'en faire la remarque, s'il n'avoit pas tiré de cet appareil un grand avantage. La plupart des maximes placées par M. de Calonne, à la tête de son Ouvrage, ayant paru justes & faciles à entendre, on a été disposé à juger favorablement des raisonnemens arithmétiques qui devoient en être la conséquence ; & lorsqu'on s'est trouvé

---

(1) Encore, dès le début, M. de Calonne me prête le ridicule d'avoir dit que j'étois en butte à ses attaques, à cause *de ma réputation*, à cause *de mes amis.*

Voici les propres paroles de mon Mémoire de l'année dernière : on verra si elles ont quelque ressemblance avec une pareille fatuité.

« Je ne prévoyois pas que pour un peu de réputation acquise uniquement par l'exercice & l'amour de ses devoirs, on fût poursuivi si long-temps. Je ne prévoyois pas que pour quelques amis, dont on seroit uniquement redevable à l'élévation de leur propre caractère, on fût un objet de trouble & d'inquiétude. Ah ! laissez-moi dans l'obscurité dont vous m'avez enfin appris à connoître l'avantage ; il ne me reste pas trop de temps pour jouir du soir de la vie........ ».

au milieu de calculs souvent inextricables, on s'est accusé soi-
même de défaut d'attention, & l'on s'est reproché d'avoir
perdu le fil que l'on tenoit si bien en commençant.

Il n'est pas cependant un seul de ces premiers principes,
si simples en apparence, qui ne fût susceptible de plusieurs
observations, si on le rapprochoit des sujets de controverse
auxquels M. de Calonne a voulu le faire servir. Je doute aussi
que des préceptes si communs, dans leur acception générale,
fussent véritablement dignes de ces belles lettres majuscules
qu'on a employées pour nous les annoncer ; mais je les laisse
passer en ce moment avec toute leur gloire, & je vais d'abord,
terre-à-terre, m'occuper attentivement des seuls éclaircissemens qui m'intéressent.

Il est nécessaire de rappeller ici les motifs qui firent donner
la préférence à la forme de compte adoptée en 1781, pour
manifester, selon les intentions du Roi, l'état de ses revenus &
de ses dépenses ordinaires. On les avoit indiqués dans les réflexions qui précédoient ce compte, & mon Ouvrage sur
l'Administration des Finances les a retracés ; mais la contestation présente m'oblige à revenir encore aux mêmes explications.

Si l'on n'avoit à rendre compte que des revenus du Roi, l'on
ne pourroit guères différer de méthode ; car le recouvrement
de ces revenus étant confié à diverses Compagnies de Receveurs, Fermiers ou Régisseurs, les produits de chaque nature
d'impôts se trouvent distingués d'une manière claire & positive.

Il n'en est pas de même des dépenses ; tous les objets d'un
genre analogue, ou semblable, ne sont pas réunis à une même
Caisse : on a beaucoup diminué le nombre des divisions qui
existoient autrefois, & l'on peut le réduire encore ; mais on ne

fauroit atteindre à la plus parfaite fimplicité, fans contrarier une autre difpofition très-importante, & qui confifte à faire fervir les recettes de chaque Province à l'acquit des charges payables dans le lieu même ; enfin, j'ai vu le temps où le fouvenir des fréquentes inexactitudes de paiement éprouvées au Tréfor royal établiffoit, dans l'opinion, une véritable différence de valeur entre les engagemens annuels affignés fur cette Caiffe & ceux qui faifoient partie des charges, du Domaine, des Poftes, des Fermes générales & d'autres Départemens. Quoi qu'il en foit, fans déterminer ici le degré d'importance qu'il faut attacher à ces diverfes confidérations, il n'eft pas moins vrai, qu'en fuppofant la répartition du paiement des dépenfes telle qu'on la voit encore aujourd'hui, il y a deux manières de rendre compte de l'univerfalité de ces dépenfes ; & chacune a fon avantage & fon inconvénient.

Selon l'une, on chercheroit d'abord à raffembler tous les objets payés par les différentes Caiffes royales, & à l'aide d'un dépouillement fait avec beaucoup d'attention, on réuniroit enfuite, fous un même titre, les parties d'un même genre. C'eft à-peu-près la méthode que s'eft propofée M. de Calonne, dans le Tableau annexé à fon dernier Mémoire.

Selon l'autre manière, on préfenteroit les dépenfes conformément à leur divifion effective, c'eft-à-dire, en défignant les Caiffes où elles font annuellement payées. C'eft la forme que j'avois adoptée pour le *Compte rendu* (1) ; c'eft la même qui a été fuivie pour le dernier Compte du Gouvernement.

La première de ces méthodes paroît plus inftructive, &

_____

(1) Je dois prévenir que dans le cours de cet Ouvrage, je défignerai conftamment, fous cette dénomination abrégée, le Compte que je rendis au Roi au commencement de 1781, & qui fut publié par fes ordres.

satisfait davantage la curiosité, parce qu'elle présente au premier coup-d'œil l'étendue de chaque espèce de dépenses; c'est aussi la marche que j'avois observée dans mon Ouvrage sur l'Administration des Finances : mais quand on se propose, avant tout, de faire connoître exactement le rapport des revenus avec les dépenses; lorsqu'on a besoin essentiellement de captiver la confiance, il faut s'attacher alors à la forme de compte la plus susceptible de contradiction; c'est la seule garantie que l'on peut offrir à une Nation, tant qu'elle est privée de représentans, & qu'elle n'a pas le droit de faire aucune question.

C'est sous ce point de vue raisonnable, en général, mais singuliérement adapté aux circonstances particulières de la France, que j'avois fait choix de la forme observée pour le Compte rendu. Personne n'auroit pu suivre ce Compte, personne n'auroit pu élever la voix contre son inexactitude, si en distrayant de leurs places toutes les dépenses, je les avois divisées & subdivisées, pour réunir ensuite en un seul article les objets d'un genre semblable. Qui auroit pu savoir si ce dépouillement étoit bien fait; qui auroit pu, dans cette espèce de travestissement général, faire usage de ses notions particulières, pour juger de l'exactitude de telle ou telle partie du Compte des Finances, & pour en rendre témoignage ?

Il n'en est pas de même, lorsque les dépenses assignées sur le produit d'un impôt sont présentées en leur entier, & sans aucun mélange, parce que chaque Receveur, chaque Trésorier, chaque Fermier, chaque Régisseur, peut reconnoître si l'article qui concerne son département est conforme à la vérité.

Il étoit plus aisé, de cette manière, de s'assurer si les vingt-neuf millions cinquante mille liv. composant, dans le Compte rendu, les dépenses à la charge des Recettes générales, étoient
d'accord

d'accord avec l'état réel de ces mêmes dépenses, qu'il n'eût été facile de juger de l'exactitude d'un article de deux ou trois millions, formé par la réunion de tous les objets d'un genre semblable, payés à différentes Caisses ; car personne, sans exception, n'auroit pu juger s'il y avoit erreur ou non, dans la somme indiquée pour résultat d'un pareil rassemblement.

M. de Calonne croiroit-il avoir remédié aux difficultés que je viens d'indiquer, lorsqu'à la marge d'un article de son Compte, intitulé : *Gages de la Magistrature, Epices & Frais de compte*, il inscrit ces mots, *partie sur le Trésor royal, partie sur la Recette générale des Finances ?* Premiérement, cette indication est absolument erronée ; car les dépenses qui composoient un tel article étoient encore payées aux Fermes générales, à la Caisse des Domaines & Bois, aux diverses Trésoreries ou Recettes générales des Pays d'Etats, &c. En second lieu, quand ces mêmes dépenses n'auroient été divisées qu'entre deux Caisses, au lieu de huit ou dix, il suffiroit que la somme applicable à chacune ne fût pas énoncée, pour rendre la vérification du résultat très-difficile.

Sans doute, dans l'une & l'autre forme de compte, dont nous faisons la comparaison, il y a toujours une somme de dépenses payées au Trésor royal, & pour lesquelles le public est obligé de s'en rapporter uniquement à l'exactitude & à la bonne-foi du Gouvernement ; mais la majeure partie de ces dépenses étant applicable à des Départemens particuliers, tels que ceux de la Guerre, de la Marine, des Affaires étrangères, de la Maison du Roi, de la Police, &c. les Ministres de ces Départemens, leurs premiers Commis, leurs Trésoriers, font des censeurs & des garans tacites de l'article qui concerne l'administration dont ils ont connoissance.

Qu'on me permette encore une réflexion bien propre à

B

faire fentir l'utilité de la méthode employée à la formation du Compte rendu ; c'eft que le choix de cette méthode me fert efficacement aujourd'hui pour me défendre, au bout de fept ans, contre l'attaque imprévue de M. de Calonne : en effet, lorfqu'en fuivant mon Compte dans toutes fes parties, il eft forcé, pour appuyer fa critique, d'avancer que les Recettes générales, les Fermes, les Régies, &c. n'ont pas verfé au Tréfor royal les fommes indiquées dans le Compte rendu, je puis, pour contredire fes allégations, recourir aux regiftres & aux témoignages de ces mêmes Compagnies : mais fi j'avois divifé toutes les parties de dépenfe affignées fur les deniers de leurs recettes ; fi j'avois enfuite réuni chacune de ces dépenfes à d'autres d'un même genre, pour en former un feul article, je me trouverois aujourd'hui dans un grand embarras ; car, pour obtenir les preuves extraordinaires qui me font devenues néceffaires, j'aurois eu befoin de féparer de nouveau toutes les parties raffemblées fous une même dénomination ; & pour chacune en particulier, j'aurois été forcé de folliciter une atteftation, ou de produire une pièce juftificative. J'aurois bientôt fatigué la patience de ceux dont je ferois devenu l'importun folliciteur ; ils m'auroient dit, avec raifon, nous n'entendons rien à vos formes de comptes & à vos convenances particulières, & tout ce que nous pouvons faire, c'eft de figner & d'attefter l'état de toutes les fommes que nous avons acquittées à la décharge du Gouvernement : enfin, moi-même, foit en raffemblant une première fois tous les articles d'un même genre, foit en les défuniffant enfuite, pour appuyer chaque partie de la preuve qui s'y rapporte, j'aurois pu me tromper, & accroître involontairement toute cette confufion.

Les Miniftres qui gouvernent aujourd'hui les Finances n'ont

pas adopté, dans tous les points, la forme du Compte rendu, ainſi que j'aurai occaſion de l'indiquer ; mais ils ont exactement ſuivi la méthode dont il eſt queſtion dans ce moment; cependant, ils auroient pu s'en écarter avec moins d'inconvéniens que moi, leur grand pouvoir ne les expoſant pas aux critiques dont j'étois ſans ceſſe environné. On eſt d'ailleurs plus éclairé, dans ce moment, ſur les Finances, qu'on ne l'étoit au commencement de 1781. La Nation, juſqu'à cette époque, avoit été tenue dans une parfaite ignorance ſur la ſituation des affaires, & ſur le rapport des recettes avec les dépenſes ; le Compte rendu forma véritablement ſa première inſtruction poſitive : cette inſtruction s'eſt accrue par l'étude de mon Ouvrage ſur l'Adminiſtration des Finances ; & les examens, plus ou moins approfondis, faits pendant la durée de l'aſſemblée des Notables, ont donné de nouvelles connoiſſances à pluſieurs perſonnes : ainſi, toutes les précautions que j'avois priſes pour m'entourer de garans, à l'époque du Compte rendu, quoique très-ſages & très-convenables encore aujourd'hui, n'étoient plus d'une néceſſité ſi indiſpenſable.

Que ſi je devois cependant ramener à un principe général les diverſes réflexions précédentes, je croirois que, pour approcher de la perfection, & pour remplir le but qu'on ſe propoſe, en rendant public l'état des Finances, on devroit former deux comptes.

L'un, conforme à la méthode adoptée en 1781, & ſuivie récemment par les Miniſtres du Roi, pourroit être validé dans l'opinion par divers témoignages ; & l'autre, moins ſûr, mais plus inſtructif, préſenteroit la diviſion de toutes les dépenſes par nature d'objets. Le premier fixeroit davantage la confiance, & montreroit, de la manière la plus digne de foi, le rapport de la recette avec la dépenſe ; & le ſecond mettroit

B 2

à portée de connoître, sans peine, les variations qui surviendroient dans toutes les parties de ce grand ensemble : enfin, l'accord de ces deux comptes donneroit à l'un & à l'autre un nouveau degré de force & d'authenticité.

Je dois maintenant répondre à une objection que je trouverois naturelle. Il y a, pourroit-on dire, une grande différence entre la foi due au Compte de 1781, & celle que mérite l'Etat général publié récemment par l'Administration ; car ce dernier, pour toute la partie des charges assignées sur ces mêmes recettes, est revêtu de la signature de quatre personnes connues, & généralement estimées, tandis que le Compte rendu ne présente aucune approbation de ce genre.

Je ferai d'abord observer, que M. de Calonne n'auroit pas le droit d'élever une pareille difficulté, puisque son Compte de 1787 n'est appuyé d'aucun témoignage, & n'auroit pu l'être qu'imparfaitement ; mais je ne me crois pas moins obligé de répondre à l'objection que je viens d'indiquer, & je le ferai très-facilement.

Il est de notoriété publique, que les états justificatifs du Compte rendu furent signés, dans le temps, de toutes les personnes appellées, par leur instruction, à donner une attestation digne de foi. Ces états, encore entre mes mains, sont conformes, pour l'ordre & la méthode, à ceux qui ont été vérifiés, en dernier lieu, par les quatre personnes dont le Gouvernement a fait choix : & si, dans le Compte rendu, je n'ai pas fait connoître ces diverses garanties, c'est que je les avois recherchées principalement pour m'assurer moi-même de l'exactitude du compte que je rendois au Roi, & pour montrer à Sa Majesté qu'Elle pouvoit, avec confiance, le revêtir de sa sanction.

A l'époque du Compte rendu, il régnoit, si l'on s'en sou-

vient, une forte d'harmonie entre l'opinion publique & l'adminiftration des Finances; & cet heureux accord me détourna de
toutes les idées & de toutes les précautions qui naiffent au
moment où un efprit de défiance commence à fe répandre :
mais aujourd'hui, que la pourfuite inimaginable de M. de
Calonne, & d'autres circonftances encore, m'y engagent, je
préfenterai l'énumération de toutes les fignatures que j'avois
négligé d'indiquer ; elles font, comme je l'ai déjà dit, appo-
fées au bas des états de recettes & de dépenfes que chacune
des perfonnes, dont je vais donner le nom, étoit à portée de
connoître & de certifier.

Art. 1er. Pour les Recettes générales & les charges affignées fur ces Recettes.
« Vu, trouvé jufte & certifié véritable. A Paris, le 25 janvier 1781.
» *Signé* HARVOUIN ».

*Il étoit, comme on le fait, dans ce temps-là le Chef du Comité des
Receveurs généraux.*

Le premier Commis des Finances jugea convenable, ainfi qu'on va
le voir, de rapporter à une date uniforme, toutes les pièces juftificatives, & toutes les fignatures dont elles ont été revêtues.

2. Pour la Ferme générale & les charges affignées fur les produits
de cette Ferme.
« Vu, SAINT-AMAND, le 25 janvier 1781 ».
*Il étoit, à cette époque, & il eft encore le Chef du Comité des Fermiers
généraux.*

3. Pour la Régie générale des Aides & autres droits, & pour les
charges affignées fur les produits de cette Régie.
« Vu & certifié jufte. A Paris, le 25 janvier 1781. *Signé* BARON ».
*Il étoit alors Caiffier général de cette Régie, & il en eft aujourd'hui l'un
des Adminiftrateurs.*

5. Pour l'Adminiftration des Domaines, & pour les charges affignées
fur cette partie des revenus du Roi.
« Vu à Paris, ce 25 janvier 1781. *Signé* DENYAU ».

Il étoit alors le Chef du Comité des Caisses de cette Administration, & il est encore aujourd'hui à la tête de la Comptabilité.

6. Pour les Postes & Messageries, & pour les charges assignées sur leur produit.

« Je soussigné, Caissier général des Postes, certifie l'état ci-dessus » véritable. A Paris, le 25 janvier 1781. *Signé* GAULTIER ».

Il est aujourd'hui l'un des Administrateurs de cette partie des revenus du Roi.

7. Pour le net produit des Impositions de Paris.

« Vu & trouvé très-juste & conforme aux états remis. A Paris, ce » 25 janvier 1781. *Signé* SAUSSAY, premier Syndic des Receveurs des » Impositions de Paris ».

Il est mort depuis cette époque.

8. Pour la Régie des Poudres & Salpêtres.

« Tout considéré, les Régisseurs pensent que le bénéfice d'une année » commune peut être fixé à 800,000 livres. A Paris, le 25 janvier 1781. » *Signé* LE FAUCHEUX & DE GLATIGNY ».

M. Le Faucheux est encore à la tête de cette Régie; M. de Glatigny ne vit plus.

9. Pour le Vingtième & le Dixième d'Amortissement.

« Certifié juste pour la partie du Trésor royal. A Paris, le 25 jan- » vier 1781. *Signé* DE LA FONTAINE.

» Certifié pour la partie de la Caisse des Amortissemens. Paris, le » 25 janvier 1781. *Signé* DARRAS ».

M. de la Fontaine est encore aujourd'hui premier Commis du Trésor royal. M. Darras, décédé récemment, étoit Trésorier-Payeur de la Caisse d'Amortissement.

10. Pour les Revenus casuels & les Jurandes, & pour les dépenses assignées sur cette partie de revenus.

« Vu & trouvé très-juste. *Signé* BERTIN ».

Il étoit, à l'époque du Compte rendu, Trésorier des Parties casuelles.

11. Pour les Impositions perçues par le Trésorier des Etats de Bretagne, & pour les dépenses assignées sur ces Impositions.

« Je soussigné, fondé de procuration de M. Beaugeard, Trésorier

» général des Etats de Bretagne, certifie que l'état ci-dessus est véri-
» table. A Paris, le 25 janvier 1781. *Signé* OLIVE ».

11 bis. Pour les Impositions de la même Province, perçues par le
Receveur général des Finances, & pour les charges que ce Receveur est
tenu d'acquitter.

« Vu & certifié juste. A Paris, le 25 janvier 1781. *Signé* VARENNE,
» Receveur général de Bretagne ».
Il possède encore la même charge.

12. Pour les Impositions de la Province de Languedoc, perçues par le
Trésorier des Etats, & pour les dépenses assignées sur ces Impositions.

« Je soussigné, fondé de procuration de M. de Joubert, Trésorier général
» des Etats de Languedoc, certifie que l'état ci-dessus est conforme aux
» soumissions fournies. Paris, le 25 janvier 1781. *Signé* MONTTESSUY ».

12 bis. Pour les Impositions de cette Province, perçues par le Receveur général des Finances, & pour les charges que ce Receveur est tenu
d'acquitter.

« Je soussigné, fondé de procuration de M. Vassal, Receveur général
» des Finances du Languedoc, certifie que l'état ci-dessus est conforme aux
» soumissions fournies. A Paris, ce 25 janvier 1781. *Signé* DESMAZURES ».

13. Pour les Impositions de la Province de Bourgogne, perçues par le
Trésorier des Etats, & pour les dépenses assignées sur ces Impositions.

« Je soussigné, Caissier de M. de Montigny, Trésorier général des
» Etats de Bourgogne, certifie que l'état ci-dessus est juste. A Paris, le
» 25 janvier 1781. *Signé* COUSIN DE MÉRICOURT ».

14. Pour les Impositions de Bresse, Bugey & Gex, perçues par le
Receveur général des Finances, & pour les charges assignées sur ces
Impositions.

« Vu & certifié juste. A Paris, le 25 janvier 1781. *Signé* DESVAUX
» DE SAINT-MAURICE.

15. Pour les Impositions de Provence, perçues par le Trésorier des
Etats, & pour les dépenses assignées sur ces Impositions.

« Je soussigné, Agent général des Etats de Provence, certifie que le

» compte ci-deſſus eſt conforme aux ſoumiſſions du Tréſorier général
» des Etats de Provence, pendant les années ordinaires ; j'obſerve ſeule-
» ment que les années de guerre ſont un peu plus fortes, à cauſe des
» impoſitions extraordinaires auxquelles elles donnent lieu. Fait à Paris,
» ce 25 janvier 1781. *Signé* Aublay ».

16. Pour les Impoſitions des terres adjacentes de Provence, perçues
par le Receveur général des Finances, &c.

« Vu & certifié juſte. A Paris, le 25 janvier 1781. *Signé* Noguier,
» Receveur général de Provence ».

17. Pour les Impoſitions de Béarn & Navarre, perçues par les Receveurs généraux de ces Provinces, & pour les dépenſes aſſignées ſur ces
Impoſitions.

« Vu & certifié juſte. A Paris, le 25 janvier 1781. *Signé* Péne, Rece-
» veur général de Béarn & de Navarre.

18. Pour les Impoſitions du Pays de Foix, perçues par le Receveur
général des Finances, &c.

« Je ſouſſigné, fondé de procuration de M. Vaſſal, Receveur général
» des Finances du Pays de Foix, certifie que l'état ci-deſſus eſt con-
» forme aux ſoumiſſions fournies. A Paris le 25 janvier 1781.

» *Signé* Desmazures ».

19. Pour les Impoſitions du Rouſſillon, perçues par le Receveur général
des Finances, & pour les dépenſes aſſignées ſur ces Impoſitions.

« Je ſouſſigné, fondé de procuration de M. Vaſſal, Receveur général
» du Rouſſillon, certifie que l'état ci-deſſus eſt conforme aux ſoumiſſions
» fournies. A Paris, le 25 janvier 1781. *Signé* Desmazures ».

22. Pour la Ferme de Sceaux & Poiſſy.

« Vu & certifié juſte. A Paris, le 26 janvier 1781. *Signé* Brodelet »

23. Pour la Loterie royale de France, & pour les charges aſſignées
ſur cette partie des revenus du Roi.

« Vu & trouvé juſte. A Paris, ce 25 janvier 1781. *Signé* D'Arlincourt ».
Il étoit, & il eſt encore l'homme principal de cette Adminiſtration, & le
Chef de la Comptabilité.

Toutes

Toutes les perfonnes que je viens de nommer ont conftaté, par leur fignature, non-feulement l'état circonftancié des impofitions, dont elles-mêmes ou leurs Compagnies avoient le recouvrement, mais encore le détail de toutes les déductions & de toutes les charges affignées fur ces recettes.

Je vois de plus, au bas de deux états d'un genre différent, les fignatures fuivantes :

Pour les contributions de la ville de Paris dans les dépenfes des Carrières, de la Police, &c.

« Vu & certifié jufte. A Paris, le 26 janvier 1781. *Signé* BUFFAULT, » Receveur général de la ville de Paris ».

Pour les dépenfes de la Police, & au bas d'un grand état qui en contient tous les détails.

« Nous, Chevalier, Confeiller d'Etat, Lieutenant général de Police, » Prévôté & Vicomté de Paris, certifions que les dépenfes contenües » au préfent cahier, & qui montent enfemble à la fomme de quatorze » cens mille quatre cens quatre-vingt-fix livres cinq fols, font à-peu-près » les dépenfes ordinaires de la Police; lefquelles peuvent varier fur quel- » ques objets, mais ne nous paroiffent fufceptibles d'aucune diminution » dans les circonftances actuelles. Fait à Paris, le 14 de janvier 1780.

» *Signé* LE NOIR ».

Les différentes pièces juftificatives que je viens d'indiquer font réunies, entre mes mains, à tous les détails des dépenfes affignées directement fur le Tréfor royal, & aux projets de fonds des grands Départemens.

On peut me demander pourquoi je n'ai pas propofé au Roi de m'autorifer à faire imprimer, avec le Compte rendu, toutes les informations circonftanciées dont je viens de parler : ma réponfe fera fimple. C'eft qu'en 1781, époque où il eft né-ceffaire de fe tranfporter, aucunes des opinions qui fe font

C

répandues depuis, & qui ont même fait de grands progrès, n'exiſtoient encore : ainſi, en invitant à manifeſter beaucoup de détails conſidérés, de tout temps, comme des ſecrets d'adminiſtration, j'aurois fait une démarche indiſcrète. C'étoit un très-grand pas, que la publicité de l'état des Finances ; & je n'aurois pu, ſans manquer de ſageſſe, & ſans aventurer, peut-être, une idée ſalutaire, propoſer au Roi d'aller plus loin qu'il n'étoit néceſſaire, & de paſſer cette juſte meſure, que j'ai toujours vu lui être le plus agréable.

J'avois encore beſoin, plus qu'un autre, d'une grande circonſpection ; car il s'en falloit bien que ma conſiſtance miniſtérielle fût proportionnée à mon zèle pour le bien public, & à mon amour pour la gloire du Roi.

Toutes ces conſidérations ſuffiſent, je crois, pour faire ſentir qu'avec une plus grande force, & dans des circonſtances différentes, l'Adminiſtration actuelle a eu raiſon de manifeſter les détails que j'aurois eu tort, peut-être, de vouloir réunir au premier des Comptes publics, & à celui dont le mérite eſſentiel étoit de ſervir d'encouragement à tous les autres.

Au reſte, une inſtruction plus étendue auroit été parfaitement inutile en 1781, puiſque la confiance publique fut portée au plus haut degré par le Compte rendu ; & l'on ne prévoyoit pas alors qu'au bout de pluſieurs années, quelqu'un, du ſein même de l'Adminiſtration, entreprendroit de s'élever contre l'exactitude d'un Compte qui avoit été revêtu de la ſanction royale.

D'ailleurs, tel eſt l'incompréhenſible ſyſtême de contradiction inventé par M. de Calonne, qu'il auroit pu le mettre en uſage contre toute eſpèce de compte, n'importe que ce compte eût été conforme ou non à la méthode adoptée récemment par les Miniſtres de SA MAJESTÉ ; n'importe qu'il eût été accompagné de tous les états juftificatifs dont on pourroit fe former l'idée ; & cette vérité fe trouvera développée dans la Section fuivante, où je vais indiquer la marche de M. de Calonne, & les raifonnemens qu'il emploie pour contefter l'exactitude du Compte rendu au Roi fous mon adminiftration.

SECTION II.

Examen du plan d'attaque de M. DE CALONNE.

JE ne veux point encore parler des faux calculs & des allégations erronées de M. de Calonne ; je destine uniquement cette Section à faire connoître la bisarrerie & la déraison du système critique dont il a fait choix ; &, je n'en doute point, le jugement de tous les hommes éclairés aura devancé les observations que je vais présenter.

Le Compte que j'ai rendu au Roi en 1781, étoit celui des revenus & des dépenses ordinaires de l'Etat.

M. de Calonne oppose à ce Compte le tableau des sommes reçues ou payées au Trésor royal, depuis le 1er janvier jusques au 31 décembre 1781.

C'est comparer deux choses dissemblables : ainsi l'on ne peut tirer d'un pareil rapprochement aucune conséquence décisive.

M. de Calonne avoit paru disposé à nous faire connoître ce qu'on devoit entendre par les revenus & les dépenses ordinaires d'un Etat ; mais il s'est détaché tout doucement de cette bonne idée, & plusieurs fois, dans son Mémoire, il nous expose à de semblables regrets. Il annonce avec emphase une explication importante, il se fait à lui-même une objection, il demande à ses Lecteurs s'il ne la présente pas avec force & sans aucune réserve ; & lorsque, dans l'enchantement de tant de bonne-foi, l'on est prêt à recevoir la solution qu'il a promise, & à jouir ainsi de ses enseignemens, l'on est tout étonné de ne trouver que des difcours vagues & qui vous laiffent dans la même ignorance où vous étiez auparavant.

Rien ne pouvoit répandre plus de jour fur les objeftions de M. de Calonne, qu'une jufte définition des revenus & des dépenfes ordinaires : ainfi, ce qu'il avoit promis, je vais tâcher de le faire.

Les revenus & les dépenfes ordinaires d'un Etat ne font pas, comme le mot *ordinaire* fembleroit l'annoncer, les revenus & les dépenfes qui ont lieu communément, les revenus & les dépenfes qui arrivent le plus fouvent, les revenus & les dépenfes d'une année moyenne.

C'eft à l'époque des befoins & des reffources extraordinaires que, par oppofition, on a contraǒté l'habitude de donner le nom d'*ordinaires* aux revenus & aux dépenfes *qui n'étoient pas extraordinaires* ; & l'on auroit prévenu toute équivoque, fi l'on avoit confervé à ces fortes de revenus & à ces fortes de dépenfes, un titre conforme à leur véritable fens, & qu'on les eût appellés les revenus fixes & les dépenfes fixes.

L'Adminiftration, dans le préambule du Compte qu'elle vient de publier, paroît s'être méprife elle-même à ces reffemblances de mots. Je ne connois perfonne qui ait jamais imaginé de donner un Compte des Finances, compofé de l'année moyenne, des revenus & des dépenfes de l'Etat ; un tel Compte n'auroit pu répandre aucune inftruǒtion, puifque, dans le terme de dix ans, choifi communément pour former une année moyenne, plufieurs objets extraordinaires font mêlés à des objets fixes.

Ces derniers même, confidérés d'une manière ifolée, peuvent éprouver de grands changemens, dans l'efpace d'une feule année, dans l'efpace d'un feul mois, dans l'efpace d'un feul jour.

Que le Souverain, en effet, ait établi hier vingt millions d'impofitions nouvelles, ou qu'il ait grévé l'Etat de dix millions de rente par un emprunt, il feroit déraifonnable de recourir à la recherche du terme moyen, non pas de dix, mais de deux ans feulement, pour inftruire la Nation de l'état préfent des revenus & des dépenfes.

Rejettons donc abfolument cette idée fpéculative d'une *année commune*, idée à laquelle l'expreffion mal entendue d'*année ordinaire* a pu donner naiffance ; mais ajoutons en même temps, qu'il n'y a rien d'incertain, rien de problématique dans le Compte des revenus & des dépenfes ordinaires, en donnant à ce dernier mot fon véritable fens.

Expliquons-nous pofitivement.

On doit entendre, par les revenus ordinaires d'un Etat, ceux qui proviennent des contributions annuelles, levées fur les peuples, en vertu des loix émanées de l'autorité fouveraine.

Plufieurs de ces revenus font compofés d'une fomme déterminée, tels que la Taille & la Capitation (depuis la loi de 1780) (1), & les Vingtièmes encore, s'ils font abonnés ou déclarés invariables pendant un certain efpace de temps.

Les différens droits établis fur les confommations & fur les actes civils, font fufceptibles de variations : mais les baux paffés avec des Fermiers, donnent à ce genre de revenu une forte de fixité, & les traités foufcrits par des Compagnies de Régiffeurs, procurent à-peu-près la même certitude ; ces Compagnies ne font admifes à profiter de l'accroiffement des

----

(1) La Taille & la Capitation étoient fufceptibles d'accroiffement par de fimples décifions du Roi : SA MAJESTÉ, en 1780, fixa la fomme de ces impôts, & déclara qu'elle ne pourroit jamais être augmentée fans la folemnité d'une loi enregiftrée dans les Cours.

produits qu'au-delà d'une certaine fomme , dont la mefure eft préalablement débattue avec attention; ainfi l'on peut confidérer cette quotité comme un revenu très-réel. Enfin l'expérience a montré que par-tout, mais particuliérement en France, où l'augmentation du numéraire eft très-confidérable , le produit des impôts va toujours en croiffant. Il n'y a donc de rabais à craindre que fur l'évaluation des droits nouvellement établis , & dont on ne connoît pas encore le véritable produit.

Quant aux dépenfes ordinaires, les unes font fixées par des Edits ou des Déclarations, telles que les rentes, foit perpétuelles, foit viagères , les intérêts des effets au porteur , les gages des offices, &c.; les autres font déterminées par des Arrêts du Confeil , & quelques - unes ont été fimplement autorifées par des décifions particulières du Souverain.

Ainfi donc , les revenus & les dépenfes ordinaires, ou , pour mieux dire , les revenus & les dépenfes fixes, ont un caractère pofitif & diftinct , auquel on ne fauroit fe méprendre. Perfonne dans l'Etat n'a le pouvoir d'exiger ce que les loix n'ont pas impofé, & peu de Miniftres fe permettroient d'autorifer une dépenfe annuelle & conftante fans une décifion du Roi.

On doit comprendre , à la vérité , parmi les charges ordinaires de la Finance, une fomme modérée , équivalente à-peu-près aux petites dépenfes accidentelles qui furviennent annuellement ; mais dans l'ordre commun des chofes, ces fortes de dépenfes ont des limites connues ; & fi un Adminiftrateur fage s'avifoit de les paffer en compte d'après une proportion établie fur un long efpace de temps, il feroit de la prudence & de la folie un terme moyen ; & de cette manière , non-feulement il priveroit l'Etat des avantages attachés à fa bonne conduite , mais il rendroit encore, après lui, l'extrême de la déraifon moins faillant, & fon abord plus facile.

Enfin, indépendamment des dépenses accidentelles, qui, appartenant à tous les temps, doivent, par évaluation, composer un article du Compte ordinaire des Finances, les événemens extraordinaires donnent lieu à des dépenses extraordinaires.

Ces grands événemens font connus de tout le monde : tels font la guerre & fes préparatifs, les difettes, les maladies contagieufes qui ravagent plufieurs Provinces, & d'autres révolutions de ce genre. Il ne feroit ni jufte ni fage d'entretenir des impôts conftans fur les peuples d'une étendue équivalente aux dépenfes qu'exigent des circonftances rares & des temps extraordinaires; il faut, fi l'on n'a rien en épargne, pourvoir à ces fortes de dépenfes par quelque reffource momentanée, ou par un emprunt dont l'intérêt fait alors partie des charges ordinaires de l'Etat.

Il feroit bien moins raifonnable encore de mettre au rang des dépenfes ordinaires, une fomme deftinée à des diffipations inconfidérées; il ne faut pas leur faire un fi beau jeu, & c'eft le moins de les ranger parmi les calamités auxquelles il eft temps de pourvoir quand elles font arrivées.

Il réfulte néanmoins des diverfes explications précédentes, que les dépenfes & les revenus ordinaires étant fixés par des règles certaines & par des titres pofitifs, on égare à plaifir le jugement du public lorfqu'on préfente, comme imaginaire, le tableau circonfcrit de ces revenus & de ces dépenfes.

Une fi fauffe opinion feroit bien dangereufe, fi elle s'établiffoit parmi ceux qui gouvernent l'Etat; ils fe croiroient difpenfés d'entretenir un rapport habituel entre les revenus & les dépenfes fixes; ils négligeroient de s'occuper d'une porportion fi néceffaire à l'ordre des Finances; ils chercheroient leur unique inftruction dans le Compte de l'année révolue : & comme ce Compte eft toujours exactement balancé, puifqu'on ne peut

jamais

jamais payer que l'argent dont on a fait recette, ils auroient pendant la durée du crédit, une adminiftration fort commode.

Rapprochons - nous maintenant du fyftême de **M. de Calonne.**

C'eft le tableau prétendu des fommes reçues & payées pendant l'année 1781, qu'il veut oppofer au Compte rendu, après avoir, dit-il, fouftrait de ce tableau les fonds provenans des emprunts, ainfi que les dépenfes relatives à la guerre.

Le compte des revenus & des dépenfes ordinaires, à l'époque du Compte rendu, auroit dû, felon M. de Calonne, fe rapporter exactement aux recettes & aux dépenfes de l'année 1781; & il voudroit m'imputer autant de fautes qu'il y auroit de différences entre les articles de ce compte effectif & ceux du Compte rendu.

On voit, au premier coup - d'œil, qu'une telle décifion repofe fur une bafe abfolument fauffe.

Les recettes & les dépenfes effectives d'une année quelconque, ne doivent jamais quadrer parfaitement avec les revenus & les dépenfes ordinaires, puifqu'une multitude de combinaifons poffibles & vraifemblables s'oppofent à cette concordance. Tantôt certains recouvremens font en retard; tantôt quelques paiemens font avancés; tantôt une nouvelle impofition n'eft reçue qu'en partie dès la première année; tantôt une dépenfe extraordinaire affignée fur les produits d'une Ferme ou d'une Régie, a diminué, pour une fois feulement, les produits habituels; tantôt des arrérages anciens fe font trouvés réunis aux intérêts courans; quelquefois encore de fimples tranflations de Caiffes produifent un dérangement paffager dans l'ordre établi : enfin, qu'ai-je befoin d'indiquer tout ce qui peut occafionner de grandes différences entre les recettes & les dépenfes effectives d'une année quelconque,

D

& les revenus & les dépenfes ordinaires ? il eft une multitude d'hypothèfes & de fuppofitions que chacun fe repréfentera fans peine ; & j'y joindrai des exemples réels, lorfque j'examinerai le Compte comparatif de M. de Calonne.

Où en feroit-on, dans un Royaume tel que la France, fi l'on admettoit en principe, que le relevé des recettes & des dépenfes d'une année repréfente exactement les revenus & les dépenfes fixes ou ordinaires ? Il en réfulteroit que les rapports entre ces revenus & ces dépenfes n'auroient aucune ftabilité ; & tantôt on croiroit avoir befoin de nouveaux impôts ; tantôt on imagineroit pouvoir augmenter la fomme des dépenfes habituelles : cependant, rien ne feroit véritablement changé dans l'état ordinaire, le feul qui doit fixer les difpofitions conftantes de la Finance.

Qu'on me permette, en faveur des perfonnes qui ne donnent à tout qu'une attention légère, de faire fortir ces vérités par un exemple frappant.

Le Souverain, à la fin de l'année dernière, auroit augmenté, je fuppofe, de vingt millions les impofitions territoriales.

L'Adminiftration des Finances, en rendant compte de l'état des revenus ordinaires au commencement de 1788, y comprendroit, avec raifon, ces vingt millions.

Cependant, felon l'ordre établi pour le paiement de ces impofitions, le Tréfor royal n'auroit reçu que douze millions dans le cours de 1788.

Que diroit-on d'un Miniftre qui, venant à préfenter, au commencement de 1789, le compte effectif de l'année 1788, & voulant le donner pour règle des revenus ordinaires, propoferoit d'impofer huit nouveaux millions, parce que les revenus du Roi, felon ce même compte, ne paroîtroient augmentés que de douze millions, au lieu de vingt, dont le Gouvernement avoit befoin ?

On trouveroit fûrement une telle idée auffi abfurde qu'in-jufte.

Nous jugerions tous beaucoup mieux des affaires publiques, fi, par une forte de refpect pour tout ce qui eft grand, ou inconnu, nous n'imaginions pas qu'elles font foumifes à des principes particuliers, & dont l'habitude de la vie ne donne aucune idée. Nous fommes détournés ainfi de faire les rap-prochemens les plus fimples, & de ce nombre font ceux qui auroient pu conduire fi facilement à reconnoître la fauffeté du fyftême de M. de Calonne.

Il fuffifoit, en effet, de fe demander à foi-même quel eft le procédé fuivi par un riche propriétaire appellé à donner connoiffance de fa fortune. Il montre que fes terres lui rendent annuellement tant par bail, tant par régie, ou par des con-trats à moitié fruits, tant en coupes de bois, felon tel ou tel aménagement, tant en rentes fur l'Hôtel-de-Ville, ou fur des particuliers. Il ajoute qu'une telle partie de fes revenus eft grevée de telles charges annuelles, & qu'il doit encore des intérêts par conftitution, ou à tout autre titre : enfin, en réfultat, il prouve qu'il a cent mille livres de rente.

Cependant, on examine fes regiftres, & l'on trouve qu'il n'a touché l'année précédente, en diverfes parties, qu'une fomme de quatre-vingt-dix mille livres ; on lui en demande raifon, & il répond que cette année-là un de fes fermiers a été en retard, qu'un autre lui a envoyé une mauvaife lettre-de-change, & ne l'a pas encore remplacée ; qu'il vient d'affi-gner le rembourfement d'une vieille dette fur le produit de la dernière coupe de fes bois ; qu'enfin les rentes fur l'Hôtel-de-Ville font en arrière, & qu'on a payé dans le mois de

D 2

février ce qu'il recevoit auparavant en décembre , &c. &c.
Il ajoute qu'il ne feroit pas plus jufte d'argumenter de la
fomme verfée entre fes mains l'année dernière, qu'il n'eût
été raifonnable de le croire riche de dix mille livres de rente
de plus, parce qu'antérieurement il avoit reçu, dans le cours
d'une feule année, cent dix mille livres, au lieu de cent.

Il eft, je crois, peu de propriétaires riches & poffeffeurs
de différentes natures de biens, qui touchent annuellement une
fomme égale, & cependant ils ne croient pas à la variation
continuelle de leurs véritables revenus.

Une telle obfervation, jufte à l'égard des particuliers, doit
l'être bien davantage, quand on l'applique à un Royaume,
& au plus riche de tous. Ainfi, lorfque M. de Calonne fou-
tient, avec tant d'affurance, & d'un ton fi pofitif, que pour
former le tableau des revenus & des dépenfes ordinaires de
la France, *on doit faire choix d'une année , la prendre pour
règle, & s'y tenir*, il montre feulement qu'il a réfléchi trop
légérement fur cette matière.

Je crois donc l'avoir fuffifamment indiqué : l'on ne prou-
veroit rien contre l'exactitude du Compte rendu, fi l'on expofoit fimplement que ce Compte ne s'accorde pas avec le
tableau des fommes reçues & payées pendant le cours de
l'année 1781. Il faudroit, pour atteindre à fon but, faire voir
en même temps que les recettes & les dépenfes effectives de
cette année-là font toutes compofées de revenus & de dépenfes ordinaires ; il faudroit montrer qu'il n'y a eu rien de
retardé dans les recettes, rien d'extraordinaire dans les dépenfes ; enfin, il faudroit prouver évidemment que les recettes
& les dépenfes des douze mois qu'on a choifis pour mefure de
comparaifon, repréfentent exactement les revenus & les
dépenfes ordinaires.

Voilà ce que M. de Calonne auroit dû faire, puisqu'il est l'agresseur ; & tant qu'il se contente de dire, *j'ai cherché*, *j'ai combiné, je n'ai pu reconnoître* ; j'aurois été en droit de lui répondre, j'attendrai que vous ayez acquis toutes les connoiffances qui vous manquent ; j'attendrai que vous ayez fourni des pièces justificatives à l'appui de vos allégations ; j'attendrai que vous ayez établi, d'une manière distincte & positive, les rapports de l'année 1781 avec l'année ordinaire ; & si vous vous trompez, je vous remettrai sur la voie de la vérité. Mais, puisque tant de gens n'ont pas vu le défaut du système de M. de Calonne, & l'artifice de son Mémoire ; puisque les uns, par inattention ; les autres, par malignité, ont décidé que c'étoit à moi à démêler l'intrigue, je veux bien l'entreprendre ; je veux bien me soumettre à un jugement que je crois très-injuste : le moment, peut-être, arrivera, où l'on trouvera, j'espère, que j'ai rempli tout ce qu'on pouvoit exiger de moi, en me traitant avec beaucoup de rigueur.

Je dois présenter encore une remarque. C'est en faisant sonner bien haut le mot d'*effectif*, que M. de Calonne en a imposé au Roi, à ses Ministres, & à une partie du Public. Cette expression, qui, dans la langue, est en opposition avec les mots de *conjecture* & de *spéculation*, inspire d'abord de la confiance : mais n'est-il pas évident que l'effectif ne doit l'emporter sur la spéculation, qu'autant que ces deux idées se rapportent à un objet semblable ?

Rendons cette observation sensible par un exemple. Je fais, au commencement de l'année, le tableau conjectural de tout ce que j'aurai à recevoir ou à payer dans cette même année ; puis, au dernier terme de sa révolution, je forme le recensement des sommes que j'ai véritablement reçues & payées, & l'effectif alors se trouve plus digne de foi que la première fpéculation : mais fi c'étoit l'état réel, l'état fixe, l'état certain des revènus & des dépenfes ordinaires du Roi que j'avois préfenté dans le Compte rendu, & non le tableau conjeétural des recettes & des dépenfes de l'année 1781, & fi ces deux chofes font abfolument diftinétes, le mot d'*effeétif*, dans l'application que M. de Calonne en a fait, n'auroit plus aucune efpèce de force.

Il ne faut pas s'étonner cependant, qu'avec un peu d'adreffe, on ait ébloui les perfonnes dont la réflexion ne s'eft jamais arrêtée fur les affaires de finance. Les gens d'efprit eux-mêmes ont fouvent befoin du premier mot pour faifir les vérités les plus fimples, lorfque ces vérités ne les intéreffent point. C'étoit donc à bon efcient, que M. de Calonne, avant l'affemblée des Notables, & pendant fa tenue, n'a jamais voulu me faire connoître le fyftême & les calculs de fon prétendu compte effeétif ; c'étoit l'arme enchantée qui devoit toujours refter entre les mains du magicien.

Comment fe fait-il néanmoins que l'on n'ait pas apperçu le contrafte des principes avancés par M. de Calonne, avec fa propre conduite ? S'agit-il d'appuyer fon attaque injufte contre moi ; il veut que le compte effeétif d'une année quelconque, foit le véritable tableau des recettes & des dépenfes ordinaires ; & lui, non-feulement s'écarte de cette règle, mais n'y fonge pas même qand il préfente, à la fin de fon Mémoire, un compte ayant pour titre : *État des recettes & des dépenfes pour une année ordinaire.* N'auroit-il pas dû nous dire à quelle année effeétive cet état reffembloit ? Etoit-ce à l'année 1786 ? Pourquoi ne nous a-t-il pas tout fimplement donné le compte de cette année ? Etoit-ce à l'année 1787 ? On peut juger, par les reffources extraordinaires dont on a eu befoin pour acquitter les dépenfes de cette année là, fi le réfultat du compte de M. de Calonne y répond en aucune manière. Etoit-ce enfin à

l'année 1788 que, par un efprit de prévoyance, M. de
Calonne adaptoit fon travail? Mais le dernier Compte du
Gouvernement nous écarte, & bien loin, d'une pareille idée,
& ne nous permet pas de croire à cet accord.

Ce n'eft pas tout : M. de Calonne nous fait connoître
clairement que fon état des Finances, pour l'année ordinaire,
ne doit jamais être mis en parallèle avec le compte effectif
d'aucune année ; car, voici de quelle manière il juftifie l'article
de ce compte, où il place en recette quatre millions pour la
créance fur les Américains. *Tôt ou tard*, dit-il, *cette dette*
s'acquittera, on doit le préfumer. S'il y a quelques paiemens
en retard, ce fera une non-valeur dans la recette; mais les non-
valeurs accidentelles ne changent pas la fixation du revenu
ordinaire. Vous ne vous embarraffez donc point, pourroit-on
dire à M. de Calonne, vous ne vous embarraffez point que
votre compte des recettes & des dépenfes ordinaires s'accorde
avec le compte effectif de l'année 1786 ou 1787, & c'eft
uniquement le Compte rendu par M. Necker que vous voulez
foumettre à cette règle?

Les paroles de M. de Calonne, que je viens de citer, font
très-remarquables, & je voudrois bien qu'on s'en fouvînt
aux momens où l'on verra M. de Calonne rejetter des revenus
ordinaires, indiqués dans le Compte rendu, non pas une recette
incertaine, comme la créance fur les Américains, mais toutes
les portions d'impôts, dont le paiement n'a pas été fait avant
le 31 décembre 1781.

Ce fyftême eft bien fingulier, mais il eft peut-être encore
plus bifarre de voir M. de Calonne le rejetter pour lui &
l'admettre pour moi; il faut qu'il ait une grande confiance
dans fon afcendant fur le Public, pour hafarder tranquille-
ment des contradictions fi frappantes.

Nous ne tarderons pas à entrer plus avant dans la contestation élevée par M. de Calonne. Nous n'indiquerons qu'une
partie des erreurs répandues dans son Mémoire ; mais personne
ne regrettera de n'en pas connoître davantage , & nous nous
attacherons d'abord à montrer , article par article , que le
Tableau comparatif , ouvrage de M. de Calonne , ne détruit
point l'exactitude du Compte rendu.

Ce n'est point l'auteur du Mémoire que j'ai besoin de persuader ; il a bien vu tout ce qu'il s'est efforcé de cacher ; il a fait
trop de circuits autour de la vérité pour ne l'avoir pas apperçue ;
il l'a trop souvent environnée de ses lacs pour n'en avoir pas
distingué toutes les formes. Avec quel art cependant il a
augmenté le travail de celui qui avoit à discuter ses raisonnemens ! Il ne s'est pas contenté d'adopter un systême insidieux,
il l'a quitté toutes les fois que cette marche lui a convenu ; il y
revient ensuite pour s'en éloigner encore , & changeant de
place à tout moment , sans en avertir , on le voit prendre indifféremment , pour terme de comparaison , l'époque du Compte
rendu , la date de ma retraite , & la fin de l'année 1781 : enfin,
avec toutes les formes apparentes de l'ordre & de la méthode,
il règne dans l'intérieur de son ouvrage un enchevêtrement &
un embarras dont le malheureux patient condamné à lui répondre , peut seul avoir une exacte connoissance.

Ce sont tous ces fils entrelacés qu'il m'est donné pour tâche
de démêler ; c'est dans ce chef-d'œuvre de confusion que je
dois essayer de porter la lumière , & tous mes moyens con-
sistent en des calculs arides , dont peut-être on aura peine à
soutenir la lecture , tant je suis incertain de pouvoir faire
germer du milieu de ces sables quelques fleurs agréables ou
quelques fruits salutaires.

Quel spectacle misérable on présente à l'Europe , en l'occupant

pant de femblables conteftations! J'éprouve, en y réfléchiffant, un fentiment de peine & prefque de honte ; & je ne pourrois me confoler, fi je n'avois pas fait tous mes efforts pour prévenir les commencemens de cette malheureufe affaire, fi je n'avois pas follicité M. de Calonne de vouloir bien s'ouvrir à moi, de vouloir bien s'éclairer avant d'exécuter fon injufte projet, avant d'attaquer fi gravement, au milieu de l'affembiée des Notables, le Compte que j'avois rendu au Roi.

Je ne fais non plus ce qu'on penfera dans le fiècle prochain d'une femblable controverfe, fi la mémoire en dure jufques-là. Une fuite d'obfervations & des intérêts actifs auront familiarifé tous les efprits avec les Comptes de Finance & d'Adminiftra- tion, & l'on nous tournera peut-être en dérifion ; mais nous ferons paffer à nos defcendans affez de connoiffances en d'autres matières pour leur infpirer quelque refpect. Ce que nous pourrons le moins défendre, c'eft le penchant fecret qui nous porte, & à rabaiffer un peu les Adminiftrateurs dont nous avons été contens, & à relever doucement ceux dont nous avons eu droit de nous plaindre; comme fi nous devions gagner quel- que chofe à ces rapprochemens; comme fi nous devions en tirer avantage, & pour le fuccès de nos affaires communes, & pour le progrès de la morale, & pour l'honneur de l'humanité.

SECTION III.

Discussion du Tableau comparatif de M. DE CALONNE.

C'EST dans ce Tableau que M. de Calonne présente le détail des recettes & des dépenses effectives de l'année 1781, & les oppose au Compte rendu. C'est-là que sont rassemblées toutes les ressources & toutes les objections de mon adversaire : ainsi, la discussion que j'annonce est la seule intéressante pour moi, la seule nécessaire : il n'est personne, je pense, qui, après l'avoir lue, ne soit en état de juger si l'attaque de M. de Calonne est fondée.

Je ne considère pas sans crainte l'étendue d'une pareille discussion ; ce n'est pas avec goût que j'ai pris tant de peine : ainsi, je dois desirer qu'on n'y soit pas indifférent, & qu'en entreprenant cette lecture, quelques personnes au moins aient le courage de l'achever.

ARTICLE PREMIER.

M. de Calonne dit, dans cet article, que les Recettes générales n'ont versé au Trésor royal, depuis le premier janvier 1781 jusqu'au 31 décembre de la même année, qu'une somme de 108 millions 763 mille livres.

Et comme le produit annuel de ces recettes étoit porté, dans le Compte rendu, à 119 millions 540 mille livres, M. de Calonne conclut de ce rapprochement, que j'ai fait une erreur de 10 millions 777 mille livres.

Cette erreur, qu'il a raison de trouver considérable ; cette

erreur, qui l'étonne, fur une partie de recette *fi facile à conftater*, il ne fait à quoi l'attribuer ; ce n'eſt pas néanmoins qu'il
n'ait fait tous ſes efforts pour en découvrir l'origine : *il s'eſt
fait repréſenter les différens états qu'on a pu retrouver ; il les
a comparés à ceux des années antérieures & poſtérieures ; il a
ſuivi le progrès des produits bruts de la Recette générale des
impoſitions, depuis le miniſtère de M. l'Abbé Terray ; il a rapproché toutes les pièces ; il a combiné tous les renſeignemens :*
enfin, il paroît que ſes regards ont parcouru le plus grand
eſpace ; & par une fatalité bien malheureuſe, la ſeule information placée immédiatement ſous ſes yeux, eſt celle qu'il n'a
pas apperçue.

Le premier Commis des Recettes générales a été moins
chanceux ; car, à la première queſtion que MM. les Receveurs généraux lui ont faite depuis la publication du Mémoire
de M. de Calonne, il a tout entendu & tout éclairci.

Expliquons nous-mêmes pourquoi les verſemens des Recettes
générales au Tréſor royal, pendant les douze mois de l'année
1781, diffèrent de la ſomme portée dans le *Compte rendu.*

1°. La ſuppreſſion des Receveurs généraux, & la réunion
de leurs fonctions à une ſeule adminiſtration ayant été déterminée par SA MAJESTÉ, il étoit juſte de rembourſer une
ancienne avance dont ils étoient créanciers : cette avance
étoit de *neuf millions*, & je leur en aſſignai le rembourſement
ſur les deniers qu'ils devoient verſer au Tréſor royal dans le
cours de l'année 1781, deniers qui provenoient, en grande
partie, des impoſitions de l'année 1780.

Une telle dépenſe étoit, comme on le voit, purement acci-
dentelle : elle ne devoit avoir lieu qu'une fois ; & j'aurois pu
l'aſſigner ſur le Tréſor royal, comme ſur les produits de la
Recette générale.

.Imaginera-t-on qu'un objet fi confidérable, un fait fi connu, ait échappé aux recherches de M. de Calonne? Mais en avouant fes propres notions, non-feulement il eût perdu une belle occafion de m'imputer une erreur; mais il eût encore manifefté, par un feul exemple, à quel point il eft abfurde de vouloir contredire le compte des revenus ordinaires, en y oppofant l'état des recettes d'une année en particulier; car, dans la queftion préfente, il réfulteroit, d'un tel parallèle, que le Roi feroit moins riche de neuf millions par an, parce que, fur les produits des impofitions, il auroit acquitté, une fois pour toutes, une dette de cette fomme.

Il me refte maintenant à rendre raifon des petits articles qui achèvent de compofer la fomme de 10 millions 777 mille livres, indiquée au commencement de cet article.

2°. La fomme des Vingtièmes, par l'effet des vérifications, étoit, au commencement de 1781, époque du Compte-rendu, d'environ deux cens mille livres plus confidérable qu'un an auparavant: ainfi, j'ai dû comprendre cette augmentation dans les revenus du Roi, conformément aux foumiffions des Receveurs généraux relatives à l'exercice de 1781 (1).

Or, cet exercice, felon l'ufage établi pour le paiement de la Taille, des Vingtièmes & de la Capitation, a été acquitté, partie en 1781, & partie en 1782.

Ainfi le Tréfor royal, dans le cours de l'année 1781, n'a pu jouir en entier de l'accroiffement fur les Vingtièmes; & il eft réfulté de cet ordre de paiement une différence de *cent vingt mille livres* entre les verfemens faits au Tréfor royal pen-

---

(1) On entend par *exercice*, les recettes & les dépenfes qui appartiennent à telle ou telle année, n'importe le temps & l'époque de ces recettes & de ces dépenfes.

dant les douze mois de l'année 1781, & le véritable revenu annuel, tel qu'il étoit certain & conftaté dès le commencement de cette même année.

Voilà les miférables détails que je fuis contraint d'expliquer.

3°. A l'époque du Compte rendu, les charges affignées fur le produit des Recettes générales étoient diminuées de la valeur des gages & des anciennes taxations des Receveurs généraux fupprimés, comme on le voit dans les fourniffions des Receveurs généraux pour l'exercice de 1781. Mais le Tréfor royal ne put fe reffentir qu'en partie de cette difpofition, dans le cours des douze mois de l'année 1781, parce que l'exercice de 1781 s'eft prolongé jufqu'en 1782, conformément à l'ufage dont j'ai déjà rendu compte.

Cette circonftance a occafionné une différence de *neuf cens vingt-quatre mille cinq cens livres* entre les paiemens faits au Tréfor royal, pendant les douze mois de l'année 1781, & le véritable produit net des impofitions à l'époque du Compte rendu.

On apperçoit, dans cet article, comme dans le précédent, les conféquences naturelles d'un ordre de recette & de paiement, d'après lequel on ne jouit jamais en entier, la première année, de toutes les augmentations de revenus & de toutes les diminutions de dépenfes dont on eft affuré.

4°. Des motifs d'ordre & d'adminiftration m'avoient engagé à tranfporter au Tréfor royal, le paiement de quelques appointemens affignés auparavant fur le produit des Recettes générales.

Ces appointemens défignés, en Finance, fous le nom de *garnifons ordinaires*, font ceux des Gouverneurs de Province, des Lieutenans de Roi, &c.; & leur fomme, exception faite de la partie des Pays d'Etats, fe monte à 1527 mille livres, comme on peut le voir dans le Compte rendu, au n°. 47 du Chapitre des dépenses.

L'article fut donc retranché en entier des charges de la Recette générale, à commencer de l'exercice de 1781.

Mais comme cet exercice s'est prolongé jusqu'en 1782, l'on n'a pu, dans les douze mois de l'année 1781, s'appercevoir qu'en partie de la disposition dont je viens de rendre compte ; & il résulte de cet ordre naturel, une différence de *sept cens trente-deux mille cinq cens livres*, entre les soumissions des Receveurs généraux, pour l'exercice de l'année 1781, & leurs paiemens au Trésor royal pendant les douze mois de cette même année (1).

J'ai tâché d'expliquer, le plus distinctement qu'il m'a été possible, un entrelacement très-difficile à saisir ; mais toutes les personnes habituées aux affaires de Finance m'entendront sur le champ.

Récapitulation des quatre articles dont j'ai donné l'explication.

Le premier de 9,000,000
Le second de 120,000
Le troisième de 924,500
Le quatrième de 732,500

TOTAL 10,777,000

Somme précisément égale à la prétendue erreur que me

_____

(1) Observez que pendant ce temps-là, le Trésor royal ne payoit point encore les 1527 mille livres des *garnisons ordinaires* ; ensorte que dans le fait, il étoit soulagé par cet ordre de choses. M. de Calonne n'a garde d'en rien dire.

reproche M. de Calonne, relativement aux produits de la Recette générale.

L'on voit que toutes les différences entre la recette effective du Tréfor royal, pendant les douze mois de 1781, & le véritable revenu du Roi, à l'époque du Compte rendu, font relatives, les unes à une circonftance momentanée, les autres à un ordre habituel de compte & de paiement; mais que l'article des Recettes générales, tel qu'il a été paffé dans le Compte des revenus annuels & ordinaires, étoit parfaitement jufte.

Je dois ajouter que les foumiffions des Receveurs généraux, pour l'exercice de 1781, font, en tout point, conformes au réfultat indiqué dans le Compte rendu.

Ces foumiffions exiftent en original aux archives des Recettes générales : nul fait n'étoit plus notoire ni plus facile à vérifier.

M. de Calonne juge à propos de garder le filence à cet égard, & il cherche à donner le change en fixant l'attention fur un tableau compofé dans l'intérieur des Bureaux du Contrôle général, & deftiné feulement à indiquer la partie des impofitions payables en 1781, dont on n'avoit pas encore difpofé par des refcriptions, ou pour le Département des Ponts & Chauffées.

M. de Calonne donne fictivement à ce tableau le nom de *relevé des foumiffions des Receveurs généraux;* mais un pareil état ne s'accordoit ni avec leurs foumiffions pour l'exercice 1780, ni avec leurs foumiffions pour l'exercice 1781.

C'eft par toutes ces petites confufions, qu'on peut aifément répandre de l'obfcurité fur les conteftations de Finances, furtout quand elles font portées au tribunal du public ; mais l'art eft limité dans fes combinaifons, & toujours, par quelque endroit, la vérité fe fait place.

Il n'eft perfonne qui ne foit en état d'entendre le premier article de cette controverfe ; il n'eft perfonne qui ne foit en état de juger, d'un coup-d'œil, que neuf millions, affignés fur le produit des Recettes générales pour un remboursement final & paffager, ne changeoient pas de neuf millions le revenu annuel de SA MAJESTÉ ; & quand on aura vu qu'une explication fi importante & fi décifive avoit été celée, on aura de la défiance fur tout le refte.

M. de Calonne, contrarié dans fon fyftême par tous les renfeignemens pofitifs dont il étoit environné, s'attache avec empreffement aux plus petits détails, dont il efpère tirer quelque parti.

Il dit, par exemple, que les impofitions relatives aux Recettes générales, doivent avoir été portées trop haut dans le Compte rendu, puifqu'il ne peut accorder leur réfultat avec la fomme de ces mêmes impofitions dans un Compte de M. de Clugny.

Cependant, un moment après, il trouve l'article du Compte de M. de Clugny *facilement concordant* avec le montant des impofitions au commencement de 1787.

Il y a cependant une contrariété abfolue entre ces deux propofitions, puifque les impofitions relatives aux Recettes générales étoient plus fortes au commencement de 1787 qu'à l'époque du Compte rendu (1). Mais, comme on le verra, M. de Calonne fe trompe à tout moment.

---

(1) Ces impofitions, dans le Compte de 1787, publié par M. de Calonne, font portées à 147,643,760 liv. & dans le Compte rendu elles étoient de 148,590,000 livres : mais alors les modérations fur la Taille, objet de 1300 mille livres, n'étoient pas déduites comme aujourd'hui du produit brut, & formoient un article de dépenfes. Au refte, l'article du Compte de 1787 que je viens de citer, n'eft pas d'accord avec le Compte de 1788.

Il dit encore, trop légérement, que les impofitions territoriales & perfonnelles, dont le recouvrement eft confié aux Recettes générales *par le cours naturel des chofes, tendent plutôt à augmenter qu'à diminuer;* mais ce qu'on peut dire avec exactitude des droits fur les confommations, ne s'applique pas de même aux Vingtièmes, à la Taille, & à la Capitation.

Les Vingtièmes, depuis l'établiffement du troifième, en 1782, n'avoient pu éprouver aucun accroiffement, & le montant de la Taille & de la Capitation avoient été fixés invariablement, en vertu de la Déclaration de 1780.

La Taille cependant a augmenté d'environ neuf cens mille livres, & ce n'eft pas, tant s'en faut, *par le cours naturel des chofes*, mais après moi, le Département de la Guerre a obtenu que la Taille, impofée en Alface, pour les fourrages & pour d'autres dépenfes connues fous le nom de *frais communs*, fût diftraite de la loi générale de 1780. Exception dont les conféquences prouvent évidemment que cette loi étoit d'une grande importance pour les peuples.

M. de Calonne s'étonne auffi que les charges affignées fur la Recette générale, fuffent, dans le Compte rendu, de vingt-neuf millions cinquante mille livres; tandis qu'en 1782, elles étoient de trente-quatre millions fix cens vingt-deux mille livres: mais, s'il avoit pris la moindre information, il auroit fu que cette différence venoit en partie des gages des Receveurs généraux rétablis, de leurs taxations, des appointemens connus fous le nom de *garnifons ordinaires;* article qu'on avoit reporté de nouveau parmi les charges de la Recette générale, & de plufieurs autres difpofitions, mais dont aucune n'étoit en contradiction avec l'article du Compte rendu.

Que penfer de ces étonnemens de M. de Calonne, dont il auroit pu fi aifément être délivré, s'il en avoit été véritable-

F

ment importuné ? mais toute la partie de son Mémoire, sur les produits de la Recette générale, annonce, à chaque instant, l'embarras d'un rédacteur qui écrit contre son intime persuasion.

On doit me demander encore de répondre à un dernier raisonnement de M. de Calonne, dont les lecteurs de son Mémoire ont dû être extrêmement frappés ; je le ferai, sans doute, & l'on verra de quels moyens M. de Calonne fait usage pour aller à son but.

Il dit que, m'étant trompé dans le Compte rendu, sur le produit des Recettes générales, il s'est bien douté qu'en consé-quence *l'on auroit trop tiré de Rescriptions* sur les Receveurs généraux, & qu'il a jugé pareillement que ces Receveurs avoient dû réclamer *contre ce trop tiré ;* il ajoute que, *marchant toujours avec défiance de vérification en vérification, pour s'assurer de ses propres calculs,* l'idée lui est venue *de demander aux dépositaires des pièces & munimens relatifs aux finances, s'il s'y trouvoit quelque vestige d'un remplacement de rescrip-tions trop tirées en 1781 sur 1782.* Et ces dépositaires de *munimens,* qui vraiment ont dû être bien émerveillés d'un doute si rempli de sagacité, ces dépositaires *lui ont produit un acte & un compte,* d'où il résulte que, dès les neuf premiers mois de l'année 1781, l'on avoit excédé d'environ huit millions ce qu'on pouvoit tirer en rescriptions, & qu'il a fallu en faire le remboursement sur les fonds du Trésor royal. « Si l'on n'a pas » *poussé le trop tiré* (ajoute M. de Calonne), si l'on n'a pas » poussé le trop tiré jusqu'aux dix millions sept cens mille » livres, auxquels s'élève l'erreur de cet article du Compte » rendu, c'est vraisemblablement parce qu'avant la fin de » l'année on se sera apperçu qu'on avoit déjà été trop loin, » & qu'on aura senti la nécessité *d'enrayer* ». Belle & noble expression, très-digne de l'idée ! Ce n'est pas sûrement le foupçon *du trop tiré*, pour me fervir du langage de l'Auteur du Mémoire, qui a fait queftionner le prétendu dépofitaire des *munimens ;* mais, à l'afpeét d'un papier fufceptible, avec un peu d'aide, d'une double interprétation, on s'en eft fervi comme on a pu. Voici le fait.

Les Receveurs généraux, conformément à l'ufage établi pour les recouvremens qui leur font confiés, ont reçu les impofitions appartenantes à l'année 1781, ou autrement parlant, les impofitions de l'exercice 1781, partie dans le cours de cette année, & partie dans le cours de 1782, & ils avoient pris auparavant des engagemens avec le Tréfor royal, payables àdiverfes époques.

La fomme de ces engagemens n'étoit pas la même pour tous les mois, & ne devoit pas l'être, puifque les recouvremens n'ont pas lieu chaque mois d'une manière égale.

Les Receveurs généraux aiment à payer moins dans les premiers termes & davantage dans les derniers; & le Tréfor royal, qui reçoit, a un intérêt contraire.

Ces premières explications données, je dirai maintenant, qu'en réuniffant les quarante-huit Recettes générales à une feule adminiftration, j'avois eu pour but, en partie, de procurer au Roi la jouiffance des fonds que les Receveurs généraux faifoient valoir momentanément à leur profit; je crus donc pouvoir rapprocher l'époque des rentrées au Tréfor royal, & porter, entre autres, dans les premiers mois de 1782, une partie des fommes qui auroient été payées dans les derniers, fi l'on eût fuivi l'ancienne habitude.

Cette répartition eut lieu de concert avec les nouveaux Adminiftrateurs des Recettes générales.

Mais les anciens Receveurs généraux ayant été rétablis peu de temps après ma retraite, ils obtinrent du Département des

Finances la permiffion de replacer, fur les derniers termes de 1782, une portion des paiemens qu'ils auroient dû faire dans les premiers termes, fi ma diftribution avoit été fuivie. Et comme les refcriptions fur les deniers de la Recette générale avoient été tirées d'une manière conforme à cette diftribution, l'Adminiftration des Finances promit d'avancer aux Receveurs généraux nouvellement rétablis, une fomme de huit millions, à l'époque des premiers termes de l'année 1782, & ils s'enga-gèrent à rendre cette même fomme dans le cours des derniers termes; difpofition qui a été exécutée en fon entier.

On voit ainfi qu'en définitif le revenu du Tréfor royal n'effuya point de changement, & qu'il y eut feulement une tranfpofition d'époques pour le paiement d'une fomme de huit millions.

Voilà cependant le petit arrangement de Caiffe que M. de Calonne s'efforce de préfenter comme une preuve que le pro-duit des Recettes générales avoit été porté trop haut dans le Compte rendu; voilà ce qui lui fait dire, *qu'après avoir trop tiré, on avoit fenti la néceffité d'enrayer.*

Eft-il donc permis de défigurer à tel point les faits les plus fimples, pour en déduire enfuite les plus graves conféquences ? Ce n'eft pas moi qui ai changé les termes convenus pour le paiement des impofitions de l'exercice 1781; mais, quand je l'aurois fait, il feroit également abfurde de fe fervir d'un pré-texte fi frivole, pour contefter les produits fixes & certains de la Recette générale.

Que diroit un Seigneur de Terre, fi fon Intendant vouloit lui perfuader qu'il doit fe tenir pour appauvri de huit mille livres de revenu annuel, ou de telle autre fomme, parce qu'il auroit permis à un de fes Fermiers de lui payer, à la Saint-Martin, une partie du terme de la Saint-Jean ?

Il eſt malheureux d'avoir à diſcuter de pareilles objeƈtions, ſur-tout quand celui qui les fait n'a pas beſoin d'être éclairé ſur la vérité. On peut aiſément éblouir le Public quand on l'entretient d'objets dont il n'a point l'habitude ; il eſt facile auſſi de tourmenter celui qu'on attaque, en l'obligeant à de triſtes & faſtidieux détails : mais un triomphe ſi paſſager, un triomphe ſi peu juſte, comment peut-on le rechercher ?

Qu'on juge, en effet, après toutes les explications que j'ai données, ſi M. de Calonne a eu droit de dire, que le premier article du Compte *rendu ſolemnellement par M. Necker*, contenoit une erreur de dix millions ſept cens mille livres.

Il n'y en a aucune ; je l'ai montré de toutes les manières imaginables. Mais qui nous répondra, me dira-t-on, de l'exaƈtitude de vos allégations ? Je le ſais bien, ce qui devroit vous en répondre ; je le ſais bien, ce qui devroit vous inſpirer de la défiance ſur les aſſertions contraires : mais je ne demande rien ; liſez.

Copie de la Lettre de M. NECKER à MM. les Receveurs généraux du Comité, du 15 juillet 1788.

Vous verrez, Meſſieurs, par le Mémoire ci-inclus, le témoignage dont j'ai beſoin ; votre attachement à la vérité m'aſſure que vous voudrez bien me le donner, & je vous en prie. J'ai l'honneur d'être, &c.

Réponſe de MM. les Receveurs généraux.

M.

Nous avons l'honneur de vous renvoyer le Mémoire que vous nous avez adreſſé. L'exaƈtitude des faits qui y ſont contenus nous étant connue, nous n'avons pas héſité à les certifier, en ajoutant ſeulement une explication, qui paroiſſoit néceſſaire pour éclaircir entiérement le troiſième article. Nous méritons la justice que vous nous rendez, en penfant que nous ferons toujours empreffés à rendre hommage à la vérité.

Nous fommes, &c.

M. Necker prie Meffieurs les Receveurs généraux du Comité de vouloir bien examiner, & lui faire connoître, par écrit, s'il n'eft pas vrai;

1°. Que la fomme de 119,540,000 livres portée dans le Compte rendu au Roi en 1781, comme le net produit de la Recette générale, eft parfaitement conforme aux foumiffions faites pour l'exercice 1781, par l'Adminiftration des Recettes générales;

2°. Que fi le Tréfor royal, dans les douze mois de l'année 1781, a reçu feulement 108,763,000 livres, c'eft par les raifons fuivantes:

Premiérement, parce que le rembourfement des neuf millions de prompt paiement dus à MM. les Receveurs généraux a été affigné, partie fur le produit des impofitions de 1780, & partie fur les impofitions de 1781, ainfi fur le produit des impofitions qui ont été payées au Tréfor royal pendant les douze mois de l'année 1781.

Secondement, parce que les impofitions étant un peu plus fortes pour l'exercice de 1781, que pour l'exercice 1780, l'on n'a dû fe reffentir qu'en partie de cette augmentation, dans les paiemens faits au Tréfor royal pendant les douze mois 1781, parce que ces paiemens étoient compofés, partie des deniers de l'exercice 1780, & partie des deniers de l'exercice 1781. Cet objet a fait une différence de 120 mille livres.

Troifiémement, parce que la diminution des charges affignées fur la Recette générale pour l'exercice 1781, diminution provenant en partie de la fouftraction des gages & des taxations attribués auparavant à MM. les Receveurs généraux, n'a pu avoir fon effet complétement pendant les douze mois de l'année 1781, vu que les fonds payables dans ces douze mois appartenoient en partie à l'exercice 1780, & en partie à l'exercice 1781. La différence, pour cet objet, eft de 924,500 livres.

Quatriémement, parce que les fonds deftinés au paiement des *garnifons ordinaires*, objet de 1527 mille livres, avoient été déduits des charges de la Recette générale, dans les foumiffions pour l'exercice de 1781; mais on n'a pu fe reffentir de cette déduction qu'en partie, dans les paiemens faits au Tréfor royal pendant les douze mois de l'année 1781, parce que ces paiemens provenoient des deniers de l'exercice 1780 & de l'exercice 1781. La différence, pour cet objet, est de 732,500 livres.

3°. Que si le Tréfor royal a fourni à MM. les Receveurs généraux une somme de 8,165,780 livres dans les premiers mois 1782, ce n'étoit point qu'on eût trop tiré de refcriptions fur les deniers de l'exercice de 1781, payables en 1782, puifque les mêmes fonds avancés à MM. les Receveurs généraux pour les premiers termes de 1781, furent repris fur les derniers termes ; enforte que le Tréfor royal reçut toujours la même fomme.

« Nous fouffignés, Receveurs généraux, compofant le Comité des » Recettes générales, certifions l'exactitude des faits compris dans les » précédentes obfervations, en indiquant néanmoins la caufe, qui ne » paroît point affez développée, du troifième article, qui porte fur les » 8,165,780 livres, & en ajoutant qu'il eft en effet conftant qu'on n'a » pas trop tiré fur les deniers de l'exercice 1781, payables en 1782; » mais que, comme les neuf premiers termes de ladite année avoient » été trop chargés de la fomme ci-deffus énoncée, il a fallu en faire » le fonds aux Receveurs généraux, qui l'ont payée au Tréfor royal » dans les trois derniers termes de la même année, conformément à leurs » foumiffions.

» Fait au Comité, le 15 juillet 1788. *Signés* BARON, DE VAINES, » GUILLOT DE LORME, FOUGERET, CHANORIER ».

L'obfervation de MM. les Receveurs généraux eft deftinée à rappeller qu'on avoit adopté une difpofition jufte à leur égard, en portant fur les derniers termes de 1782, une partie des paiemens qu'ils auroient faits dans les premiers, fi l'on avoit fuivi ma répartition. Je n'ai aucun intérêt à difcuter cette queftion ; elle eft abfolument étrangère aux vérités dont j'ai voulu donner la preuve.

ARTICLE II.

Continuons ma laborieufe tâche.

C'eft du produit certain des Fermes générales, à l'époque du Compte rendu, dont il eft ici queftion.

J'avois porté dans le Chapitre des recettes 48 millions 427 mille livres pour le produit du Bail des Fermes, déduction faite des rentes & des autres charges assignées sur cette partie des revenus du Roi.

M. de Calonne réduit à 43 millions 506 mille livres les sommes que la Ferme générale a payées au Tréfor royal, pendant les douze mois 1781.

Et il conclut de ce prétendu fait, que je me suis trompé, dans le Compte rendu, de 4,921,000 livres.

M. de Calonne n'a pris aucune information sur la somme versée au Tréfor royal par la Ferme générale, ou, s'il l'a prise, il l'a écartée comme contraire à ses vues; & il a donné la préférence à une note de M. Dufresne, premier Commis des Finances, note antérieure au Compte rendu, & que j'expliquerai dans la suite. En effet, c'est précisément la somme, portée dans cette note, que M. de Calonne énonce comme le montant des paiemens faits par la Ferme générale, pendant le cours de l'année 1781. Cependant, il auroit été bien extraordinaire que ces paiemens eussent répondu, livre pour livre, à un indice spéculatif, écrit par M. Dufresne au mois de décembre 1780. L'on reconnoît l'art aux plus petites choses; il n'y a de l'harmonie que dans les traits de la vérité.

Je dirai donc d'abord, que la somme payée au Tréfor royal par la Ferme générale, pendant l'année 1781, s'est montée à plus de quarante-cinq millions.

La Ferme générale a tenu compte au Roi, séparément, dans l'année 1781, & dans les commencemens de l'année 1782, de *trois millions cent mille livres*, pour l'article ci-après, qui, sans faire partie du Bail rigoureux, n'étoit pas moins assuré, ainsi que je vais l'expliquer.

Le

Le traité paffé en 1780 avec les Fermiers généraux, étoit divifé en deux articles.

Par l'un, ils s'engageoient à payer annuellement au Roi cent vingt-deux millions neuf cens mille livres.

Par l'autre, ils n'étoient appellés à jouir d'une portion des accroiffemens de produit, qu'au-deffus de cent vingt-fix millions.

Je fis cette divifion, afin d'ôter tout prétexte aux Fermiers généraux de faire valoir leurs rifques, & d'en demander la compenfation d'une ou d'autre manière.

Il n'y avoit cependant nul doute que les produits, à moins d'événemens inattendus, s'éleveroient à cent vingt-fix millions; & les Fermiers généraux en étoient parfaitement perfuadés: mais comme le prix du Bail rigoureux n'étoit que de cent vingt-deux millions neuf cens mille liv., les trois millions cent mille livres d'excédent ne devoient pas faire partie de la fomme qu'ils s'étoient engagés de payer au Tréfor royal, dans le cours de 1781; mais il eft de fait, néanmoins, qu'ils en ont tenu compte en entier, avant le premier avril 1782; & ces trois millions cent mille livres ont fervi à balancer une petite avance, dans laquelle fe trouvoit la Ferme générale envers le Roi; avance réduite à deux millions à la fin de 1781.

Les Fermiers généraux ont tenu compte au Roi, chaque année, de la même fomme de trois millions cent mille livres, parce que le produit des droits dont ils ont le recouvrement, s'eft élevé conftamment au-deffus des cent vingt-fix millions, dont je viens de donner l'explication; & on l'imaginera facilement, puifque les bénéfices des Fermiers généraux font compofés uniquement d'une partie des produits qui ont furpaffé cette fomme.

M. de Calonne effaie de jetter du doute fur la réalité de ce revenu de trois millions cent mille livres, mais il ne s'explique

G

pas clairement là-deſſus ; & en effet, comment auroit-il oſé le faire, puiſque, dans le nouveau traité paſſé avec les Fermiers généraux, en 1786, ſous ſon adminiſtration, il a ſuivi préciſément le plan que j'avois introduit ?

Le prix du Bail, ſelon ce traité, eſt de cent quarante-quatre millions, y compris les ſols pour livres établis ſous le Miniſtère de M. de Fleury ; mais les Fermiers généraux n'auront une part dans les accroiſſemens de produit qu'au-deſſus de cent cinquante millions, & cependant cette dernière ſomme a été paſſée par M. de Calonne au rang des revenus ordinaires, comme on peut le voir dans l'état des finances annexé à ſon Mémoire.

Je reviens à mon propre Compte. Il faut donc ajouter trois millions cent mille livres aux quarante-cinq millions, payés au Tréſor royal par la Ferme générale, dans le cours de 1781. Et ces deux articles font en tout quarante-huit millions cent mille livres ; ſomme qui s'écarte d'environ trois cens mille livres de celle paſſée ſur le Compte rendu. Et cette différence eſt due à une circonſtance particulière que je vais expliquer.

L'on évalue à quatre cens mille livres les indemnités que le Roi doit, & paie annuellement à la Ferme générale, pour les franchiſes acordées aux Ambaſſadeurs & Miniſtres étrangers, & pour les droits relatifs à l'introduction dans le Royaume, ou au tranſport, de Provinces à Provinces, de tous les effets de Marine, d'Artillerie, &c. Cette ſomme de quatre cens mille livres, ſous le nom de paſſe-ports, fit partie, en 1781, des charges à déduire du Bail des Fermes, & l'on voit un article abſolument pareil dans le dernier Compte du Gouvernement ; preuve évidente que telle eſt l'évaluation commune, donnée à la dépenſe des franchiſes relatives au ſervice du Roi. Cependant, en 1781, ces mêmes franchiſes s'élevèrent à trois cens mille

livres plus haut , à caufe des tranfports extraordinaires occafionnés par la guerre ; circonftance hors de la règle commune ,
& qui n'a point de rapport avec l'état annuel & ordinaire.

Je ferois bien difpenfé maintenant d'expliquer pourquoi
M. Dufrefne , au mois de décembre 1780, ne comptoit que fur
quarante-trois millions cinq cens fix mille livres de la part des
Fermiers généraux , pendant le cours de 1781 ; car on ne peut
oppofer une note fpéculative à des faits pofitifs: mais je ne
dois me refufer à aucune peine.

M. Dufrefne évaluoit à quarante-trois millions cinq cens
fix mille livres, la recette au Tréfor royal pendant les douze
mois de 1781.

1°. Parce qu'il ajoutoit lui-même à cette fomme un million
affigné , par extraordinaire , & pour une fois feulement , aux
Payeurs des rentes.

2°. Parce que les trois millions cent mille livres, dont j'ai
donné l'explication, ne devoient pas faire partie des paiemens
qu'on pouvoit exiger rigoureufement de la Ferme générale
dans chacun des mois de 1781.

3°. Parce que M. Dufrefne, l'homme de France le plus
exact & le plus régulier, mais qui n'étoit pas chargé du Département des Fermes, s'étoit trompé d'environ fept cens
mille livres, dans une première évaluation qu'il avoit faite
des déductions fur le produit du nouveau Bail.

L'état annexé aux pièces juftificatives de M. de Calonne,
avoit été envoyé à M. de Saint-Amand par M. Dufrefne, le
11 décembre 1780, & c'eft dans le cours du mois de janvier 1781 qu'ils travaillèrent enfemble pour fixer définitive-
ment le Compte des produits de la Ferme générale, & l'état
des charges affignées fur cette partie des revenus du Roi.

Mais, encore une fois, que fignifient des tableaux & des

notes préliminaires , quand il exiſte des états poſtérieurs authentiquement conſtatés ? M. de Calonne ne veut donc faire uſage des comptes effectifs que dans les occaſions où il s'imagine en tirer avantage : & une ſimple note , une première ſpéculation , deviennent une autorité pour lui , quand il peut de quelque manière les rapporter à ſon ſyſtême.

Je joins ici la copie d'une atteſtation digne de foi , & qui confirme entiérement les faits poſitifs dont je viens de rendre compte.

M. Necker prie M. de Saint-Amand , Chef du Comité des Caiſſes & de la Comptabilité de la Ferme générale , de vouloir bien rechercher , & lui faire connoître par écrit , de quelle manière à-peu-près la Ferme générale a payé , ou a tenu compte , au Tréſor royal , des 48,427,000 liv. montant du revenu ordinaire de SA MAJESTÉ , pour la partie des Fermes, ſelon le Compte rendu au Roi au mois de janvier 1781.

Il réſulte des recherches faites ſuivant le deſir de M. Necker :

1°. Que la Ferme générale a payé au Tréſor royal , en 1781 , ſur le prix rigoureux du Bail , la ſomme de quarante-cinq millions cinquante-trois mille huit cens quatre-vingt-dix-ſept livres ;

2°. Qu'elle a pareillement bonifié au Roi les trois millions cent mille livres de prix ſupérieur du Bail , dans les dix-huit premiers mois dudit Bail expiré le 31 mars 1782 , par une ſomme de quatre millions ſix cens cinquante mille livres , laquelle a été portée en déduction des avances dans leſquelles ſe trouvoit , à cette époque , la Ferme générale ;

3°. Que ces deux articles réunis forment , pour l'année 1781 , une ſomme totale de . . . . 48,153,897 liv.

Qui ne diffère de celle de 48,427,000

Que de 273,103

4°. Enfin , que cette différence provient de ce que la Ferme générale ayant reconnu , par les états des Paſſe-ports , que la guerre les avoit fait monter à une ſomme beaucoup plus forte que celle de quatre cens mille livres , portée dans les déductions pour cet article , en a établi l'évaluation à ſept cens mille livres dans les Bordereaux de 1781. *Signé* SAINT-AMAND.

ARTICLE III.

J'avois paffé, dans le Compte rendu, quatre millions cent mille livres, pour le revenu annuel provenant des droits du Domaine d'Occident.

Ecoutons là-deffus M. de Calonne.

Les droits du Domaine d'Occident ne font entrés pour rien dans la recette effective, ce produit étant nul pendant la guerre : ainfi, le vuide fur cet objet a été de quatre millions cent mille livres.

Que de fautes dans cette affertion !

La Ferme générale a verfé au Tréfor royal, dans le cours de 1781, une fomme de deux millions fix cens foixante mille livres, pour les droits du Domaine d'Occident, & cette fomme étoit relative, partie à l'année 1780, & partie à l'année 1781 : ainfi, M. de Calonne fe trompe d'une manière grave, en difant que le Domaine d'Occident n'eft entré pour rien dans la recette effective de 1781.

Mais un fait bien plus digne d'attention, un fait qui juftifie évidemment l'évaluation donnée dans le Compte rendu aux droits du Domaine d'Occident, c'eft la note fuivante du produit net de ces droits pendant les trois années qui ont fuivi l'époque du Compte rendu.

En 1781, temps de guerre. . . . . 2,687,544 l. 13 f. 2 d.
En 1782, temps de guerre. 6,433,955   10   1
En 1783, temps de paix. 4,256,780   15   1

TOTAL (1). 13,378,280   18   4

(1) Je dois prévenir que cette fomme eft indépendante des fols pour livres établis fous le miniftère de M. de Fleury; accroiffement d'impôt qui ne

Ce qui fait, pour l'année commune des trois, 4,459,426 liv. 19 fols 5 den.

Et j'avois porté, dans le Compte rendu, 4,100,000 liv.

C'eſt cependant un tel article que M. de Calonne comprend en entier dans les erreurs qu'on doit me reprocher.

Il paroîtra ſurprenant que M. de Calonne ait ignoré le produit des droits du Domaine d'Occident pendant les trois années ci-deſſus ; il paroîtra ſurprenant qu'il diſe expreſſément *que le produit de ces droits, preſque nul en 1781 & 1782, a été fort modique en 1783* : oui, tout cela paroîtra bien ſurprenant, quand on ſaura que c'eſt préciſément l'année moyenne des produits pendant ces trois années, que c'eſt préciſément la ſomme de 4,459,426 liv. 19 f. 5 den., montant de cette année moyenne, qui a ſervi de baſe à la fixation du traité paſſé par M. de Calonne avec les Fermiers généraux en 1786, & qu'on a ſimplement ajouté à la ſomme ci-deſſus les ſols pour livres établis ſous le miniſtère de M. de Fleury.

Que nous dites-vous là, s'écriera-t-on ? Des vérités, & qui ſeront atteſtées à la fin de cet article, dans la même forme que les précédentes.

N'allez donc pas plus loin, ajoutera-t-on ; nous voyons la marche de votre Adverſaire ; nous voyons ce que nous n'aurions jamais pu imaginer. Cela peut être : mais vous m'avez obligé à répondre ; vous m'y avez contraint malgré moi ; je ſubirai juſques au bout votre première ſentence.

Ce n'eſt pas ſeulement en parlant du Domaine d'Occident, pendant les années 1781, 1782 & 1783, que M. de Calonne s'eſt trompé : il ſe méprend encore, en diſant que ces

doit entrer pour rien dans les calculs relatifs au Compte rendu, puiſqu'à l'époque de ce Compte les ſols pour livres en queſtion n'exiſtoient pas.

droits, *revenus à leur état naturel, ne rapportent pas au-delà de trois millions cinq cens mille livres ;* il fe méprend encore, en difant dans une autre partie de fon Mémoire, *que le Domaine d'Occident eft entré dans le nouveau Bail des Fermes, pour cette même fomme de trois millions cinq cens mille livres.* Il feroit pourtant naturel de l'en croire, puifque ce Bail a été fait par lui-même, & avec beaucoup d'attention, ajoute-t-il. Cependant il n'eft pas moins vrai que les droits du Domaine d'Occident font entrés dans le prix du bail, comme droits en régie, pour la fomme de 4,829,000 livres, y compris les deux fols pour livres, objet de 370 mille livres; & il eft bien fûr encore que ces droits rapportoient davantage en 1786, époque où M. de Calonne a renouvellé les conventions relatives aux Fermes générales.

On peut reconnoître, à la fuite des détails dont je viens de rendre compte, la vérité d'une propofition cenfurée avec beaucoup de bruit & peu de convenance de la part de M. de Calonne. Je difois, dans mon Mémoire de l'année dernière, qu'à l'époque du Compte rendu, fi des Fermiers avoient pris à bail pour dix ans les droits du Domaine d'Occident, & s'ils en euffent donné la fomme de quatre millions cent mille livres, portée dans ce même Compte, ils y auroient beaucoup gagné. Je préfume, mais fans aucune certitude, que ces droits s'élèvent aujourd'hui à plus de cinq millions cinq cens mille livres, y compris les derniers fols pour livres.

Que devient donc ce calcul précis de M. de Calonne, ce calcul dont il réfulteroit qu'en fuivant mon hypothèfe, des Fermiers auroient perdu, pendant dix ans, quatorze millions fept cens cinquante mille livres ? Il eft bien vraifemblable qu'ils auroient gagné près de dix millions.

M. de Calonne, dans toute cette difcuffion, joint à de

faux calculs, & à des affertions erronées, une faute de principe des plus capitales. Il nous répète plufieurs fois, *que les*
droits du Domaine d'Occident font nuls pendant la guerre, parce
qu'alors *la mer n'eſt pas libre*, & que les denrées de nos Colonies *n'arrivent plus en France* : mais, felon le raiſonnement
de M. de Calonne, il feroit donc d'une néceſſité abfolue
& inévitable que le plus puiſſant Monarque de l'Europe ne
pût jamais faire traverfer les mers à fes vaiſſeaux du moment
qu'il feroit en guerre avec une autre Nation ? Cette thèfe
eſt par trop Angloife, & l'on ne l'admettra point en France.

Le Domaine d'Occident, après avoir rendu plus de quatre
millions, étoit tombé à deux millions en 1779, à deux millions trois cens mille livres en 1780, à deux millions fept
cens mille livres en 1781 : mais on vient de voir qu'au moment où la Marine fut mieux protégée, au moment où l'on
eut pris des arrangemens convenables avec les Neutres, ce
droit s'éleva fort haut, & fon produit, en 1782, fait véritablement beaucoup d'honneur à la fageſſe des mefures prifes
par M. le Maréchal de Caſtries.

On doit remarquer encore que les droits du Domaine
d'Occident fe lèvent fur la valeur des denrées, & non fur
leur quantité : ainfi, le produit de ces droits ne baiſſe pas en
raifon exaête de la diminution des importations, parce que
cette diminution même occafionne un renchériſſement dans
les prix.

Atteſtation relative aux faits indiqués ci-deſſus.

M. Necker prie M. de Saint-Amand, Chef du Comité des Caiſſes &
de la Comptabilité de la Ferme générale, de vouloir bien rechercher,
& lui faire connoître par écrit ;

1°. Quelle ſomme la Ferme générale a payée au Tréfor royal, dans

le

le cours de l'année 1781 , relativement aux droits du Domaine d'Occident ?

2°. Quel a été à-peu-près le produit net de ces droits dans les années 1781, 1782 & 1783, non compris les fols pour livres établis fous le miniftère de M. de Fleury ?

3°. Pour quelle fomme ces droits font-ils entrés dans le Bail paffé en 1786 , fous le miniftère de M. de Calonne ?

Il réfulte des recherches faites conformément à la note ci-deffus,

Sur la première queftion, que la Ferme générale a verfé au Tréfor royal, en 1781, fur les Régies dont elle étoit chargée, trois millions trois cens cinquante mille livres, dont deux millions fix cens foixante mille livres provenoient du Domaine d'Occident , des années 1780 & 1781.

Sur la feconde queftion, que le produit net des droits du Domaine d'Occident a été porté , dans les Etats préfentés par la Ferme générale, pour la paffation du Bail actuel ,

S a v o i r :

Pour l'année 1781 , à . . . . 2,687,544 l. 13 f. 2 d.
Pour l'année 1782 , à 6,433,955 10 1
Pour l'année 1783 , à 4,256,780 15 1

T o t a l 13,378,280 18 4

Dont le tiers, pour l'année commune 4,459,426 19 5

Et ce , non compris les fols pour livres établis fous le miniftère de M. de Fleury, en 1781.

Et fur la troifième & dernière queftion , que c'eft pour la fufdite fomme de 4,459,426 l. 19 f. 5 d., inférieure aux produits reconnus des années 1784 & 1785, non compris pareillement les fols pour livres de 1781, que les droits du Domaine d'Occident font entrés dans le prix apperçu de la Régie, dont la Ferme générale a été chargée par le réfultat du Bail paffé en 1786. *Signé* SAINT-AMAND.

H

Articles IV, V, VI, VII, VIII, XXII & XXIII.

M. de Calonne cumule dans son Mémoire tous ces articles ensemble, & , sans entrer dans aucune explication, il les balance à-peu-près les uns par les autres, parce que, selon son prétendu compte effectif, les uns sont un peu plus forts, les autres un peu plus foibles que les articles pareils, portés dans le Compte rendu.

Je puis assurer que, vérification faite avec beaucoup de soin, des sommes qui composent chacun de ces articles dans le compte effectif de M. de Calonne, aucune, sans exception, n'est exacte ; mais les erreurs de M. de Calonne me sont très-indifférentes, toutes les fois qu'il n'en tire pas des conséquences contraires au résultat du Compte rendu ; je ne dois pas d'ailleurs fatiguer inutilement l'attention de ceux qui liront ce Mémoire ; ainsi je me bornerai à indiquer une méprise de M. de Calonne, équivalente aux 260 mille 400 livres, qu'il passe en déduction des revenus du Roi, en disant que cette somme est le résultat de mes erreurs, en plus ou en moins, sur les six articles dont j'ai cité les numéros.

L'erreur que je choisis comme la plus rapprochée, en somme des 260 mille 400 livres ci-dessus, se trouve à l'article n°. 7 ; article relatif aux impositions de la ville de Paris.

J'avois porté ces impositions dans le Compte rendu pour 5,745,000 liv. de produit net. M. de Calonne les réduit dans son compte effectif à 5,450,000 livres, & il m'impute en conséquence une erreur de 295 mille livres.

J'ai fait des recherches pour découvrir d'où provenoit cette différence, & m'étant adressé à M. Pilon, l'un des anciens Receveurs des impositions de Paris, & à M. Saussay de Saint-

Victor, le frère de celui qui avoit signé l'état de ces impositions
à l'époque du Compte rendu; ils m'ont fourni le double de la
soumission signée par tous les Receveurs de Paris pour l'exercice de 1781, & j'ai vu qu'elle se montoit bien réellement à
5,745,000 livres.

J'ai même appris à cette occasion qu'il y avoit eu un excédent dont on avoit tenu compte au Trésor royal; & je dois
ajouter encore, que les impositions de Paris, depuis le Compte
rendu, ont augmenté chaque année.

Il est vrai que le Roi, dans les douze mois de l'année 1781,
n'a reçu que 5,450,000 livres; mais la raison en est simple.

Chaque exercice étoit divisé en dix-huit termes; ainsi on a
dû payer, en 1781, neuf mois des impositions relatives à
l'année 1780, & neuf mois des impositions relatives à l'année
1781.

Or, comme les impositions de l'exercice 1780 étoient moins
fortes que les impositions de l'exercice 1781, on a dû recevoir
dans les douze mois de l'année 1781 une somme inférieure à
la quotité des impositions connues & déterminées dès les commencemens de 1781, époque du Compte rendu; mais l'on
retrouve cette même quotité, lorsqu'on réunit les neuf mois de
l'exercice 1781, reçus en 1781, aux neuf mois de ce même
exercice reçus dans l'année 1782.

Quels arides & fastidieux détails! Les personnes versées
dans les affaires de finance, saisiront rapidement ces explications; d'autres, avec un peu d'application, m'entendront
également; & je les prie de transmettre leur opinion à ceux
qui veulent juger de tout sans prendre aucune peine.

J'ai remarqué une chose bien extraordinaire en me livrant à
l'examen des objections de M. de Calonne : c'est qu'en voulant

atteindre jufte à la fomme de 56 millions qu'il avoit annoncée comme la mefure des erreurs du Compte rendu, il s'eft écarté, felon fa convenance, du fyftême qu'il avoit adopté, & je choifirai, pour appuyer cette vérité, l'exemple le plus frappant.

M. de Calonne annonce, à l'article V de fon Tableau comparatif, que la recette effective des Domaines & Bois s'eft montée, pendant l'année 1781, à 37,872,000 livres, & dans le Compte rendu, cette partie des revenus du Roi formoit un article de 38,100,000 livres.

La différence feroit de 228 mille livres, & comme elle fait partie des fix articles que M. de Calonne a cumulés enfemble, & dont je viens de détruire le réfultat, je n'ai rien de plus à dire à cet égard; mais une particularité très-remarquable, c'eft que tout eft fictif dans l'allégation de M. de Calonne.

L'Adminiftration des Domaines a verfé au Tréfor royal, pendant le cours de l'année 1781, 29,076,745 livres 13 fols 8 deniers, & non 37,872,000 livres, comme l'annonce M. de Calonne; c'eft dans les premiers mois de l'année 1782 qu'elle a fini de payer les fonds appartenans à l'exercice 1781 (1).

Pourquoi donc M. de Calonne ne s'eft-il pas fervi d'une fi belle occafion pour m'imputer une erreur de neuf millions? En effet, dès qu'il oppofe par-tout au compte des recettes & des dépenfes ordinaires, les recettes & les dépenfes qui ont eu lieu pendant les douze mois de l'année 1781, il auroit dû foutenir que je m'étois trompé de neuf millions fur l'article des Domaines, puifque cet article eft de 38 millions 100 mille

---

(1) Ces détails font extraits d'un Etat qui m'a été remis par l'Adminif-trateur des Domaines à la tête de la Comptabilité (M. Denyau).

La Régie des Domaines avoit été chargée du recouvrement des droits de Contrôle, à dater du 6 janvier 1781 : ainfi, les derniers termes de 1780 ne purent fervir à balancer, dans fa Caiffe, le retard des derniers termes de 1781.

livres dans le Compte rendu, & que la recette effective, pendant l'année 1781, n'avoit été que de 29 millions. Pourquoi donc ne l'a-t-il pas fait? Pourquoi s'est-il écarté de sa marche d'une manière si frappante? C'est qu'il auroit craint d'indiquer trop visiblement la fausseté du système dont il avoit fait choix, s'il eût encore retranché neuf millions des revenus du Roi, en donnant pour unique motif d'une telle déduction, un petit retard de paiement, & une circonstance particulière.

Il faut que je le redise encore. A un très-petit nombre d'exceptions près, aucun article du compte effectif, publié par M. de Calonne, n'est exact : cependant quand on cite, non des évaluations, mais des paiemens, & quand on les exprime avec cette précision arithmétique qui annonce la certitude, on donne lieu à des jugemens bien étranges lorsqu'on se trompe sans cesse.

ARTICLE X (1).

Revenus Casuels.

Différence entre le Compte rendu & le Compte effectif, selon le Tableau comparatif de M. de Calonne, 1215 mille liv.

C'est moi-même qui, dans l'appendix de mon Mémoire de l'année dernière, suis allé au-devant de l'objection présentée aujourd'hui par M. de Calonne, & je ne pourrois répéter que les mêmes observations.

J'avois expliqué positivement, dans le Compte rendu, qu'une

---

(1) Je dois faire observer que dans le cours de cette discussion, comme dans le Mémoire de M. de Calonne, les numéros des articles sont relatifs à ceux du Compte rendu, & ces numéros ne se suivent pas, parce que M. de Calonne a passé sous silence les articles dont il n'a point fait de critique.

partie du centième denier, l'une des branches du revenu cafuel, avoit été engagée pour huit ans au commencement de
l'année 1780, & qu'en paiement on avoit reçu un capital
de 6,970,000 livres. J'ajoutai que, dans la vue de balancer
cette difpofition, j'avois porté, à l'article 29 des dépenfes,
l'intérêt à cinq pour cent de ce même capital, c'eft-à-dire,
348,500 livres.

On pouvoit fuivre fans doute une autre forme de compte
pour cet article : mais elle n'eût pas éclairé les créanciers de
l'Etat plus diftinctement. J'aurois prévenu feulement l'objection
minutieufe de M. de Calonne : mais je ne pouvois pas la
prévoir.

M. de Calonne ne devoit pas au moins fe difpenfer d'admettre en compte, dans fa controverfe, la fomme de 348,500
livres, paffée ci-deffus dans le chapitre des dépenfes : mais
il fe borne à répandre de légers doutes fur un fait pofitif,
& leftement il n'en tient compte : cette manière d'aller à fon
but eft infiniment aifée.

Au refte, en me livrant à des recherches de toute efpèce
pour répondre au Mémoire de M. de Calonne, j'ai découvert une erreur véritable à l'article des revenus cafuels dans
le Compte rendu, erreur qui a échappé à M. de Calonne :
je la ferai connoître moi-même dans un autre endroit de ce
Mémoire.

ARTICLE XX.

Don gratuit du Clergé.

Cet article avoit été porté dans le Compte rendu pour
trois millions quatre cens mille livres, cinquième partie à-peu-
près du don gratuit que l'on étoit fûr de recevoir tous les
cinq ans du Clergé de France.

J'aurois été répréhenfible, fi dans un Compte des revenus du Roi, rendu public pour la première fois, j'avois fupprimé la contribution du Clergé, & je croyois avoir détruit à l'avance l'objection de M. de Calonne dans mon Mémoire du mois d'avril 1787. J'avois dit, entre autres chofes, qu'un propriétaire de terres comprendroit avec jufte raifon dans fa fortune, & offriroit pour gage à fes créanciers, le revenu de fes bois, lors même que les coupes en feroient réglées tous les cinq ans ; M. de Calonne croit réduire à rien ce parallèle, en alléguant que des créanciers ne fe contenteroient pas d'un pareil gage, *fi ce propriétaire avoit la liberté, s'il étoit même dans l'habitude de dépenfer dans une année ce produit quinquennal :* mais il n'eft aucune partie de fes revenus, même annuels, qu'un Roi de France n'ait le pouvoir de dépenfer bien ou mal à propos; ainfi, l'objection de M. de Calonne s'appliqueroit à tout.

Au refte, il devient ridicule de fuppofer le revenu de la France compofé en entier de revenus payables tous les cinq ans : mais quand un feul objet de ce genre fe mêle à tous les autres, il eft déraifonnable de ne vouloir pas en admettre la cinquième partie dans les revenus du Roi ; & je crois que fous un Adminiftrateur prudent, un revenu *quinquennal,* pour me fervir de l'expreffion de M. de Calonne, feroit plus évalué par des prêteurs, & contribueroit plus à leur confiance que ce même revenu divifé par cinquième, en fuppofant feulement au Miniftre des Finances un degré de moins de fageffe.

Les Capitaliftes n'ont jamais le pouvoir de faifir aucune des parties des revenus du Roi : ainfi, ce qui leur importe effentiellement, c'eft de diftinguer avec clarté la nature & l'étendue de ces mêmes revenus, c'eft d'appercevoir le rapport de ces revenus avec les dépenfes ordinaires de l'Etat.

Ils ne chicaneront jamais fur la forme d'un article, pourvu qu'on les mette à portée de le bien connoître, & de juger eux-mêmes fi l'Adminiftrateur s'eft trompé : ainfi, lorfqu'au milieu de cinq cens millions de revenus ils en verroient trois ou quatre formés par la divifion d'une fomme avenant tous les cinq ans, il ne leur entrera jamais dans l'efprit d'élever fur ce point aucune critique.

La difficulté dont il eft ici queftion eft d'autant moins fondée, que le Roi feroit le maître de rapprocher les affem-blées & les dons gratuits du Clergé, & que la forme ac-tuelle en aucun point n'a rien d'immuable.

M. de Calonne prétend que c'eft tout au plus l'intérêt de 3,400,000 livres, c'eft-à-dire, 170 mille livres, qu'il faudroit paffer en compte dans les revenus annuels.

La propofition eft vraiment bifarre ; & pour l'appuyer, M. de Calonne dit que le don gratuit, dont ces 3,400,000 livres compofent le cinquième, eft communément employé à dimi-nuer les anticipations, & qu'ainfi on ne gagne que l'intérêt du capital : mais fi le don gratuit du Clergé fervoit à gagner tous les cinq ans 850 mille livres de rente, ou tous les ans 170 mille, il feroit également déraifonnable de n'évaluer un tel bien qu'au niveau de 170 mille livres de rente, puifque cette fomme repréfenteroit uniquement l'accroiffement d'une année.

De pareilles idées font tellement étranges, que fi elles n'étoient pas mifes en avant par un ancien Miniftre des Finances, on me blâmeroit d'y répondre férieufement.

M. Turgot, dans un Tableau des recettes & des dépenfes ordinaires, formé pendant fon adminiftration, & nouvelle-ment rendu public, avoit paffé l'article du Clergé de la même manière que je l'ai fait : enfin, M. de Calonne lui-même avoit

fuivi

suivi cette méthode dans les comptes dont les Notables ont eu connoiffance ; & plufieurs d'entre eux ont gardé le fou-venir d'un état abrégé des revenus ordinaires du Roi, com-muniqué par M. de Fourqueux ; état qui fe montoit à 474,389,000 livres, & l'un des articles étoit celui du Clergé, pour une fomme de 3,400,000 livres. J'ai la copie de cet état fous les yeux.

M. de Calonne a jugé à propos de compofer, d'une manière différente, le Tableau des revenus & des dépenfes annexé à fon Mémoire : l'article du Clergé ne s'y trouve plus ; & pour le remplacer en partie, M. de Calonne a augmenté de 2,400,000 livres, l'article de la créance fur les Américains. On peut douter qu'il ait eu raifon, puifque cet accroiffement n'a point été admis dans le dernier Compte du Gouverne-ment.

Je ne fais aucune remarque fur tous ces changemens de difpofitions ; il faut croire que M. de Calonne avoit réelle-ment befoin de pouvoir fupprimer du Compte rendu, l'ar-ticle du Clergé : ce n'étoit pas chofe fi facile, que d'arriver à cinquante-fix millions d'erreurs, avec un Roman tant foit peu fuivi.

Article XXIII.

Part du Roi dans les produits qui excéderoient les fommes fixées pour la Ferme générale, la Régie des Domaines & celle des Aides, article de 1200 mille livres dans le Compte rendu.

M. de Calonne le fupprime fans aucune efpèce de fon-dement.

Il faut d'abord que je rappelle ici l'origine & le motif de cet article.

Le Roi, en paffant un Bail avec les Fermiers généraux,

I

& en faifant des Traités avec les Régiffeurs des Domaines &
des Aides, s'étoit réfervé une grande partie des accroiffemens
de produit pendant la durée de ces conventions ; il devoit avoir
la moitié des bénéfices de la Ferme générale, les trois quarts
des augmentations fur les droits du Domaine, & davantage
encore, fur les premiers accroiffemens de la Régie des Aides.

Il me parut jufte & convenable d'ajouter aux revenus du
Roi, dans le Compte rendu, la partie de ces divers accroiffemens dont on étoit moralement certain, dès la première
année, & qui pouvoit ainfi correfpondre à l'intérêt des
Emprunts de l'année 1781 ; intérêts payables feulement au
commencement de 1782.

Une telle difpofition étoit auffi fimple que raifonnable ; il
falloit feulement fe garantir de donner à ces premiers accroiffemens une évaluation trop forte ; auffi en les réduifant, comme
je le fis, à la modique fomme de douze cens mille livres,
j'ajoutai que, felon toute apparence, l'augmentation feroit bien
plus confidérable : l'événement a vérifié cette conjecture & a
paffé même mon attente, ainfi que j'aurai occafion de l'expliquer plus particuliérement dans une autre partie de cet
ouvrage.

M. de Calonne cependant fe permet de nous dire, pour
toute raifon, que les Fermes & les Régies ne rendant pas de
compte avant la fin de leurs Baux & de leurs Traités, il ignore
fi les accroiffemens de produit en 1781 fe font élevés à douze
cens mille livres.

Comment peut-on fe réfoudre à rifquer volontairement une
pareille affertion ?

Les Fermes & les Régies ne comptent en-définitif qu'au
bout de fix ans, mais chaque année un Miniftre des Finances
peut & doit être inftruit de l'étendue des produits ; & les Régies

verfent, mois par mois, au Tréfor royal tous les deniers de leurs recettes ; enforte que l'Admiinftration a fu, non par un fimple rapport, mais par des paiemens réels, que le Tréfor royal, dès la fin de 1781, ou les commencemens de 1782, avoit reçu près de cinq millions applicables aux accroiffemens de produit fur les Aides, les Droits de Contrôle, les Domaines & Bois, &c. ; accroiffemens appartenans en entier à l'exercice de 1781.

M. de Calonne a ignoré, nous dit-il, des faits fi notoires & fi importans; il les a ignorés, & cependant ils ont été remis fous fes yeux quand il a été queftion, en 1786, de former de nouveaux Traités pour les Fermes & pour les Régies : il les a ignorés ! que falloit-il donc pour l'en inftruire ?

Mais quand on les lui rappellera, comme il s'y eft bien attendu, quand il ne pourra plus en difconvenir, il s'eft encore ménagé le moyen de faire valoir fon argument ordinaire, il s'eft encore réfervé de dire que les accroiffemens dont il eft ici queftion, n'étant pas entrés au Tréfor royal, dans le cours de l'année 1781, ne devoient pas faire partie du Compte rendu ; mais appartienent-ils moins à cette année, parce que la dernière de toutes les opérations, le verfement final au Tréfor royal, n'a eu lieu qu'au commencement de 1782 ?

Les fonds recueillis dans toutes les provinces du Royaume, ne peuvent pas fe trouver au même inftant entre les mains des Régiffeurs de Paris, & ceux-ci qui en reçoivent une partie en lettres-de-change, ne peuvent pas, au moment de l'arrivée de ces lettres-de-change, verfer de l'argent comptant au Tréfor royal.

Le dernier quartier d'une année ne forme donc jamais une des recettes de ce Tréfor avant les premiers mois de l'année fuivante ; mais le produit des droits relatifs à chaque année, n'eft pas moins parfaitement diftinct : ainfi c'eft une pure chicane que de vouloir rayer des revenus de 1781, la portion dont le paiement n'a pas été fait au Tréfor royal avant le dernier décembre ; & une telle difficulté eft d'autant moins raifonnable, que les Caiffes premières, celles des Régiffeurs de Paris & des Receveurs de Provinces font auffi des Caiffes royales ; & tels deniers payés au Tréfor royal, le mois de janvier, font entrés fucceffivement dans les premières Caiffes de Paris & de Provinces, pendant les mois d'octobre, novembre & décembre de l'année précédente.

On ramène les queftions les plus fimples à des pointilleries, toutes les fois qu'on ne cherche pas la vérité, mais un fujet de difpute.

Je ne dois pas négliger de faire obferver que le Gouvernement, dans fon dernier Compte, a fuivi précifément les principes adoptés pour le Compte rendu ; & il a mis au rang des revenus ordinaires, la part du Roi dans les accroiffemens très-probables du produit des Domaines & des Aides en 1788.

ARTICLE XXV.

Coté, par mégarde, 24 dans le Mémoire de M. de Calonne.

Loterie royale de France.

J'avois compris cet article dans le Compte rendu, pour fept millions de revenu annuel, toutes charges déduites.

M. de Calonne prétend que les fonds verfés, en 1781, au Tréfor royal par les Adminiftrateurs de la Loterie, fe font montés feulement à 6,046,000 livres.

Et il en conclut que je me fuis trompé de 954,000 livres.

Cette manière de détruire une citation relative aux recettes ordinaires, en y oppofant fimplement le produit particulier d'une année, paroît plus furprenante que jamais, quand elle s'applique à un revenu fufceptible d'une variation continuelle : ainfi, en fuppofant que le bénéfice des Loteries eût été, dans l'année 1781, inférieur d'un million au calcul des probabilités, l'on n'auroit pas eu le droit de réduire, en proportion, l'article des revenus ordinaires ; il auroit fallu s'enquérir préalablement de l'étendue de ce bénéfice, dans les années circonvoifines, & l'on auroit vu fûrement que l'évaluation admife dans le Compte rendu étoit au-deffous de la réalité.

Je voulois, en conféquence, me livrer à cette recherche ; mais j'en ai été difpenfé, en apprenant que le fait annoncé par M. de Calonne étoit entiérement erroné, & que les fonds remis, en 1781, au Tréfor royal par la Caiffe de la Loterie, furpaffoient de deux millions la fomme citée dans le Mémoire de M. de Calonne : ainfi, bien loin que ces fonds aient été inférieurs à la fomme portée fur le Compte rendu, ils ont été plus confidérables d'un million.

Un tel fait, fi diamétralement contraire à l'affertion de M. de Calonne, a befoin, fans doute, d'être prouvé évidemment : ainfi, je joins ici l'état des fonds payés au Tréfor royal par la Caiffe de la Loterie, fur les Récépiffés des deux Gardes, M. de Savalete & M. d'Harvelay ; état qui eft entre mes mains, figné par M. d'Arlincourt, l'Adminiftrateur principal de la Loterie, & le Chef du Bureau des Caiffes.

LOTERIE ROYALE DE FRANCE.

État des sommes remises au Tréfor royal du premier janvier au trente-un décembre 1781.

DATE DES REMISES.	Noms des Gardes du Tréfor royal qui ont reçu.		TOTAL.
	M. D'HARVELAY.	M. DE SAVALETE.	
7 février 1781	. . . .	1,004,200	1,004,200
15 mars	. . . .	1,000,000	1,000,000
24 dudit	1,000,000	. . . .	1,000,000
9 juin	1,000,000	. . . .	1,000,000
Dudit jour	736,036	. . . .	736,036
12 dudit	. . . .	263,963	263,963
25 dudit	. . . .	42,000	42,000
27 août	4,200	. . . .	4,200
Dudit jour	1,000,000	. . . .	1,000,000
13 novembre.	1,000,000	. . . .	1,000,000
31 décembre	1,000,000	. . . .	1,000,000
Vérifié à Paris le 31 mars 1788. D'ARLINCOURT.	5,740,236	2,310,163	8,050,399

Toute réflexion feroit trop foible, après l'expofé d'un contrafte fi frappant, entre l'allégation de M. de Calonne & les faits pofitifs.

C'eſt en raiſon de la ſomme habituelle des miſes qu'il faut
ſupputer le bénéfice de la Loterie royale, quand on veut le
claſſer parmi les revenus ordinaires : cette règle eſt plus ſûre
que la recherche du terme moyen des produits effectifs, parce
qu'une ſuite de bons ou de mauvais tirages, ou ſimplement
la ſortie d'un Quine, pourroit préſenter un réſultat contraire
à la vraiſemblance.

La répartition des miſes entre les diverſes chances ouvertes
par la Loterie, eſt toujours à-peu-près la même ; & ſelon cette
répartition, on peut évaluer à 27 pour cent le bénéfice probable ſur la maſſe totale des miſes ; bénéfice réduit à 23 pour
cent, à cauſe des quatre pour cent accordés aux Receveurs.

Les miſes s'élèvent maintenant à 44 millions ; ainſi, à raiſon
de 23 pour cent, le bénéfice du Roi pourroit être évalué raiſonnablement à dix millions.

ARTICLE XXVII.

Contributions de la ville de Paris, dans les dépenſes des
Carrières, du Guet & de la Police, 204 mille livres.

M. de Calonne convient que cet article de revenu étoit
réel à l'époque du Compte rendu : mais il ajoute que dès
l'année 1781, la ville de Paris a été déchargée envers le
Roi de cette contribution, enſorte que l'article a été nul dans
le compte effectif de 1781 ; & d'après ce raiſonnement, M. de
Calonne le met au nombre des erreurs du Compte rendu.

Je dirai d'abord, qu'au rapport même de M. de Calonne,
ſa déciſion ſeroit injuſte : car ſi le revenu de 204 mille livres
expliqué ci-deſſus exiſtoit à l'époque du Compte rendu, je
devois le comprendre dans ce Compte : mais que dire, en
voyant M. de Calonne ſe tromper encore dans ſon allégation ?

Ce n'eft point en 1781 que la ville a été déchargée de fa contribution ; c'eft au mois d'août 1783 , en vertu d'un Arrêt du Confeil qui a même été revêtu de Lettres-patentes : ainfi, rien n'eft plus notoire , & j'ai par écrit du Receveur général de la ville , que la fomme de 204 mille livres , dont il eft ici queftion , a été payée au Tréfor royal, non-feulement en 1781 , mais encore en 1782 , & même en 1783 , pour une grande partie.

Ainfi toujours , toujours quelque erreur.

Article XXX.

Intérêts d'environ fix millions d'effets publics , rentrés au Tréfor royal , & paffés à cinq pour cent dans le Compte rendu, 290 mille liv.

On ne fauroit mettre en doute que l'intérêt d'un capital rentré au Tréfor royal ne dût être porté au crédit du Roi du moment que les intérêts de toute la dette publique étoient compris dans le chapitre des dépenfes.

M. de Calonne ne paroît pas contefter ce principe : mais, pour fupprimer l'article, il l'appelle un objet *fictif*, *ignoré*, *& dont on ne trouve aucun équivalent au compte réel.* Quoi ! il a vu que fix millions d'effets publics étoient dépofés au Tréfor royal , à l'époque du Compte rendu ; & avant de répandre du doute fur l'exactitude d'un pareil fait, il ne prend aucune information, il ne demande à perfonne fi ces effets publics exiftent encore au Tréfor royal, s'ils ont été brûlés , s'ils ont été vendus , enfin , ce qu'ils font devenus ? Une telle manière d'agir eft vraiment inconcevable.

J'ai donc été forcé de chercher ces inftructions, dont M. de Calonne avoit jugé à propos de fe paffer , & j'ai appris que

les

les effets dont il eſt ici queſtion avoient été vendus en grande partie ſous le miniſtère de M. de Fleury, par l'entremiſe de l'Agent de change du Tréſor royal, & qu'auparavant on avoit fait recette exactement des intérêts & des rembourſemens à meſure de leur échéance (1).

Je retrouve le détail de ces effets publics, dans une copie du compte que je remis à M. de Maurepas, à l'époque de ma retraite; copie écrite de la main de M. Dufreſne, premier Commis des Finances alors, & dont voici la teneur.

Effets royaux rentrés au Tréſor royal, & qu'on pourroit négocier ſur la place comme ſuit :

2,931 Billets de la Loterie de 1777, à mille livres, ci .	2,931,000 liv.
1,965 Billets de la Loterie de 1780, à 1200 livres. .	2,358,000
Actions des Indes.	1,000,000
1,422,000 liv. de Reſcriptions ſuſpendues, à 8 $\frac{1}{2}$ pour cent de perte.	1,300,000
TOTAL	7,589,000

Cette note excède la ſomme paſſée dans le Compte rendu, & M. Dufreſne, non plus que moi, nous ne pouvons nous ſouvenir, avec préciſion, d'où la différence provient; il y a eu ſans doute quelques nouveaux effets reçus au Tréſor royal, entre l'époque du Compte rendu & le moment de ma retraite.

J'ai fini l'examen des objections élevées par M. de Calonne, contre la partie du Compte rendu relative aux revenus du Roi.

_____

(1) Ce fait m'a été confirmé par le premier Commis des Finances actuel (M. Gojard.)

K

Rien ne peut être prouvé, ſi, après les éclairciſſemens que j'ai donnés, on conſerve le moindre doute ſur la parfaite exactitude des articles attaqués par M. de Calonne.

Toutes les objections que je viens de diſcuter ſe montent à 27 millions 321 mille livres, conformément au tableau comparatif de M. de Calonne.

Voilà donc une portion principale de l'édifice, élevé avec grand art par M. de Calonne, entiérement détruite.

SECTION IV.

Continuation du même sujet.

J'ai difcuté, dans la Seftion précédente, les obfervations de M. de Calonne fur la partie du Compte rendu relative aux revenus ordinaires. Je vais examiner maintenant les objeftions qu'il a faites contre le chapitre de ce compte, où les dépenfes ordinaires fe trouvent rapportées.

ARTICLE III.

Fonds applicables aux dépenfes de l'Artillerie & du Génie.

J'avois paffé cet article pour 9,200,000 livres, dans le compte des dépenfes ordinaires.

M. de Calonne dit qu'elles fe font montées en 1781, à 12,805,000 livres.

Et il en conclut qu'il y a eu erreur, dans le Compte rendu, de 3,605,000 livres.

Mais cette prétendue erreur vient uniquement de la confufion que fait M. de Calonne des fonds ordinaires, & des fupplémens accordés extraordinairement pour les dépenfes relatives à la guerre.

Les fonds ordinaires n'ont jamais paffé dix millions; ils furent diminués de 800 mille livres dans l'année 1780, en compenfation d'une fomme égale, que le Tréfor royal prit à fa charge, & qui confiftoit dans les gages & les taxations du Tréforier, & dans les penfions affignées auparavant fur le département de l'Artillerie & du Génie.

K 2

Si donc on a donné plus de 9,200,000 livres à ce Département, même après la paix, c'eſt en raiſon ſans doute des travaux extraordinaires qui ont été continués, c'eſt en raiſon particuliérement de l'entrepriſe de Cherbourg, déterminée depuis l'époque du Compte rendu (1).

Peut-être auſſi que l'Adminiſtration des Finances n'a réſiſté que foiblement aux demandes du Département de la Guerre : en effet, M. le Maréchal de Ségur, ſur la fin de ſon miniſtère, avoit propoſé lui-même de retrancher trois millions ſur les fonds qu'il avoit reçus l'année précédente pour les dépenſes de l'Artillerie & du Génie, & l'on annonce qu'une réduction à-peu-près pareille ſera poſitivement effectuée par le Conſeil de la Guerre.

Quoi qu'il en ſoit, il me ſuffit de prouver qu'à l'époque du Compte rendu, les fonds ordinaires pour l'Artillerie & le Génie étoient tels qu'ils ont été portés dans ce Compte, & qu'aucune déciſion du Roi ne les avoit augmentés.

M. Melin, premier Commis de la Guerre & de la Comptabilité, m'a offert de rendre juſtice à cet égard à la vérité, de telle manière que je le jugerois à propos ; il m'a fait voir, par un état circonſtancié, qu'encore aujourd'hui les dépenſes ordinaires de l'Artillerie & du Génie ſont fixées à 9,200,000 livres, & je lui ai demandé ſimplement de revêtir de ſa ſignature l'écrit ſuivant, s'il le trouvoit juſte ; ce qu'il a fait ſans héſiter.

M. Necker prie M. Melin, premier Commis des Finances au Département de la Guerre, d'examiner, & de lui faire connoître, par écrit, s'il n'eſt pas vrai,

---

(1) Le Département de l'Artillerie fait toutes les dépenſes relatives à ſa partie.

Que les dépenfes ordinaires de l'Artillerie & du Génie étoient de neuf millions deux cens mille livres au commencement de l'année 1781, & que tout ce qui a été payé au-delà pendant le cours de cette même année, concernoit la guerre, ou des entreprifes extraordinaires.

Cela eft très-jufte & conforme aux dépenfes & aux états de diftributions.

Signé MELIN, premier C------ ---- --------

Aurois-je bien fait, je le demande, d'admettre comme dépenfes ordinaires dans le Compte rendu, des fonds accordés extraordinairement pour des dépenfes de guerre? Le pouvois-je même fans une décifion du Roi? C'eft par de femblables inattentions de la part des Miniftres de la Finance, c'eft par leurs foibles complaifances pour les Secrétaires d'Etat, dont ils craignoient ou ménageoient le crédit, que les dépenfes fe font accrues, & que les fonds deftinés originairement à des objets momentanés, ont été réunis infenfiblement, & par une forte d'accord tacite, aux befoins ordinaires du Département.

Je dois faire encore une obfervation importante. Les dépenfes ordinaires devant être balancées par des revenus fixes & conftans, on commet une grande faute, en morale & en politique, lorfqu'on ne maintient pas une jufte diftinction entre ces fortes de dépenfes & les befoins extraordinaires, puifqu'on s'expofe alors à élever les impôts permanens jufques à la hauteur des dépenfes paffagères. Il faut donc pourvoir aux befoins extraordinaires & momentanés par des reffources extraordinaires & momentanées; & quand les reffources dont on fait choix confiftent dans un Emprunt, l'intérêt de cet Emprunt doit être claffé parmi les dépenfes ordinaires. Toutes ces idées font familières, & en Angleterre, & dans les pays où la Nation eft appellée de quelque manière à s'occuper habituellement des grands intérêts de l'Etat.

ARTICLE V.

Dépenfes de la Marine.

J'avois paffé, dans le Compte rendu, 29,000,000 livres, pour les dépenfes ordinaires de la Marine en temps de paix, & cette fomme étoit indépendante des penfions affignées fur ce Département, ainfi que des gages & des taxations du Tréforier ; dépenfes formant enfemble dix-huit cens mille livres, dont le Tréfor royal s'étoit chargé.

· M. de Calonne prétend qu'il y a erreur fur cet article de *fix millions huit cens mille livres*, parce que les états effeĉtifs de 1781, comprennent 144 millions pour la dépenfe totale de la Marine, fur laquelle dépenfe 108 millions concernoient l'extraordinaire & 36 l'ordinaire.

· Le Département des Finances a fourni plus de 144 millions à la Marine pendant l'année 1781 : mais cette difcuffion eft étrangère à mon fujet. Je dois fixer uniquement mon attention fur les trente-fix millions indiqués par M. de Calonne, comme appartenans à l'ordinaire de la Marine.

J'étois certain de n'avoir jamais eu connoiffance d'une pareille fixation, & m'étant adreffé à l'Intendant des fonds de la Marine, pour favoir s'il n'y avoit pas eu quelque décifion du Roi donnée à mon infu pendant le cours de mon adminiftration, & qui pût autorifer l'affertion de M. de Calonne ; il m'a répondu qu'il n'en exiftoit aucune, & il m'a fait voir l'ampliation d'un Bon du Roi pris par M. de Calonne lui-même au mois de décembre 1783, à propos d'une petite difpofition particulière de fonds, & dont voici le commencement.

« Les dépenfes de la Marine & des Colonies ne montoient;
» avant la guerre, qu'à 29,200,000 liv. par an, & les fonds
» en étoient employés partie au fervice courant, partie au paie-
» ment des dépenfes reftantes des années antérieures, &c. ».

Le dernier Compte du Gouvernement (page 89) rappelle la même vérité, en ajoutant feulement à la fomme de
29,200,000 livres, ces mots effentiels, oubliés par M. de
Calonne, *déduction faite des penfions & des taxations du
Tréforier.*

Enfin, le Département de la Marine, en 1781, avoit
dreffé l'Ordonnance des fonds ordinaires fur la fomme de
29,200,000 livres, & c'eft ainfi qu'elle fut fignée par le Roi.

Il m'a donc été impoffible de découvrir même le prétexte
dont a pu fe fervir M. de Calonne, pour fuppofer, dans
fon Mémoire, que les fonds de la Marine étoient de trente-
fix millions en 1781, & qu'à grande peine il les avoit réduits
à trente-quatre.

Ce n'eft pas tout; M. de Calonne cite la date de cette
réduction, & la rapporte à une décifion de SA MAJESTÉ,
du mois de décembre 1784. J'ai vu cette décifion, & je n'ai
trouvé, dans le Mémoire qui l'a précédée, aucune efpèce de
mention d'un prétendu Réglement des dépenfes de la Marine
à trente-fix millions, foit en 1781, foit dans un autre temps:
M. de Calonne, au contraire, demande au Roi *que le fonds
de la Marine & des Colonies, qui, dans les dernières années
de paix, étoit de vingt-huit millions, les penfions comprifes,
foit déformais porté à trente-quatre millions, les penfions en
dehors.*

Il faut que M. de Calonne ait fouvent manqué de mémoire : car, pourquoi dit-il que le fonds de la Marine étoit,
avant la guerre, de vingt-huit millions, les penfions com-

prises, puisque lui-même, dans un autre Mémoire pour le Roi, dont j'ai rappellé les expressions, avoit désigné ces dépenses comme étant de vingt-neuf millions deux cens mille livres? Mais dans l'une & l'autre citation, il se trompoit.

Les dépenses de la Marine avant la guerre étoient fixées à trente & un millions, & c'est en 1780 qu'elles furent réduites à vingt-neuf millions deux cens mille livres, parce que le Trésor royal prit à son compte dix-huit cens mille livres de pensions, de gages & de taxations qui étoient auparavant à la charge du Département de la Marine.

N'est-il pas extraordinaire que M. de Calonne, après avoir rabaissé dans plusieurs Mémoires pour le Roi, la véritable dépense ordinaire de la Marine, avant la guerre, juge à-propos tout à coup de l'évaluer à trente-six millions, afin d'avoir un nouveau moyen de critiquer le Compte rendu?

J'aurois eu tort cependant de rapporter l'article des dépenses ordinaires de la Marine à la somme fixée avant la guerre, s'il eût existé à l'époque du Compte rendu une décision contraire à cet ordre de choses; mais le Roi n'en ayant point donné, & l'établissement de paix pour la Marine & les Colonies étant encore incertain, il ne m'étoit pas permis d'anticiper sur un réglement encore inconnu, & dont les principes même n'avoient jamais été discutés.

Je fis observer cependant d'une manière générale, qu'à l'avenir l'ancien fonds, destiné aux dépenses de la Marine, seroit vraisemblablement augmenté; mais j'ajoutai, en bon Administrateur, & selon ma pensée, qu'il y auroit aussi peut-être une réduction sur la somme accordée au Département de la Guerre; présomption raisonnable alors, puisque cette somme excédoit de beaucoup les fonds destinés autrefois aux dépenses militaires, & que j'avois souvent proposé plusieurs

opérations

opérations économiques fur les Etapes, fur les Vivres & fur les Fourrages.

Je demande encore une fois, s'il étoit poffible que j'adoptaffe une autre forme, que je fuiviffe une autre marche, en rédigeant le Compte rendu ?

Enfin, à l'époque de 1781, l'article de ce Compte relatif aux dépenfes de la Marine, n'auroit pu être fufceptible de contradiction qu'en fuppofant alors des projets pour l'avenir, inconnus au Miniftre des Finances, mais concertés ou médités à l'avance au Confeil d'Etat. Or, en admettant même une telle fuppofition, abfolument dénuée de fondement, l'approbation du Roi, à l'article des dépenfes de la Marine, tel qu'il fe trouve dans le Compte rendu, & l'affentiment des Miniftres de SA MAJESTÉ, me garantiroient évidemment de toute critique légitime.

Mais, demandera-t-on peut-être, M. de Calonne doit-il être refponfable de l'accroiffement des dépenfes ordinaires de la Marine ? Non fans doute, & perfonne, je crois, ne s'eft avifé de le dire, ni de le penfer.

Ce Miniftre, en rendant compte de l'état des Finances, & en cherchant à expliquer les motifs de la difproportion qui exiftoit entre les recettes & les dépenfes ordinaires, auroit eu toute raifon de dire que dans le Compte de 1781 on avoit paffé les dépenfes ordinaires de la Marine, conformément à leur fixation avant la guerre ; mais qu'à l'époque de la paix, SA MAJESTÉ ayant jugé à propos d'entretenir conftamment un plus grand état de Marine, les fonds affignés autrefois à ce Département avoient été confidérablement augmentés.

J'euffe été obligé de m'expliquer de la même manière dans le premier Compte que j'aurois rendu après la paix ; & fi les extinctions annuelles des rentes, l'accroiffement naturel dans les revenus du Roi, la continuation des économies n'avoient

L

pas fuffi pour compenfer l'augmentation des dépenfes de la Marine, j'aurois propofé à Sa Majesté les difpofitions les plus propres à remplir ce but, & je n'aurois jamais perdu de vue l'importante obligation d'entretenir foigneufement une jufte balance entre les revenus & les dépenfes ordinaires.

Toutes ces réflexions n'empêchent pas que l'article des dépenfes ordinaires de la Marine ne fût, dans le Compte rendu, tel qu'il devoit être à l'époque de ce Compte; & la critique de M. de Calonne n'eft pas raifonnable.

ARTICLE VI.

J'avois paffé les dépenfes ordinaires des Affaires étrangères à 8,525,000 livres.

M. de Calonne dit qu'elles fe font montées, en 1781, à 12,500,000 livres.

Et il en conclut qu'il y a eu dans le Compte rendu une erreur de 4,040,000 livres.

La réponfe à cette objection eft très-fimple, & je la trouve dans une lettre de M. de Vergennes, du 6 novembre 1780, jointe aux pièces juftificatives du Compte rendu. Il y demande, conformément aux ordres du Roi, 7,725,000 livres, pour les dépenfes ordinaires & habituelles des Affaires étrangères, laquelle fomme jointe à celle de 800 mille livres relative aux dépenfes politiques de la Suiffe, formoient enfemble 8,525,000 livres. Il demande de plus, pour l'année 1781, *quatre millions d'extraordinaire, que les circonftances où l'on fe trouvoit rendoient encore néceffaires pour l'exécution des vues politiques de* Sa Majesté.

Les motifs de ce fubfide extraordinaire ne font pas inconnus, & fi je n'avois pas entre mes mains la lettre même de

M. de Vergennes, j'en appellerois avec la plus parfaite confiance au témoignage du Miniſtre qui gouverne aujourd'hui le Département des Affaires étrangères.

Cette ſomme de quatre millions fit partie des beſoins extraordinaires, occaſionnés par la guerre ; l'on pourvut à ces beſoins, par des Emprunts dont l'intérêt augmenta la ſomme des charges annuelles, & toutes ces charges, telles qu'elles exiſtoient au commencement de 1781, furent compriſes dans le Compte rendu.

Rien n'eſt plus ſimple & plus régulier que cette marche : il faut du deſſein de la part de M. de Calonne pour n'avoir pas voulu s'informer ſi dans les paiemens faits en 1781, au Département des Affaires étrangères, il n'y avoit pas de fonds déſtinés à quelque dépenſe extraordinaire, occaſionnée par la guerre. Et s'il l'a ſu, pourquoi garde-t-il le ſilence à cet égard ?

Je vois qu'il n'a pas ſuivi la même règle en formant le Compte de 1787, annexé à ſon Mémoire ; car il n'a point compris dans les dépenſes des Affaires étrangères, une ſomme de 2,260,000 livres, payée depuis l'année 1785 ou 1786, en raiſon d'une convention arrêtée à Fontainebleau, & qui doit ſubſiſter encore en 1789.

On voit cet article énoncé dans le Compte de 1788.

Je ne déſapprouve pas M. de Calonne de n'avoir pas compris cette dépenſe dans ſon Compte de 1787, intitulé : *Etat des revenus & des dépenſes ordinaires;* mais je ne puis deviner les motifs qui l'engagent à ſuivre d'autres principes à l'égard du Compte rendu.

Article VII.

J'avois paſſé, dans le Compte rendu, pour les dépenſes de la Maiſon du Roi . . . . 25,700,000 liv.

Pour les fonds annuels deſtinés aux Maiſons de Monsieur & de Madame, de Monſeigneur Comte d'Artois & de Madame Comtesse d'Artois 8,040,000

M. de Calonne réunit ces deux articles enſemble dans ſon Mémoire, quoiqu'ils ſoient parfaitement diſtincts; & trouvant une différence de 2,417,000 livres entre leur ſomme totale & la dépenſe effective en 1781, il donne pour ſeul motif de cette différence, une prétendue erreur que j'aurois faite dans l'évaluation de l'économie opérée par la réforme des tables, en 1780.

Il n'eſt rien de ſi particulier que cette explication; car, prémiérement, elle n'a point de rapport avec les fonds deſtinés aux Maiſons des Princes; & ſecondement, l'erreur que M. de Calonne m'impute n'a aucun fondement.

Je dois d'abord indiquer la véritable cauſe de la différence entre les deux articles du Compte rendu, cités par M. de Calonne, & la dépenſe effective en 1781. Et voici ce que j'ai découvert.

1°. Les fonds donnés aux Maiſons des Princes, en 1781, ont paſſé de 800 mille livres l'article du Compte rendu, parce que, ſous le miniſtère qui a ſuivi mon adminiſtration, on a payé cette ſomme, à titre d'arrérages, à M. le Comte d'Artois, au-delà de l'année ordinaire; mais une diſpoſition particulière ne change point l'état habituel.

Cet état n'a point varié depuis l'époque du Compte rendu:

on trouve fur ce Compte 8,040,000 livres pour les Maiſons des Princes, & c'eſt la même ſomme, à une légère différence près, qui eſt paſſée dans le Compte de M. de Calonne. Il lui étoit donc bien facile d'appercevoir que l'excédent de huit cens mille livres, en 1781, étoit compoſé d'un objet extraordinaire; mais il n'a rien voulu voir, & il lui auroit été ſans doute agréable que je n'euſſe rien vu non plus; il l'eſpéroit peut-être, en me fatigant par toutes ſortes d'objections, & en m'obligeant à des recherches & à des explications ſans nombre.

2°. Parmi les paiemens de 1781, relatifs à la Maiſon du Roi, on a compris quinze cens mille livres applicables au rembour-ſement des Charges qui avoient été ſupprimées dans le Dépar-tement des tables: or ce remboursement, achevé complète-ment en 1785, formoit un objet extraordinaire & momentané; ainſi je n'ai pas dû le réunir aux dépenſes ordinaires de la Maiſon du Roi, mais j'avois paſſé l'intérêt du capital rem-bourſable à l'article 29 du chapitre des dépenſes.

Je donnerai, dans la Section prochaine, des explications plus détaillées ſur le même ſujet.

Il réſulte toujours de l'obſervation précédente, & de celle relative aux Maiſons des Princes, que la critique de M. de Calonne, dont j'ai rendu compte, n'étoit ni juſte, ni éclairée.

Répondons maintenant ſans néceſſité, mais par ſurcroît d'éclairciſſement, aux inductions que M. de Calonne veut tirer d'un Mémoire lu au Bureau de la Maiſon du Roi, par le Commiſſaire de la Chambre aux deniers; Mémoire qui fait partie des pièces juſtificatives imprimées par M. de Calonne.

J'avois dit, *dans mon Ouvrage ſur l'Adminiſtration des Fi-nances*, que la dépenſe des tables de la Maiſon de SA MA-JESTÉ ne ſe montoit plus qu'à environ huit cens mille livres. L'auteur du Mémoire lu au Bureau de la Maiſon du Roi,

dans le mois de février 1785, en convient lui-même : mais
il avoit préfumé que fous la dénomination des dépenfes des
tables, j'avois entendu réunir tous les objets compris autrefois
dans le département de la Chambre aux deniers, & il crut
devoir faire obferver que j'avois oublié de citer les attributions
fixes appartenant aux charges de la Maifon de Sa Majesté,
& la fomme que le Roi paie de fa caffette pour le fervice
intérieur de fes appartemens, & l'abonnement fait avec Mesdames, & les penfions de retraites accordées à des ferviteurs
réformés, & quelques autres petits objets.

Mais j'avois compris, dans l'article des gages, les attributions fixes appartenant aux charges de la Maifon du Roi.

La fomme payée par la caffette du Roi, faifoit partie des
fonds remis annuellement à Sa Majesté.

L'abonnement convenu avec Mesdames pour leur table,
étoit compris dans les dépenfes relatives à ces Princeffes.

Les penfions de retraites accordées à des ferviteurs réformés,
étoient confondues dans l'article général des penfions.

J'avois dû faire ces diverfes répartitions pour remplir le but
de mon Ouvrage fur l'Adminiftration des Finances, & à la
page 460 du tome fecond, où je parlois des dépenfes générales de la Maifon du Roi, j'avois indiqué particuliérement
ce que je rappelle ici.

On voit donc que les détails inférés dans cet Ouvrage fe
rapportent parfaitement, mais fous une autre forme, à ce que
dit l'auteur des obfervations citées par M. de Calonne; &
je n'ai jamais eftimé plus haut que lui l'économie fur l'opération des tables, comme on peut le voir dans mon Mémoire
du mois d'avril de l'année dernière (1).

(1) J'ai communiqué ces obfervations au Commiffaire de la Maifon du

Voilà donc M. de Calonne privé de tous les avantages qu'il vouloit tirer de ce Mémoire : mais pour s'épargner la peine de chercher des explications positives, ou pour les mettre à l'écart quand elles ne se concilient pas avec sa volonté de me trouver en faute, il saisit avidement toutes les circonstances accessoires qui lui paroissent propres à favoriser son système ; mais, heureusement, rien ne peut aller à la vérité que la vérité même.

ARTICLE XVI.

M. de Calonne dit que dans le cours de 1781, les intérêts & les frais des anticipations ont surpassé de 1,511,000 liv. l'article du Compte rendu relatif à cette dépense.

La mesure des anticipations est nécessairement fort mobile. On les porte aussi loin qu'on le peut, dans les temps de besoin ou de discrédit : mais pendant tout le cours de mon Administration, n'ayant jamais voulu faire un usage indiscret de ce genre de secours, je m'étendois, ou je me resserrois, selon les ménagemens qu'exigeoit le crédit, & quelquefois aussi selon le mouvement que je desirois de donner à la circulation. Cependant, comme en toutes choses il convient d'avoir un point fixe, sans jamais s'y attacher machinalement, je m'étois proposé cent millions d'anticipations, comme la mesure la plus raisonnable, & je tâchois d'y revenir promptement, quand il m'arrivoit de m'en écarter : ce système de ma part étoit si connu, que le premier Commis des Finances le rappelle dans la pièce justificative du Compte rendu, où

Roi, dont M. de Calonne a publié le Mémoire, & il a eu la justice & la complaisance de mettre au bas, de sa main, qu'il les trouvoit parfaitement justes.

ſe trouve le détail des anticipations au commencement de 1781. Ces anticipations ſe montoient alors à 119,072,100 liv.; & comme j'avois deſſein de les réduire à cent millions, à l'aide des Emprunts projettés pour 1781, je crus que dans un plan deſtiné à préſenter les charges annuelles & permanentes, je pouvois raiſonnablement partir d'une ſuppoſition ſi près d'être réaliſée.

Je paſſai la dépenſe de ces cent millions d'anticipations à cinq & demi pour cent, parce qu'elle ne s'étoit pas élevée plus haut dès les commencemens de la guerre, & que je ne doutois pas de la diminuer encore en temps de paix.

J'ai donné toutes ces explications dans l'appendix de mon Mémoire du mois d'avril 1787, & j'ajoutai qu'après la publicité du Compte rendu, l'immenſe étendue du crédit m'avoit obligé, nonobſtant mon premier projet, à augmenter ces mêmes anticipations, afin de ne pas repouſſer trop ſévérement l'argent qui ſe préſentoit de toutes parts à cette époque; mais c'étoit par ſimple politique & non par beſoin, puiſqu'au mois de mai, date de ma retraite, j'ai laiſſé au Tréſor royal une ſomme immenſe (1). Auſſi en étendant par intervalle la ſomme des anticipations, je ne négligeois aucune occaſion d'en replacer la valeur dans des effets à deux & trois mois de terme, & l'intérêt de ces emplois momentanés tournoit au profit du Tréſor royal. On pouvoit donc, dans une pareille poſition, conſidérer la dépenſe de vingt ou trente millions d'anticipations extraordinaires, comme une dépenſe de moment, & qui ne devoit pas être portée ſur l'état des charges annuelles; ou, en le faiſant, on n'auroit pu du moins ſe diſ-

---

(1) Je le prouverai dans la ſuite de cet Ouvrage.

penſer

penfer de mettre en balance les remplacemens dont je viens de parler.

Enfin, indépendamment de ces remplacemens, M. de Calonne omet encore d'obferver que, même dans le cours ordinaire des chofes, on ne connoîtroit pas la véritable dépenfe des anticipations, fi l'on négligeoit de former le calcul des intérêts, dont tiennent compte les faifeurs de fervice fur les lettres-de-change à terme, qu'ils donnent en paiement de leurs engagemens.

Ces intérêts font féparés de ceux que le Tréfor royal bonifie; on diftingue les uns fous le nom d'efcomptes aétifs, les autres fous le titre d'efcomptes paffifs; & autant l'Adminiftration des Finances eft avide d'argent comptant, lorfqu'il y a de la gêne dans les affaires, autant elle aime à recevoir des effets à deux ou trois mois de terme fous efcompte, quand le Tréfor royal eft entretenu dans l'abondance.

M. de Calonne laiffe abfolument à l'écart toutes ces circonftances, & il évite encore de faire mention qu'immédiatement après ma retraite, on augmenta de demi pour cent la remife fur la négociation des Refcriptions.

Il faudroit donc prendre en confidération ces diverfes remarques, & plufieurs autres encore, pour faire un calcul exaét de la véritable dépenfe des anticipations à différentes époques. Je ne puis demander au Tréfor royal de faire toutes les recherches néceffaires pour acquérir une inftruétion fi détaillée; il eft miférable d'ailleurs d'avoir à défendre une marche fimple & de bonne-foi contre un efprit de chicane, & j'aime mieux céder que de m'engager dans une telle controverfe: ainfi, puifque j'aurois pu claffer parmi les dépenfes ordinaires l'intérêt & les frais des anticipations, conformément à l'étendue précife de ces anticipations au premier de janvier 1781; puifque j'aurois pu, fi l'on veut, compter à fix pour cent une dépenfe qui

M

s'élevoit moins haut dans les commencemens de la guérre, &
qui auroit encore été réduite à l'époque de la paix; je fouf-
crirai, pour en finir, à la plus févère exigence.

Ainfi, calculant que fix pour cent fur 119 millions & tant
de mille livres d'anticipations, auroit fait 7,200,000 livres,
& que le même article, au Chapitre des dépenfes ordinaires
en 1781, étoit de 5,500,000 livres; je tiendrai compte de
la différence dans une autre partie de ce Mémoire. Ah! s'il
étoit poffible d'entrer en conciliation fur des vérités pofitives,
je ne ferois pas difficile : car j'aurois moins d'éloignement pour
la réputation de m'être trompé de quatre ou cinq millions,
que pour le défagréable travail auquel je fuis contraint de me
livrer.

Il faut que je trouve par-tout de la peine, & que je la doive aux
foins ou à l'inattention de M. de Calonne. J'ai vu, en examinant fes
calculs fur les frais d'anticipations, un article dont je ne puis parler fans
répugnance, mais qu'il eft de mon devoir abfolu de relever.

Le Numéro X des pièces juftificatives annexées à fon Mémoire, eft
un tableau à colonnes, où l'on trouve les noms des perfonnes chargées
du fervice des Anticipations, la fomme de leurs avances, & la note des
commiffions & des intérêts qui leur ont été payés.

J'ai vu avec étonnement, que mon nom s'y trouvoit à côté d'une
fomme de deux millions en capital.

J'avois remis au Tréfor royal, peu de temps après être entré au
fervice du Roi, 2,400,000 livres, partie principale de ma fortune, &
l'on m'en payoit cinq pour cent d'intérêt.

Je crus que cette manière de me lier perfonnellement à la fortune
publique, au moment où j'entreprenois de la gouverner, étoit une action
honnête.

Je n'ai point repris mon dépôt en quittant l'Adminiftration; & malgré
les Emprunts à haut intérêt faits depuis cette époque, malgré différentes
alarmes paffagères, la crainte de donner un exemple de défiance, en

redemandant mon capital, m'a conftamment empêché de le faire ; &
ce capital , toujours le même , fe trouve encore aujourd'hui entre les
mains du Roi.

On le voit dans le dernier Compte du Gouvernement, page 132, &
l'intérêt à cinq pour cent, qui m'eft dû, y forme un article diftinct.

M. de Fleury, dans le Compte de 1783 annexé au Mémoire de
M. de Calonne, avoit également féparé mon avance de tous les autres
prêts.

Par quelle fingularité donc M. de Calonne réunit-il cette avance aux
fervices faits par anticipation , & moyennant une commiffion ? Et pourquoi indique-t-il deux millions, au lieu de deux millions quatre cens
mille livres?

On voit, à la vérité, à côté du capital, une fomme repréfentative,
par fa quotité , de l'intérêt à cinq pour cent; mais cette fomme fe trouve
placée dans une colonne qui a pour titre : *frais payés pour intéréts & commiffion en proportion du temps ;* & ces mots *en proportion du temps* , qui
rendent incertain fi cent mille livres font uniquement l'intérêt de deux
millions, je ne les ai jamais vus fur aucun tableau de ce genre.

A R T I C L E X X I I.

Loteries de 1777 & de 1780.

Le Roi avoit reçu, pour ces deux Loteries, foixante &
un millions , moins les billets non débités, objet de cinq millions deux cens quatre-vingt-neuf mille livres.

Les rembourfemens faits fur la première, en conformité des
tirages de 1778 , 1779 & 1780 , fe montoient à 7,662,800 liv.

Il n'y avoit d'intérêt attaché à aucune des deux Loteries; il
fe trouvoit confondu dans les rembourfemens, & la fomme
de ces rembourfemens étoit différente pour chaque année.

Enfin , la Loterie de 1777 devoit être entiérement rembourfée en 1784.

Ces diverses considérations me laissèrent incertain sur la manière dont je devois passer un tel article au Chapitre des dépenses annuelles & ordinaires, & je me déterminai à comprendre dans ces dépenses trois millions, pour l'intérêt du capital avec lequel le Roi eût pu éteindre les deux Loteries dont il est ici question. Une sorte d'attachement pour l'ordre le plus simple, & la convenance particulière de cet ordre dans un premier Compte public, influèrent sur mon choix. L'adoption de l'une ou de l'autre méthode étoit bien indifférente du moment qu'elle avoit lieu sans mystère, du moment qu'elle étoit expliquée dans le Compte rendu de la manière la plus claire & la plus distincte.

M. de Calonne dit qu'il en a coûté, en 1781, 7,623,000 liv. pour les remboursemens relatifs à ces Loteries, & il trouve en conséquence le Compte rendu fautif de 4,623,000 liv.

Il ajoute, à la vérité, que sur la somme ci-dessus de 7,623,000 liv. on voudra peut-être retrancher 4,170,000 liv., comme ayant été payées postérieurement à l'année 1781. On pourroit, en effet, trouver particulier que M. de Calonne, dans l'étrange système de controverse qu'il a adopté, réunisse sans scrupule les commencemens de 1782 à l'année 1781, quand il est question d'une dépense, & qu'il ne le fasse jamais quand il est question des recettes.

Mais je reproche plus sérieusement à M. de Calonne de faire entendre, par des réflexions générales, que tous les remboursemens dont le Roi étoit tenu à l'époque du Compte rendu, ont été passés dans ce Compte selon la forme adoptée pour les deux Loteries de 1777 & 1780.

Je dois donc rappeller que tous les autres remboursemens, formant ensemble une somme de dix-sept millions trois cens mille livres, étoient compris en entier dans le Chapitre des dépenfes ordinaires, quoique plufieurs de ces rembourfemens duffent ceffer en peu d'années : tels étoient, par exemple,

Le rembourfement de 3,600,000 livres, applicable aux Billets des Fermes, & qui devoit finir en 1785 ;

Le rembourfement de 1,000,000, relatif aux lettres-de-change des Ifles de France & de Bourbon, & qui devoit expirer en 1784 ;

Le rembourfement de 553,000 livres, pour l'acquifition du Duché de Mercœur & de la Forêt de Senonches, & qui devoit être terminé en 1784 ;

Enfin, une partie principale des rembourfemens deftinés à l'amortiffement des Emprunts des pays d'Etats, & qui devoit pareillement finir en peu d'années.

On voit donc clairement que les circonftances particu-lières aux Loteries de 1777 & 1780, m'ont feules déterminé à les claffer, d'une manière diftinĉte, des autres engage-mens publics. Cependant, M. de Calonne revient fans ceffe au même article, & il prétend qu'à mon imitation, il auroit pu fe borner à paffer en compte l'intérêt à cinq pour cent de tous les rembourfemens dont le Roi étoit tenu au commencement de 1787.

Cette manière d'écarter les faits principaux pour arguer d'une feule exception connue & motivée, manque abfolu-ment de juftefle & de bonne-foi.

M. de Calonne paroît vouloir tirer un grand honneur pour fon caraĉtère moral, du parti qu'il a pris de mettre au rang des dépenfes ordinaires tous les rembourfemens indiftinĉte-ment, fans faire aucune acception ni de leur terme, ni de leur nature. Je le veux bien ; mais il n'eft pas moins vrai que les diverfes confidérations, négligées par M. de Calonne, n'ont point échappé à l'attention des Notables, & ils fe font bien gardés d'envifager la fomme totale des remboursemens comme une charge qui devoit être balancée par des impôts équivalens.

L'Adminiftration actuelle a plus fait encore, puifqu'elle a claffé tous les remboursemens parmi les dépenfes extraordinaires.

Une pareille difpofition, qui diftrait tous les remboursemens du déficit ordinaire, ne doit pas être préférée par les créanciers de l'Etat à l'ordre obfervé dans le Compte rendu, puifqu'on y avoit compris au rang des dépenfes ordinaires dix-fept millions trois cens mille livres de remboursemens, & qu'ainfi les revenus annuels devoient balancer cette fomme & toutes les autres charges annuelles.

C'eft au nom des prêteurs & des créanciers de l'Etat, que M. de Calonne, il eft vrai fans leur aveu, fe plaint fi amérement de la manière dont les Loteries de 1777 & 1780 ont été paffées dans le Compte rendu. Quelle inquiétude fcrupuleufe de la part d'une perfonne qui, tout en fe glorifiant d'avoir porté les remboursemens en entier, & fans exception, au rang des dépenfes ordinaires, n'a pas moins propofé de les réduire tous à moitié !

M. de Calonne a configné lui-même cette idée dans la partie de fon Mémoire, où il expofe en tableau les opérations qu'il avoit conçues, pour mettre la recette au niveau de la dépenfe. L'un des articles eft exprimé en ces termes :

« L'opération qui, fans retarder les remboursemens à épo-
» que, en faifoit porter l'acquittement fur vingt ans au lieu
» de dix, réduifoit à environ moitié ce que cet objet coûte
» annuellement, ci . . . . 25 millions.

Il n'eft pas aifé d'entendre cette opération, qui devoit diminuer les remboursemens fans les retarder ; & je doute que jufqu'à nouvelle inftruction de la part de M. de Calonne,

les créanciers de l'Etat, au nom defquels il me cherche que-
relle, l'euffent choifi pour défenfeur ; je doute qu'il leur eût
fuffi de voir leurs capitaux & leurs intérêts infcrits, fans
diftinction, fur l'état des dépenfes ordinaires, & qu'à cette
condition ils fe fuffent montrés indifférens à l'exactitude des
engagemens contractés avec eux.

Article XLIX.

J'avois paffé dans le Compte rendu trois millions applicables
aux dépenfes imprévues, & j'avois ajouté que cette fomme
étoit indépendante des débets & des diverfes rentrées accidentelles qui n'avoient pas été comptées en revenu.

M. de Calonne dit que ces dépenfes, en 1781, ont
monté à 9,881,000 livres, & il en conclut que j'ai fait une
erreur de 6,881,000 livres.

M. de Calonne s'eft fortement trompé dans fon allégation,
& je le prouverai ; mais je dois faire obferver d'abord qu'en
évaluant même à neuf millions les dépenfes imprévues, je
trouverois dans le Mémoire de M. de Calonne la juftifica-
tion de l'article du Compte rendu.

En effet, j'avois dit expreffément qu'il falloit ajouter aux
trois millions réfervés pour les dépenfes imprévues, le montant de tous les débets (1), & les diverfes rentrées accidentelles relatives à d'anciennes créances ou à d'autres objets
inattendus. Or, M. de Calonne évalue lui-même cet article
de recette à fix millions, & c'eft ainfi qu'il le met en compte
dans fon tableau des revenus ordinaires de l'Etat.

---

(1) On entend par débets, les parties de rentes, d'intérêts, de gages,
&c. &c. qui ne font pas réclamées.

Si donc on ajoutoit ces fix millions aux trois millions réfervés dans le Compte rendu pour les dépenfes imprévues, l'on auroit en tout neuf millions, fomme égale, à peu près, à celle indiquée par M. de Calonne, comme le réfultat du compte effectif de 1781.

J'aurois bien le droit de poufler plus loin mes avantages, fi je m'en tenois uniquement aux raifonnemens de M. de Calonne ; car il dit pofitivement que s'il fe borne à paffer cinq millions pour le feul article des parties non réclamées, & débets des rentes fur l'Hôtel-de-Ville, c'eft parce que cet article, *montant antérieurement à douze millions par an*, a été confidérablement réduit depuis le rapprochement fait fous fon adminiftration, des paiemens des rentes. (*Voyez l'article 22 de fon Etat des revenus ordinaires en 1787, page 40 des Pièces juftificatives de l'in-4°. & page 59 de l'in-8°.*)

Et dans le cours de fon Mémoire, il s'explique d'une manière encore plus précife. Voici fes propres termes :

« *J'ai vérifié* que depuis plufieurs années cet objet (celui » des parties non réclamées) avoit été *plutôt au-deffus qu'au-* » *deffous de neuf millions* ; & c'eft à caufe du nouvel ordre » que j'ai établi pour rendre les paiemens plus exacts, que » j'ai cru *devoir borner* l'évaluation de l'année commune à » *cinq millions*. Elle n'eft pas conteftable ; & il femble que » je mérite éloge plutôt que reproche, d'avoir fait entrer dans » le compte cet objet qui étoit en dehors ».

Je laiffe là cette dernière phrafe *de dehors & dedans*, trop difficile à faifir pour déterminer le mérite du déplacement fait par M. de Calonne, & je m'en tiens à dire qu'en fouf-crivant aux affertions de M. de Calonne, fur l'étendue des parties non réclamées, fi l'on évaluoit les débets, antérieure-ment à fon adminiftration, foit à douze millions, foit à neuf,

&

& fi l'on réuniſſoit l'une de ces deux ſommes, avec les trois millions attribués dans le Compte rendu aux dépenſes imprévues, il ſe trouveroit que j'aurois mis à part, pour ces ſortes de dépenſes, douze à quinze millions.

Mais je ne puis pas, en conſcience, profiter des erreurs de M. de Calonne, & quoiqu'il nous aſſure avoir *vérifié* lui-même que les parties de rentes non réclamées ſe montoient par an à neuf ou douze millions avant le raprochement du paiement des rentes, il eſt impoſſible de l'en croire. Toutes les perſonnes attachées à l'Adminiſtration des Finances connoiſſent parfaitement l'erreur d'une ſemblable aſſertion, & le diront à qui voudra les interroger.

L'une des mépriſes de M. de Calonne peut être ſentie par tout le monde, ſans recourir à aucune information. Il dit qu'avant le raprochement du paiement des rentes, l'étendue des débets étoit plus conſidérable ; mais avec le plus ſimple bon ſens, on peut appercevoir que le retard dans les paiemens, ne doit pas augmenter la ſomme des parties non réclamées : il arrive préciſément le contraire, & rien n'eſt plus naturel ; car plus un débiteur paroît inexaĉt, plus on eſt attentif à profiter du jour où il ſe préſente pour payer, plus on eſt diligent à recevoir ce qu'on a droit d'exiger de lui.

Jamais donc les débets n'ont procuré un bénéfice annuel ni de douze, ni de neuf millions, ni même de ſix; mais on donneroit dans un autre extrême, ſi l'on conſidéroit ce bénéfice comme nul.

L'expérience a montré qu'avec 98 ou 99 millions on payoit en tout temps, & ſans aucun retard, cent millions de charges annuelles, compoſées partie de rentes viagères ou perpétuelles, partie d'intérêts d'effets au porteur, partie d'ap-

N

pointemens, de penfions, &c. ; & fi toutes les rentes étoient d'ancienne création, le bénéfice feroit plus grand.

Comment cela fe fait-il, demandera-t-on ? C'eft qu'apparemment fur une grande maffe il y a toujours des portions entièrement annullées, les effets au porteur fe brûlent ou s'égarent abfolument, plufieurs rentiers fe trouvent dans l'impoffibilité de valider une propriété acquife en héritage, & d'autres circonftances extraordinaires concourent à la même fin. Ainfi en compofant, d'après les plus anciens états connus ou vérifiés, le Tableau des charges *annuelles* de la France, on ne s'écarteroit guère de la réalité, fi l'on retranchoit de la fomme totale trois ou quatre millions pour le bénéfice provenant des débets ou des parties non réclamées.

C'eft donc en comptant à-peu-près fur un pareil bénéfice, c'eft en y réuniffant les petites rentrées inattendues, qu'une Adminiftration fage peut, avec jufte raifon, réduire à trois millions le fonds ordinaire applicable aux dépenfes imprévues.

J'avois paffé dans le Compte rendu les rentes payables à la Caiffe des Arrérages, felon le réfultat d'un recenfement fort ancien, & qui fe montoit à 20,820,000 livres. Il eft bien connu qu'avec vingt millions on payoit exactement ces rentes; & dans le Compte de M. de Fleury, annexé au Mémoire de M. de Calonne, on n'a mis que cette dernière fomme.

Je connois auffi plufieurs articles particuliers payés au Tréfor royal en 1781, & qu'on peut mettre au rang des recettes accidentelles, puifqu'ils n'étoient pas compris dans les revenus ordinaires; mais il feroit fuperflu, je crois, de prolonger cette difcuffion par de nouveaux détails.

Le Gouvernement a paffé cinq millions dans le Compte de 1788, pour les dépenfes imprévues, ajoutant même que c'étoit confidération prife des frais particuliers occafionnés par l'Emprunt de cent vingt millions, & je dois obferver de plus, qu'il n'a pas mis cet article, comme je l'avois fait, au rang des dépenfes ordinaires. La différence eft bien grande dans l'ordre des Comptes.

Examinons maintenant fi M. de Calonne ne s'eft point trompé, en difant que les dépenfes imprévues ont monté, pendant l'année 1781, à 9,881,000 livres.

J'ai demandé au premier Commis des Finances, de vouloir bien me donner connoiffance du travail qu'il avoit fait pour raffembler toutes ces dépenfes dans un feul état. Il a commencé par me remettre une note des réfultats mois par mois, & je vais la tranfcrire.

Janvier 1781	143,074 liv.
Février	255,557
Mars	681,515
Avril	363,296
Mai	287,075
Juin	1,305,063
Juillet	4,331,252
Août	324,308
Septembre	452,943
Octobre	245,502
Novembre	232,174
Décembre	1,259,828
TOTAL	9,881,587

On fe doute bien qu'à l'afpect de cette note, mon premier foin a été de m'informer comment le mois de juillet pouvoit être fi différent de tous les autres. M. de Calonne n'a pas eu la même curiosité, ou peut-être a-t-il simplement négligé de nous faire part de ses découvertes.

Quoi qu'il en soit, je n'ai pas tardé à être instruit que l'on avoit mis, par mégarde, au rang des dépenses imprévues 3,925,410 livres, qui avoient été envoyées, partie à Brest, & partie en Hollande, à titre de secours aux Américains.

Cette expédition fut faite au mois d'avril 1781, & sous mon administration; mais la signature nécessaire pour l'ordre des comptes n'ayant été donnée qu'au mois de juillet, l'article dont il est question se trouve inscrit sous cette date.

On voit toujours manifestement qu'une telle dépense, relative aux subsides de guerre, étoit du nombre des extraordinaires, & ne devoit pas avoir place au rang des petites dépenses imprévues, qui font partie des charges annuelles. Le premier Commis des Finances en est convenu avec moi.

J'ai remarqué de plus que l'on avoit compris dans l'état des dépenses imprévues,

350,000 livres pour les dépenses des Carrières;

67,848 livres pour celles relatives aux approvisionnemens de Corbeil.

Mais ces dépenses, habituelles depuis long-temps, étoient comprises dans l'article 43 du Chapitre des dépenses du Compte rendu, sous le titre d'*indemnités & dépenses diverses*.

Que si l'on réunit maintenant ces trois articles ensemble,

Le premier de . . . . 3,925,410 liv.
Le second de 350,000
Le troisième de. 67,848
                                        _____
On trouve en tout. 4,343,258

Laquelle somme, déduite des 9,881,000 livres, montant du

relevé des dépenses imprévues, il ne restera plus qu'environ cinq millions cinq cens mille livres, applicables véritablement à cet objet.

Je dois faire observer encore que dans cette dernière somme se trouvent compris tous les paiemens faits pour l'acquisition de l'Hôtel de la Police, & pour l'achat du mobilier des Forges de la Chauffade : or une telle dépense, qui se trouve le prix d'un bien réel entre les mains du Roi, pourroit être raisonnablement séparée des dépenses perdues; mais je ne m'arrête pas à cette distinction.

Il me suffit d'avoir montré que les dépenses imprévues de 1781 s'élèvent au plus à cinq millions cinq cens mille livres, & qu'ainsi en ajoutant, seulement, deux millions cinq cens mille livres de débets ou de rentrées accidentelles aux trois millions passés dans le Compte rendu pour les dépenses imprévues, M. de Calonne même dans son système n'auroit aucune objection à faire.

Je terminerai toutes ces réflexions par une remarque vraiment singulière. C'est que mon sévère critique, dans son Compte de 1787, a destiné pour les dépenses imprévues neuf millions de moins que je n'ai fait.

Rendons distincte cette étrange vérité.

J'avois passé, dans le Compte rendu, pour les dépenses imprévues 3,000,000

J'avois joint à ce fonds tous les débets & toutes les recettes accidentelles, sans y donner d'évaluation, & M. de Calonne porte ces mêmes objets, en revenu annuel, sur le pied de six millions, ci . . 6,000,000

TOTAL 9,000,000

M. de Calonne, afin d'être seulement au pair avec moi,

auroit donc dû mettre à part neuf millions pour les objets
imprévus, & porter cette fomme dans le Chapitre des charges
annuelles ; mais il ne l'a point fait. On trouve bien, dans fon
Compte, un article de onze millions, applicables, dit-il, aux
dépenfes imprévues ; mais le texte n'a aucun rapport avec
le titre, & après avoir lu cet article, on voit que fa dénomination n'a point de réalité (1).

En effet, fur les onze millions tirés en ligne, M. de Calonne en deftine fix à la Marine, lefquels, joints aux trente-
quatre millions réfervés pour ce Département dans un autre
article du Compte de M. de Calonne, compofent en tout
quarante millions pour la Marine & les Colonies, & l'on en
a paffé quarante-cinq dans le dernier Compte du Gouvernement.

Enfin, fur ces onze millions intitulés _dépenfes imprévues,_
M. de Calonne affigne encore le paiement des travaux de
Cherbourg, & cependant les fonds annuels attribués à ces
travaux étoient de cinq millions quatre cens mille livres à la
fin de 1786, comme ils le font encore aujourd'hui.

Voilà les onze millions employés & au-delà, & il ne refte
rien pour les dépenfes imprévues.

M. de Calonne a donc deftiné à ces dépenfes neuf millions
de moins que moi, & je doute que l'économie gaie dont il
nous a parlé dans fon Difcours à l'affemblée des Notables,
l'emporte à tel point fur l'économie trifte qui paroiffoit devoir

---

(1) Voici la copie de cet article.

N°. XI. Fonds pour les dépenfes extraordinaires & imprévues, fur
lequel il faut pourvoir à la dépenfe de Cherbourg, tant qu'elle fubfiftera,
& au fupplément d'environ fix millions à la Marine, auffi long-temps qu'il
fera jugé néceffaire 11,000,000

être mon lot, pour donner lieu à une si grande différence entre les dépenses accidentelles de nos deux administrations.

ARTICLE

Qui n'a point de numéro dans le Mémoire de M. de Calonne ; mais on y a donné la dénomination de *Légères différences sur plusieurs articles*.

C'est sous ce titre que M. de Calonne nous annonce 629,000 livres, comme le résultat des erreurs apperçues dans quatorze articles du Compte rendu, & dont il a balancé les différences les unes par les autres. M. de Calonne ne fait pas même, dans son Mémoire, le recensement de ces articles ; il renvoie à son Tableau comparatif, où l'on ne voit que des sommes & des résultats, sans aucune explication, sans aucune pièce justificative ; ensorte qu'il m'oblige de cette manière à chercher tout à la fois, & les élémens de ses objections, & les moyens d'y répondre.

C'est ainsi que je suis obligé de me livrer à un travail infiniment pénible ; & ce Mémoire, trop long peut-être, donne encore une foible idée de l'espace que j'ai été obligé de parcourir. Et comment cela pouvoit-il être autrement, lorsqu'au bout de sept ans on est obligé d'étudier de nouveau toutes les parties de recette & de dépense du plus riche Souverain de l'Europe ; lorsqu'on est obligé de reprendre tous les détails du système de Finance le plus compliqué, & lorsqu'en même temps aucune des critiques dont il faut se défendre ne sont simples & de bonne-foi ? C'est à des allégations mises en avant sans preuves, à des conséquences établies sans principes, à des assurances données sans persuasion, qu'il faut continuellement répondre. Une telle occupation, une semblable con-

troverfe me rebutent au-delà de toute expreffion ; & lorfque,
fans relâche, je tourne & retourne tant de calculs pour démêler la vérité, & chercher enfuite à l'exprimer clairement,
je trouve, par momens, que ce refte d'une adminiftration
pure & défintéreffée, ce refte d'une adminiftration publique,
utile, je le penfe, au Roi & à l'Etat ; ce refte enfin d'une
adminiftration qui me fut fi chère, eft au moins une circonftance bifarre : mais je n'en fais reproche à perfonne, & fi
je me livre à ces réflexions, c'eft qu'elles me fervent de repos.
Je me crois d'ailleurs dans une forte de folitude au milieu de
ces difcuffions arides, où peu de gens me fuivront, & je me
fais un compagnon de ma propre mélancolie.

Reprenons courage ; car je fuis encore loin de mon terme.

J'avois d'abord le deffein de difcuter féparément les quatorze articles que M. de Calonne a cumulés enfemble dans fon
Mémoire, & chacun de ces articles m'auroit fourni l'occafion de montrer une méprife de la part de mon rigide cen-
feur : mais j'abuferois de la patience de ceux qui me liront,
fi j'entrois inutilement dans une pareille difcuffion ; je dis
inutilement, puifque le réfultat des erreurs que M. de Calonne
me reproche dans ces quatorze articles, ne forme pas une augmentation fur la fomme des dépenfes ordinaires portées dans
le Compte rendu, mais au contraire, une diminution de
629 mille livres. Je n'aurois donc aucun intérêt à contredire
cette allégation, fans la raifon que je vais expliquer.

L'un des articles de réduction fur les dépenfes du Compte
rendu, concerne les penfions, & fe monte, felon le Tableau
comparatif de M. de Calonne, à 1,922,000 livres ; mais comme
je donnerai dans la Section prochaine un fupplément au Compte
rendu, où mes premiers calculs fur l'étendue des penfions feront
rectifiés, ce feroit un double emploi que de profiter ici de la
conceffion

concession de M. de Calonne. Cependant, en y renonçant, le résultat des quatorze articles cumulés ensemble par M. de Calonne, ne seroit plus de 629 mille livres en diminution, mais de 1,313,000 livres en augmentation.

Il faut donc que je trouve à retrancher à-peu-près cette dernière somme, sur les prétendues augmentations de dépenses qui se trouvent comprises dans les quatorze articles présentés en masse par M. de Calonne.

On me trouvera, j'espère, parfaitement régulier dans cette marche; mais je combats de bonne foi, au hasard même d'être accusé d'une exactitude fastidieuse.

Je choisirai, pour remplir mon but, deux articles, l'un relatif à la dépense des Ponts & Chaussées; l'autre intitulé, *appointemens & traitemens par ordonnances particulières.*

J'avois passé pour ce dernier article, au n°. 18 du Chapitre des dépenses, 664,000 livres.

M. de Calonne le porte à 1,575,000 livres dans son Tableau comparatif.

Ainsi la différence seroit de 911,000 livres.

J'ai demandé à M. Gojard, premier Commis des Finances, l'état de 1,575,000 livres cité par M. de Calonne, il n'a pu me le fournir; mais d'après ses propres recherches, cet état, s'il existe, est composé de plusieurs parties comprises dans le Compte rendu, sous différens titres, & j'ai d'autant plus lieu de croire à un mal-entendu de la part de M. de Calonne, qu'on ne voit dans son Compte de 1787 aucun article ayant pour titre *appointemens & traitemens par ordonnances particulières,* & cependant cet objet de dépense a pris un grand accroissement depuis l'année 1781.

J'avois passé dans le Compte rendu cinq millions pour la dépense des Ponts & Chaussées, assignée sur le Trésor royal.

O

M. de Calonne affirme dans fon Tableau comparatif, que le Tréfor royal a payé dans l'année 1781, 310,000 livres de plus.

Cette affertion m'a paru furprenante au premier coup-d'œil, ayant ouï dire, dans le temps, que M. de Fleury, dès les commencemens de fon Miniftère, avoit retranché un million fur les fonds deftinés aux Ponts & Chauffées. J'ai donc pris à cet égard les renfeignemens les plus exaéts, & je les ai reçus principalement du premier Commis du Département des Ponts & Chauffées, M. Cadet de Chambine. J'ai dans les mains une lettre de lui, dont la teneur conftate de la manière la plus pofitive, que le Tréfor royal, en 1781, a fourni au Département des Ponts & Chauffées une fomme de *quatre millions cent mille livres* en tout, & non pas cinq millions trois cens mille livres, comme le dit M. de Calonne.

Voilà une erreur de fait bien frappante, mais, à la vérité, femblable à beaucoup d'autres.

Celle-ci cependant eft d'autant plus fingulière, que les dépenfes des Ponts, & Chauffées font portées pour 4,130,000 livres dans le Compte de M. de Fleury de 1783, annexé au Mémoire de M. de Calonne, & que M. de Calonne dit avoir examiné article par article.

Le plus grand nombre des allégations les plus fimples, contenues dans le Tableau comparatif de M. de Calonne, font évidemment inexaétes; & fi je ne craignois pas d'étendre une difcuffion déjà trop longue, je ferois voir qu'il s'eft trompé même dans les articles où fon Compte effeétif fe trouve parfaitement d'accord avec le Compte rendu.

Et en effet, ce feroit un véritable hafard, fi, dans telle année dont on feroit choix, une recette ou une dépenfe effeétive, compofée de plufieurs articles, correfpondoit exactement à l'état préalable qui en auroit été dreffé ; état qui contiendroit l'année ordinaire de cette recette ou de cette dépenfe. Il y a toujours dans les paiemens, ou quelque avance, ou quelque retard, ou quelque variation momentanée provenant d'une multitude de petites circonftances particulières. Ainfi, lorfque dans le Tableau comparatif de M. de Calonne, je vois plus de trente articles où le Compte effectif de 1781 & le Compte rendu, fe rencontrent livre pour livre, je fuis perfuadé, plus que jamais, de la compofition libre d'un pareil Tableau.

Il eft convenable que je cite quelques exemples à l'appui de cette opinion, & je les tirerai du Chapitre des dépenfes dans le Compte rendu.

L'article 21 fe monte à 2,367,000 livres, & a pour titre : *Intérêts à payer à divers propriétaires d'Offices fupprimés.*

M. de Calonne, dans fon Tableau comparatif, porte précifément la même fomme pour la dépenfe effective de cet article.

Or, un tel accord eft incroyable, puifque l'article dont je viens de parler fe trouvoit particuliérement compofé de l'intérêt à cinq pour cent d'un grand nombre de Charges fupprimées ; intérêt dont le paiement étoit retardé en grande partie, parce que les comptables n'étoient pas encore en règle. Enfin, plufieurs de ces Charges ayant été rétablies en 1781, on fubftitua des gages aux intérêts, dont le Tréfor royal étoit chargé, & le paiement de ces gages fut affigné fur les deniers de la Recette générale, ou fur d'autres Caiffes. Je doute donc que l'article de 2,367,000 livres, donné ici en exemple, ait occafionné au Tréfor royal la moitié de cette dépenfe dans le cours entier de l'année 1781.

L'article 29 offre une bizarrerie de même genre : M. de

O 2

Calonne le comprend, dans les paiemens effectifs de l'année 1781, pour 1,272,000 livres, ainsi pour la même somme précisément portée au Compte rendu. Une telle parité est impossible, puisque dans l'état contenant tous les détails de cet article, je trouve une somme de 348,500 livres, pour l'intérêt du capital fourni par les titulaires d'Offices qui avoient racheté le centième denier : or, cet intérêt étoit purement fictif, puisqu'on ne le payoit point, & qu'il avoit été mis en dépense, uniquement afin de servir de compensation à la privation d'une partie du centième denier pendant plusieurs années. (*Voyez l'article X de ce Mémoire, page 61, sur les Revenus casuels.*)

C'est encore sans réalité que M. de Calonne a compté, parmi les dépenses effectives du Trésor royal en 1781, la même somme de 1,527,000 livres, que j'avois passée à l'article 47 du Compte rendu, pour les appointemens & gages des Gouverneurs, Lieutenans de Roi, &c.

Je suis certain que cet article a été reporté sur l'état des charges de la Recette générale, peu de temps après ma retraite : ainsi, la somme qui auroit dû être payée au Trésor royal en 1781, ne l'a point été ; mais on l'a comprise dans les soumissions des Receveurs généraux pour l'exercice 1782.

Je ne puis admettre non plus que l'article 27, sous le titre d'*Appointemens compris dans l'état des gages du Conseil*, ait répondu, dans le Compte effectif de 1781, à la somme portée sur le Compte rendu, puisqu'immédiatement après moi, cet état a dû être augmenté des appointemens attribués à l'Administrateur des Finances.

Je jette ensuite un coup-d'œil sur le Chapitre des recettes, & je vois dans le Compte rendu, un article, n°. 24, de 990,000 livres, relatif à l'augmentation récente des Vingtièmes abonnés : M. de Calonne place précifément la même fomme au rang des recettes *effectives* de l'année 1781 : or, une telle parité eft impoffible, puifque la partie de ces accroiffemens d'abonnemens, comprife dans les foumiffions des Receveurs généraux, n'a pu être entiérement acquittée au Tréfor royal avant les premiers mois de l'année 1782, conformément à l'ufage établi pour le paiement des Vingtièmes.

Je pourrois multiplier les obfervations de ce genre, en examinant chaque article du Tableau comparatif de M. de Calonne ; mais un petit nombre d'exemples ne fuffifent - ils pas pour infpirer une jufte défiance fur la contexture entière du Compte fingulier préfenté par M. de Calonne ?

Au refte, n'eût-on payé qu'une moitié des dépenfes ordinaires, dans le cours de l'année 1781, je ferois bien éloigné de conclure, d'un pareil fait, que ces mêmes dépenfes ont été portées trop haut fur le Compte rendu. L'époque des recettes & des dépenfes ne change ni leur nature, ni leur étendue ; mais M. de Calonne, qui veut, par un étrange fyftême, préfenter le compte effectif de l'année 1781, comme la véritable mefure des charges annuelles de l'Etat, comment fe permet-il de comprendre, dans ce compte *effectif*, des paiemens imaginaires ?

M. de Calonne, je le crois, a toujours préfent à l'efprit cette fomme de cinquante - fix millions, qu'au Comité des Notables il s'eft aventuré d'indiquer ; & voulant y arriver, foit par des critiques fur la recette, foit par des critiques fur la dépenfe, il s'étend, fe reftreint tour-à-tour, afin de remplir fon but avec précifion. Et il me rappelle ces Gentilshommes Verriers, qui, felon le degré de fouffle qu'ils emploient, donnent à leurs flexibles ouvrages la forme & les contours dont le deffein eft placé fous leurs yeux.

SECTION V.

Continuation du même sujet.

J'ai répondu à toutes les objections de M. de Calonne, contre le Chapitre des dépenses du Compte rendu : ces objections formoient ensemble un résultat de 29,208,000 liv.

Et celles relatives aux recettes, non moins efficacement détruites, s'élevoient, comme on l'a déjà vu, à 27,321,000 l.

Voilà donc le grand édifice de M. de Calonne entiérement renversé; & les erreurs du Compte rendu, qui, selon les calculs de l'auteur du Mémoire, devoient se monter à 56,529,000 liv. ces erreurs n'ont aucune espèce de réalité; & je ne saurois imaginer qu'un homme impartial puisse en juger autrement après la lecture attentive des différentes explications que j'ai pris soin de donner.

M. de Calonne nous dit qu'il avoit communiqué, dans le temps, son Tableau comparatif à deux Ministres du Roi, & il ajoute ces propres paroles :

« Je leur ai fait remarquer *par l'accolade* du Compte de » M. Necker & du Compte effectif, sur quels articles » portoient les différences; j'ai observé d'où elles provenoient; » *nous en avons conclu* que le déficit s'étoit accrû pendant » l'administration de M. Necker ».

Que dire de ces trois Ministres qui, sur la simple *accolade* du Compte des revenus & des dépenses ordinaires avec le Compte effectif de 1781, *concluent ensemble*, & de bonne amitié, que le déficit s'eft accrû pendant mon adminiftration, & que je me fuis gravement trompé ? Cette unité d'opinions annonçoit une grande *accolade* de fentimens.

Ma tâche n'eft point finie, car M. de Calonne ne s'eft pas arrêté à fon premier plan d'attaque; il pouvoit en effet, avec les mêmes moyens & la même licence, l'étendre auffi loin qu'il auroit voulu.

Indiquons en peu de mots la nouvelle route où il s'engage.

M. de Calonne ayant d'abord effayé de prouver que les erreurs du Compte rendu s'élevoient à 56,529,000 livres, il feroit réfulté de fes calculs, s'ils euffent été juftes, qu'au lieu d'un excédent de 10,200,000 livres à l'époque du Compte rendu, il y auroit eu un déficit de 46,329,000 livres.

M. de Calonne va plus loin, & dans une autre partie de fon ouvrage, il s'efforce de perfuader qu'il y avoit, *à l'époque de ma retraite*, une différence de foixante & dix millions entre les revenus ordinaires & les dépenfes ordinaires.

Il faut d'abord obferver que M. de Calonne change ici tout à coup d'époque; ce n'eft plus au Compte rendu qu'il rapporte fes calculs, c'eft à la fituation des affaires *au moment de ma retraite*, & par ce moyen il groffit fon nouveau déficit des intérêts & des rembourfemens de tous les Emprunts qui ont eu lieu entre l'époque du Compte rendu & la date de ma retraite. Cependant tout cela eft arrangé de manière qu'on s'apperçoit à peine du déplacement dont je viens de parler. Un paragraphe l'indique, un autre le cache, un autre éloigne cette idée; & le titre général, *Fin de l'adminiftration de M. Necker,* n'eft pas affez précis quand il eft queftion de diftinguer le mois de mai du mois de janvier de la même année.

Une circonftance particulière ajoute encore à cette con-

fufion ; c'eft qu'à l'article près des Emprunts poftérieurs au
Compte rendu , toutes les autres difcuffions du fupplément de
M. de Calonne fe rapportent à l'époque de ce Compte comme
à la date de ma retraite. Auffi ai-je eu befoin moi-même
d'une feconde lecture pour être sûr que les foixante & dix
millions de déficit, réfultat du nouveau travail de M. de
Calonne , fe rapportoient à *l'époque de ma retraite ;* & fans
doute que lui-même , après l'avoir fu , l'a complètement
oublié , puifque dans l'endroit le plus frappant de fon Mémoire , celui où il annonce les fix routes différentes qui l'ont
conduit à trouver un déficit de foixante & dix millions ,
voici comment il s'exprime :

« Je la termine (cette difcuffion) par une récapitulation
» de toutes les diverfes manières de calculer , qui concourent
» à prouver qu'il y avoit *foixante & dix millions de déficit à*
» *l'époque du Compte rendu de M. Necker* ».

Ainfi , ces foixante & dix millions qui , felon le Compte
de M, de Calonne , étoient compofés de 11,742,500 livres,
relatifs à des Emprunts *poftérieurs au Compte rendu* , M. de
Calonne les rapporte en entier à l'époque de ce Compte ;
& comme il le fait dans l'endroit le plus marquant de fon
Mémoire , je ne puis m'empêcher alors de trouver quelque
correspondance entre cette manière & la fingulière obfcurité
dont l'explication du prétendu déficit de foixante & dix
millions eft environnée,

M. de Calonne s'énonce encore de la manière fuivante dans
là partie de fon Mémoire où il fait une récapitulation de mes
fautes : « Erreur d'avoir compté en 1781 dix millions d'excé-
» dent de recettes , quand il y avoit foixante & dix millions
» de déficit ».

Mais ici , tandis que l'auteur du Mémoire donne clairement

ment à penfer que le déficit étoit de foixante & dix millions, *au même moment* où j'annonçois un excédent de dix millions, il peut cependant fe tirer d'affaire, & prétendre que par cette expreffion *en 1781*, il a feulement entendu dire que *dans une époque de l'année 1781* il y avoit un déficit de foixante & dix millions ; tandis *qu'à une autre époque de cette année*, j'avois dit qu'il y avoit un excédent de recette de dix millions.

Je donne ici un exemple, entre beaucoup d'autres, de la manière obfcure & ambiguë dont le Mémoire de M. de Calonne annonce plufieurs réfultats importans.

Je dois dire en même temps, que dans l'extrait du Mémoire au Roi, & ailleurs encore, M. de Calonne s'explique d'une manière très-diftincte fur l'objet dont il vient d'être queftion ; ainfi ce font feulement des contraftes & des difparates que j'ai voulu relever : mais leur effet eft d'une grande conféquence dans un Mémoire entremêlé confufément de raifonnemens & de calculs, & où l'attention du lecteur doit néceffairement fe fixer fouvent au hafard.

Quoi qu'il en foit, examinons maintenant les articles qui compofent le prétendu déficit de foixante & dix millions.

Le premier, de 46,329,000 livres, eft le réfultat de tous les raifonnemens de M. de Calonne fur le Compte effectif de 1781, & les ayant complétement détruits, je n'ai plus rien à dire fur le même fujet.

Le fecond, de 11,742,500 livres, provient de l'intérêt des Emprunts viagers, faits en février & mars 1781, & de 600,000 livres applicables à un Emprunt de Bretagne, déterminé en janvier 1781, mais dont les premiers fonds ne font entrés au Tréfor royal qu'au mois d'avril.

Cet article en entier ne peut fe rapporter au Compte rendu, puifqu'il eft compofé d'Emprunts poftérieurs à cette époque.

P

Le furplus des foixante & dix millions eft le réfultat de diverfes allégations nouvelles de M. de Calonne ; je dois y répondre, & je le ferai, j'efpère, d'une manière très-décifive.

Je commence par la plus importante.

Je n'ai point mis en compte, dit M. de Calonne, l'intérêt de la dette arriérée ; & cet intérêt, il l'évalue à 7,500,000 livres.

Croira-t-on facilement que fi une telle dette avoit exifté, M. de Calonne ne l'eût pas défignée & ne l'eût pas expliquée diftinctement ? Il l'auroit fait, n'en doutons point ; car on ne le foupçonnera pas, en lifant fon Mémoire, de négliger aucun de fes avantages : c'eft donc par le manque abfolu d'aucun fait pofitif, d'aucune vérité décifive, qu'il a recours, en 1786, après trois années d'adminiftration, à un Mémoire compofé par M. de Clugny dans l'année 1776, & au moment même de fon entrée dans le Miniftère. Cette manière n'eft-elle pas évidemment fufpecte ? M. de Calonne commence par déplacer ou défigurer les divers objets dont il a connoiffance, & lorfque fon art eft à bout, lorfqu'il ne peut plus en faire ufage, il fe tranfporte alors à dix ans de diftance, il faifit dans un ancien Mémoire quelques indices vagues, & tout lui eft bon pour multiplier fes attaques.

Examinons cependant fon raifonnement. Il dit que, fuivant un calcul de M. de Clugny, la maffe de la dette arriérée étoit de deux cens trois millions au premier janvier 1776. Il fuppofe enfuite que j'ai pu en acquitter cinquante-trois, & de ces deux propofitions dénuées de preuves, il déduit, pour troifième hypothèfe, que les anciens arrérages fubfiftans encore à l'époque du Compte rendu, fe montoient à cent cinquante millions.

On feroit en droit de ne faire aucune réponfe à des allégations de ce genre, & données même naïvement pour de fimples conjectures. Je ferai cependant obferver que M. de Calonne, en parlant des deux cens trois millions d'arrérages indiqués dans

un Mémoire de M. de Clugny, auroit dû ajouter que la partie
de ces deux cens trois millions, fufceptible d'amortiffement, fe
réduifoit à cinquante-fept millions. Je le fis voir dans le temps,
& mes obfervations font entre les mains de M. de Calonne.
Je donnai d'affez grands détails pour appuyer mon opinion ;
mais je ne dois ni citer en témoignage mes premiers raifonnemens fur cette matière, ni acquiefcer aux inductions que M. de
Calonne veut tirer de l'allégation vague de M. de Clugny.

Je me bornerai donc à faire obferver qu'en 1776, dans un
ancien état plein d'erreurs, l'on avoit compris non-feulement
toutes les dettes de la Maifon du Roi que j'ai liquidées en
grande partie, mais encore toutes les années de rentes, de
gages & d'appointemens qui n'étoient pas au courant : or, il
eft connu qu'après avoir fait acquitter les parties le plus en
retard, j'établis un ordre régulier pour tous ces paiemens ; &
comme on eut la certitude de recevoir ponctuellement une
année chaque année, il n'exiftoit plus en 1781 la moindre
réclamation.

Il reftoit encore plufieurs années dues fur les anciennes penfions & fur les autres graces d'un genre femblable ; mais, felon
l'arrangement adopté fous mon adminiftration, & dont on avoit
paru généralement fatisfait, ces divers arrérages étoient payés
à la mort du penfionnaire, & les fonds néceffaires pour cette
liquidation étoient compris dans la fomme deftinée annuellement à la Caiffe des penfions, & ils firent ainfi partie du
chapitre des charges ordinaires dans le Compte rendu.

Il y a eu, & il y aura dans tous les temps, fix mois ou un
an en arrière fur une grande partie des gages, des appointemens & des autres dépenfes du même genre ; mais quand
on fuit une ancienne habitude, & que chacun eft content
de recevoir une année par année, il feroit déraifonnable de

réunir ces divers arrérages , pour en paſſer l'intérêt fictif dans
les charges annuelles de l'Etat ; ou ſi l'on adoptoit une telle
méthode , il faudroit de même mettre au nombre des revenus ,
l'intérêt des arrérages habituels & conſtans ſur la Taille, les
Vingtièmes , la Capitation, &c. ; & en réſultat , la richeſſe
apparente du Tréſor royal ſeroit augmentée.

Mais pourquoi s'arrêter à tous ces raiſonnemens ? J'avois
dit , dans mon Mémoire de l'année dernière , une choſe poſitive ; c'eſt qu'à la réſerve des dettes encore inconnues relatives à la guerre , dont M. de Calonne , avec raiſon , ne fait
pas un ſujet d'objection , les ſeules dettes non liquidées à
l'époque du Compte rendu étoient celles des Bâtimens & du
Garde-meuble ; elles compoſoient à peine enſemble une ſomme
de vingt millions , & l'intérêt de ce capital , ſoit qu'il fût payé
diſtinctement , ſoit qu'on le joignît aux prix des travaux &
des fournitures , ſe trouvoit compris dans les fonds annuels
accordés à l'Adminiſtration des Bâtimens & à celle du Garde-meuble : ainſi , c'eût été un double emploi que de porter
ſéparément au chapitre des dépenſes , l'intérêt de la dette
contractée par ces deux Départemens (1).

M. de Calonne devoit contredire , s'il le pouvoit , ce que
j'avois annoncé dans mon Mémoire du mois d'avril 1787, ſur
l'extinction de la dette arriérée ; il devoit indiquer la partie
de cette dette dont j'avois négligé de faire mention ; enfin ,
en rejettant ces moyens d'éclairciſſemens , il lui en reſtoit

_____

(1) J'avois ſuivi une autre diſpoſition à l'égard du capital dû pour ſolde
de compte aux Fourniſſeurs des tables du Roi. Les ſervices & les fonctions
de ces Officiers ayant été entiérement ſupprimés , l'intérêt de leurs avances ,
juſques au rembourſement , devoit être payé par le Tréſor royal , & je compris cet intérêt dans le Compte rendu , à l'article 29 du chapitre des dépenſes.

un autre ; c'étoit de nous faire connoître comment & de quelle manière avoient été payés les cent cinquante millions de dettes arriérées qui exiftoient, felon fon évaluation, à l'époque de ma retraite : car ces dettes ne paroiffant ni en capital, ni en intérêt dans fon Compte général de 1787, il faudroit qu'elles euffent été acquittées depuis l'année 1781 : or, l'acquit de cent cinquante millions de vieilles dettes en cinq années, & au milieu de l'embarras des affaires, devient un événement très-marquant, & que perfonne ne peut ignorer.

L'indifférence de M. de Calonne pour les feuls indices dignes de foi, & fon recours unique à un Mémoire fait il y a douze ans par M. de Clugny, manifeftent évidemment fon embarras, & l'impuiffance de fes moyens.

Deux des articles du fupplément que je difcute en ce moment, regardent encore les anticipations & les Lotéries de 1777 & 1780 : mais ayant déjà traité complétement ces deux objeétions, je ne rentrerai pas ici dans de vaines redites ; j'obferverai feulement, comme une nouvelle idée vraiment fingulière, les paroles fuivantes de M. de Calonne.

« Il eft vrai, dit-il, qu'en 1785 (*c'étoit en décembre 1784*)
» la Loterie de 1777 fe trouvant entièrement rembourfée,
» il n'eft refté que fix millions trois à quatre cens mille livres
» à rembourfer jufqu'en 1790 : mais comme dès l'année 1784
» les Loteries d'avril & d'oétobre 1783 (*époque poftérieure de*
» *deux ans à mon Adminiftration*) ont ajouté à cette dépenfe
» annuelle celle de 4,789,000 livres, dont le Tréfor royal
» fe trouve encore chargé aétuellement, & *que* ce remplace-
» ment, malheureufement trop ordinaire, d'une charge *qui*
» s'éteint par une autre *qui* naît au même inftant, oblige de
» confidérer comme dépenfe annuelle ce *qui* doit être payé

» pendant plufieurs années ; il s'enfuit *qu'il* n'y a pas d'exagé-
» ration à compter comme telle à l'époque de 1781, pour
» l'article des Loteries, ce *qu'elles* ont coûté depuis lors juf-
» ques à préfent, ce *qu'elles* ont coûté à *quelque* époque *qu'on*
» les confidère, c'eft-à-dire, dix millions deux à trois cens
» mille livres. C'eft conféquemment à ajouter à la fomme de
» 7,623,000 liv. portée au Compte effectif, celle de 2,600,000
» livres ».

Quelle confufion ! quel embroglie, pour envelopper deux
principes bien extraordinaires ! Il réfulteroit de l'un que deux
Loteries, compofant enfemble foixante-un millions de premier
capital, & fur lefquelles on avoit rembourfé près de huit
millions à l'époque du Compte rendu, auroient dû former,
felon le fyftême de M. de Calonne, une charge annuelle &
permanente de dix millions trois cens mille livres. Un tel principe, s'il étoit adopté, forceroit à renoncer pour toujours à
des emprunts de ce genre.

Et de quels moyens fe fert-on pour appuyer un femblable
raifonnement ? On réunit tout à coup aux deux Loteries de
1777 & 1780, celles qui ont été faites deux ans après ma retraite
du Miniftère, & l'on avance en maxime qu'il faut confidérer
comme dépenfe ordinaire & durable, tout ce qui doit être
payé pendant plufieurs années. Quel dangereux principe, &
en adminiftration, & en morale ! car les dépenfes ordinaires
devant être balancées par des revenus conftans, il faudroit
mettre des impôts perpétuels équivalens aux dépenfes momentanées.

Certes, les peuples feroient bien à plaindre, fi de pareilles
maximes étoient admifes. Ainfi, fuppofant que le Roi em-
pruntât foixante millions rembourfables en fix ans, il faudroit
établir dix millions d'impôt permanens, c'eft-à-dire, autant

que fi le Roi avoit emprunté deux cens millions en rentes perpétuelles. Bientôt peut-être, & toujours en fuivant les mêmes
idées, ce ne feroit plus l'intérêt d'une anticipation que l'on
comprendroit dans les charges annuelles de l'Etat, ce feroit
le capital même. On diroit *que le remplacement malheureufe-*
ment trop ordinaire, d'une Charge qui s'éteint par une autre
qui naît au même inflant, oblige de confidérer la fomme
numéraire de cette anticipation comme un nouveau befoin,
& ce nouveau befoin comme une charge perpétuelle.

Les cenfures aveugles & paffionnées mènent, fans qu'on y
penfe, à des extrêmes abfurdes: la vérité, la bonne - foi,
peuvent feules nous maintenir dans une jufte mefure.

Selon M. de Calonne, j'aurois dû mettre au rang des
dépenfes ordinaires, le remboursement des Charges fupprimées dans la Maifon du Roi : article qui devoit coûter
1500 mille livres par an.

Je ferai d'abord obferver que cet article étant compris dans
les fonds délivrés en 1781 au Tréforier de la Maifon du Roi,
il forme un double emploi avec l'augmentation générale déjà
difcutée dans la Section précédente.

La liquidation des Charges fupprimées dans la Maifon du
Roi, n'étoit pas finie à l'époque du Compte rendu, & l'op-
tion laiffée aux Titulaires, d'être rembourfés en rentes ou en
argent, ne permettoit pas encore de connoître, avec certitude, la fomme qu'on auroit à payer de cette feconde manière; mais dans tous les cas, j'avois fatisfait à l'ordre le
plus exact, en paffant l'intérêt du capital des Charges dont
il eft ici queftion, fur l'état indiqué par l'article 21 au Chapitre des dépenfes du Compte rendu. Ainfi M. de Calonne,
en voulant déduire des revenus ordinaires du Roi les 1500 mille

livres payées en 1781 aux Titulaires de ces Charges, devoit au moins tenir compte des intérêts paſſés en dépenſe ; ces intérêts ſe montoient à 439,000 livres. L'entier rembourſement a été terminé en 1785. Ainſi, à quel objet pouvoit-on appliquer, avec plus de raiſon, ce que M. de Calonne établit lui-même en maxime dans le quatrième de ſes principes ? Il y diſpenſe de placer au rang des dépenſes annuelles & ordinaires le capital de tous les rembourſemens d'une durée peu étendue, & il croit qu'on peut ſe contenter alors de paſſer en compte l'intérêt de ces mêmes rembourſemens.

C'eſt en conformité de ce principe que M. de Calonne n'a point compris dans ſon Compte de 1787, pluſieurs objets de dépenſe exiſtans à cette époque, mais dont le dernier terme n'étoit pas éloigné, & l'Adminiſtration actuelle a paſſé ces ſortes de dépenſes au rang des charges extraordinaires.

Cependant M. de Calonne, infiniment mobile en ſes ſyſtêmes, prétend que j'aurois dû porter dans le Compte rendu 1300 mille livres pour les rembourſemens relatifs aux Emprunts de Gênes des années 1775 & 1777.

Le premier de ces Emprunts étoit de 1560 mille livres, & l'on peut voir, dans le Compte du Gouvernement, que ſon rembourſement a commencé l'année dernière, pour une ſomme de 400 mille livres.

Le ſecond de ces Emprunts étoit de ſix millions, & le premier rembourſement de 1200 mille livres, n'eſt tombé en échéance qu'au mois de juillet 1785.

Je demande s'il y auroit eu le ſens commun de comprendre parmi les dépenſes ordinaires, au commencement de 1781, deux rembourſemens échéans, l'un en 1781, & l'autre en 1785 ?

On étoit d'ailleurs moralement ſûr de trouver le fonds de

de ces rembourſemens par un autre Emprunt du même genre, ainſi qu'on l'a réellement exécuté; & comme l'intérêt de la créance des Génois faiſoit partie des dépenſes ordinaires, la ſituation des Finances n'a point été changée.

Il réſulteroit cependant de la biſarre objeĉtion de M. de Calonne, que lui-même auroit dû paſſer dans les charges annuelles de l'Etat, les rembourſemens éloignés encore de quatre ou cinq ans de l'époque de ſon Compte; ſagement il ne l'a pas fait, & c'eſt uniquement le Compte rendu qu'il voudroit ſoumettre à des règles vraiment abſurdes. Il faut, en vérité, ſe fier étrangement à la crédulité publique, pour mettre en avant de pareils préceptes & de ſemblables objeĉtions.

La dernière obſervation ſur le Compte rendu eſt l'omiſ-ſion prétendue de 800 mille livres *à rembourſer à diverſes Caiſſes* (1), & dont il rabat ſeulement 166,666 livres, réſer-vées dans le Compte rendu pour l'extinĉtion d'une avance faite par les Fermiers de la Caiſſe de Poiſſy; & de cette manière, réduiſant ſa première citation vague de 800 mille livres à 633,334, il lui donne fort à propos le mérite de la préciſion. Je ne ſais abſolument ce que M. de Calonne veut dire par ces prétendus rembourſemens, évalués dans ſon Mémoire à 800 mille livres, puis à 633,334, & je crois fer-mement qu'il a eu beſoin d'un article arrangé de cette façon, pour achever ſon roman de 70 millions.

Je ne dois pas négliger de faire obſerver que dans le

_____

(1) M. de Calonne ajoute, *entre autres les Meſſageries* : mais c'eſt ſur ſon rapport en mai 1784 que le Roi accorda un million d'indemnité aux anciens Fermiers des Meſſageries : ainſi, cette indemnité n'étoit ni réglée, ni reconnue juſte à l'époque du Compte rendu : enfin, une indemnité d'un million, une fois payée, ne peut jamais correſpondre à une dépenſe annuelle de huit ni de ſix cens mille livres.

Q

fupplément dont je viens de difcuter les articles, M. de Calonne a fait tout à coup reparoître les droits du Domaine d'Occident; ces droits qu'il avoit placés pour zéro dans le Tableau comparatif, ces droits qu'il avoit fouftraits affirmativement du Compte rendu, en nous affurant qu'ils étoient nuls pendant la guerre (1). On eft véritablement furpris qu'après une opinion fi déclarée, & fur-tout après quarante pages de difcuffions fur d'autres objets, M. de Calonne faffe rentrer à petit bruit dans les revenus du Roi, ce même Domaine d'Occident, contre lequel il s'étoit fi fort élevé. Luimême va nous expliquer fon changement d'avis; voici fes propres expreffions:

« Quand on confidère, abftraction faite du moment & de » toutes circonftances, ce qui doit compofer le revenu ordi» naire, il eft certain qu'alors les droits du Domaine d'Occi» dent y font naturellement compris ».

Mais peut-on imaginer pourquoi, dans un fupplément où M. de Calonne examine fimplement l'état des Finances à l'époque de ma retraite, il trouve tout à coup alors que les droits du Domaine d'Occident doivent être admis? Eft-ce qu'au mois de mai 1781, les droits du Domaine d'Occident compofoient davantage les revenus ordinaires qu'au mois de janvier de la même année, époque du Compte rendu?

On ne fait comment expliquer toutes ces inconféquences;

---

(1) Au refte, c'eft encore à trois millions cinq cens mille livres que M. de Calonne évalue le produit du Domaine d'Occident. *Ces droits*, dit-il, *entrent aujourd'hui pour 3,500,000 livres dans le Bail des Fermes.* J'ai déjà relevé cette erreur de M. de Calonne; il auroit dû dire: ces droits entrent dans le Bail des Fermes pour 4,459,427 livres, non compris les derniers fols pour livres.

mais, quel qu'en foit le motif, elles fervent admirablement
à augmenter la confufion, & à laffer les efforts de celui qui
doit faire fortir la lumière de ces épaiffes ténèbres. Seroit-
il poffible cependant que la vérité n'obtînt pas fon triomphe ?
feroit-il poffible que l'erreur, je dis feulement l'erreur des
diverfes objections de M. de Calonne, ne devînt pas fenfible
à tous les efprits ? Il a multiplié ces objections au point de
décourager l'attention, & cependant je fuis encore heureux
qu'il n'en ait pas porté plus loin le nombre ; car, en fuivant
les mêmes principes, & en les appliquant à cinq cens millions
de revenus & à cinq cens millions de dépenfes, il auroit eû
de quoi remplir des volumes *in-folio;* & peut-être eût-on
également exigé de moi d'y répondre en huit jours & en
quatre pages.

Que de peines, que de chagrins m'eût épargné M. de
Calonne, fi, avant l'affemblée des Notables; fi, avant de
s'engager dans la route qu'il a choifie, il eût bien voulu
céder à mes inftances, & me communiquer ce prétendu
Compte effectif, dont il attendoit tant d'appui! il fe feroit abf-
tenu de tourmenter un homme qui ne lui avoit fait aucun mal;
&, j'en fuis perfuadé, il eût mieux conduit fa propre affaire.

La juftice & la vérité fervent à tout, & quand une fois on
s'en eft écarté, il eft difficile de prévoir jufques à quel point
on pourra s'égarer ; car l'efprit de l'homme n'eft pas affez
fort pour le guider au milieu des grandes circonftances, fans
le fecours affidu de la morale.

Cependant, l'eût-on jamais imaginé ? M. de Calonne me
reproche d'avoir répondu à tout dans mon Mémoire du mois
d'avril 1787, excepté à la chofe effentielle, excepté à fon
principal argument, *le Compte effectif de l'année 1781.*

Quoi! ce Compte dont j'ai vainement demandé la communication ; ce Compte que lui feul ou fes coadjuteurs ont formé ; ce Compte dont il ne fe trouve pas de double entre les mains du premier Commis des Finances ; ce Compte enfin dont jamais on n'avoit eu connoiffance avant le dernier écrit de M. de Calonne ; je devois y répondre au mois d'avril de l'année dernière, & mon filence à cet égard doit achever de *deffiller les yeux de tous ceux à qui le bandeau de la prévention ne les tient pas fermés invinciblement !* Ce font les propres termes du Mémoire de M. de Calonne.

Ce reproche, il faut en convenir, eft une des plus brillantes hardieffes de mon célèbre Adverfaire ; mais fa manière eft de forcer de voix à mefure que fes raifonnemens deviennent plus foibles.

Il avoit, dit-il, offert à M. le Maréchal de Caftries de lui faire voir ce Compte ; & M. de Caftries fe fouvient feulement que, dans une première converfation, M. de Calonne, citant un Mémoire où il prétendoit que j'avois reconnu l'exiftence d'un déficit de trente-fept millions en 1776, fit quelques pas vers fon bureau, avec l'air de chercher ce Mémoire, & revint fans l'avoir trouvé.

J'ai encore entre mes mains la lettre que M. le Maréchal de Caftries m'écrivit, afin de m'inftruire des efforts inutiles qu'il avoit faits auprès de M. de Calonne pour l'engager, de ma part, à accepter tous les éclairciffemens dont il pourroit avoir befoin, & que j'étois prêt à lui donner ; mais eft-il rien de plus décifif fur cette matière que ma correfpondance avec M. de Calonne lui-même, correfpondance dont j'ai donné la copie littérale dans mon Mémoire de l'année dernière ?

M. de Calonne nous apprend *qu'il avoit été jugé peu décent qu'il foumît à ma difcuffion des calculs que SA MAJESTÉ avoit adoptés.*

De quel art s'eſt-on donc ſervi pour intéreſſer la grandeur royale à une ſi petite choſe, ſur-tout lorſqu'on ſe montroit indifférent à l'attaque publique d'un Compte revêtu des marques les plus diſtinctes de la ſanction de SA MAJESTÉ?

Avec quelle facilité les Princes ſont trompés! Souvent on ne leur préſente qu'un des côtés de la queſtion, & quand on leur fait voir les deux, le ſecond eſt tellement décoloré, qu'en le montrant, un Miniſtre artificieux ſe procure ſeulement les honneurs de la franchiſe, & attire à lui davantage la confiance de ſon Maître. Enfin, au premier ſigne extérieur d'approbation, donné par le Monarque à une propoſition qui naguère étoit la ſimple idée d'un particulier, cette propoſition devient tout à coup une émanation de l'autorité ſuprême, une portion, pour ainſi dire, de la majeſté royale, & l'on arrive ainſi juſques à juger peu décent que les calculs de M. de Calonne ſoient ſoumis à la diſcuſſion de la ſeule perſonne en état de les apprécier.

Quelle fauſſe route n'a-t-il pas fallu faire, pour arriver à un réſultat ſi étrange?

M. de Calonne ajoute qu'il deſiroit fort cependant *qu'il y eût une forme convenable, non pour mettre en queſtion ce qui ne pouvoit paroître ſuſceptible de doute, mais pour me communiquer les élémens de ſon travail, & en certiorer vis-à-vis de moi-même les réſultats.*

Ainſi le Compte de M. de Calonne, ſi pleinement erroné, ne devoit pas, ſelon lui, être *mis en queſtion, ne pouvoit paroître ſuſceptible de doute* ; & l'unique projet de M. de Calonne étoit de *trouver une forme convenable pour certiorer vis-à-vis de moi* les réſultats de ſon travail. L'expreſſion & l'idée ſont également bifarres. Il ne les a point *certiorés vis-à-vis de moi*, ces réſultats ; il ne les *certiorera* jamais, & je ne ſais comment il les *certioreroit.*

M. de Calonne ajoute encore qu'au grand Comité des Notables, tenu chez MONSIEUR, Frère du Roi, il fit paſſer ſon Tableau comparatif *de main en main à ceux qui ſe trouvoient ſiéger à ſa droite.* Ainſi un Compte dont chaque article demandoit des explications; un Compte qui, malgré mon expérience, a exigé de ma part la plus longue & la plus laborieuſe attention; c'eſt un tel Compte que M. de Calonne s'eſt contenté de faire paſſer *de main en main*, & pendant le cours d'une ou deux minutes, *à ceux qui ſe trouvoient ſiéger à ſa droite.* A peine auroient-ils eu le temps, ces *ſiégeans*, de juger, dans un ſi court intervalle, du bon goût de cette épée de cryſtal dont M. de Calonne nous a fait la deſcription, & dont il eſt d'avis que l'on diſe *que comme elle a l'éclat du verre, elle en a auſſi le bas prix* (1).

Voilà pourtant toutes les notions que M. de Calonne a jugé à propos de donner de ſon Compte effectif; voilà ce qui devoit me ſuffire pour y répondre; voilà ce qui rend mon ſilence impardonnable.

Pourquoi ne me fait-il pas un tort auſſi de n'avoir rien dit, lorſqu'au mois de novembre 1786, à l'inſu de tout le monde, il m'accuſoit auprès du Roi d'avoir laiſſé un déficit de ſoixante & quinze millions? C'eſt lui qui nous l'apprend dans ſon dernier Mémoire; c'eſt lui qui nous dévoile aujourd'hui cette action bien répréhenſible: car j'étois à Paris; j'avois publié, deux ans auparavant, un ouvrage dont les détails devoient faire préſumer

---

(1) Ce ſont les propres paroles de M. de Calonne, en imitation de ces deux vers de Polieuête ſur la fortune :

> Et comme elle a l'éclat du verre,
> Elle en a la fragilité.

J'aime mieux Corneille.

que j'étois encore en état de me défendre, & de donner tous les éclaircissemens qu'on auroit jugé à propos de me demander. Pourquoi donc ne pas me prévenir de l'intention où l'on étoit de diriger contre moi une accusation si grave ? pourquoi ne pas m'appeller ? pourquoi ne pas m'admettre à donner mes raisons, & à faire connoître mes preuves ?

M. de Calonne n'imagine pas sérieusement que des tableaux, des colonnes, des titres en grosses lettres, des Sections méthodiques, des résultats précis, &, pardessus tout, le grand mot d'*effectif*, composent, ensemble ou séparément, une démonstration sans réplique. Mais enfin, plus il eût été persuadé de la force de ses argumens, & moins il couroit de risque à faire entendre mes explications. Croit-il donc tout réparer, lorsqu'après avoir calomnié mon administration dans le silence du cabinet du Roi, il vient *protester à l'Univers* qu'il n'a jamais eu l'intention *de me faire une attaque injurieuse ?* Certes, je préférerois, & de beaucoup, qu'il m'eût laissé me tirer d'affaire avec l'Univers, du mieux que j'aurois pu, & qu'il n'eût point essayé de me perdre dans l'esprit de Sa Majesté.

Ah ! quel Mémoire au Roi que celui dont M. de Calonne nous communique l'extrait ! On y impute les plus vils motifs au Ministre qui s'est efforcé de retarder l'établissement des impôts ; on cherche à exciter les regrets du Roi, en lui montrant quatre cens millions de perdus pour le Trésor royal, tant en capital qu'en intérêts ; & l'on évite de lui rappeller que ces quatre cens millions sont restés entre les mains de ses sujets, entre les mains de ceux qui multiplient, par leur travail, la richesse publique, entre les mains de ceux à qui ces millions appartenoient, tant que les besoins de l'Etat ne rendoient pas leurs sacrifices nécessaires ; on évite de rappeller que, par ces soins paternels, le nom du Souverain avoit été béni d'un bout du Royaume à l'autre ; que, par ce fyftême de juftice, on avoit entretenu la tranquillité des créanciers de l'Etat, & l'on avoit élevé le crédit à fon plus haut terme ; que, par toute cette conduite, l'on avoit intéreffé la Nation aux vues d'ordre & d'économie déployées par SA MAJESTÉ; enfin que, par ce long ménagement des reffources extraordinaires, on en avoit caché le terme aux ennemis de l'Etat, & l'on avoit entretenu, dans le fein du Royaume, cette paix & cette harmonie qui en impofent au dehors, & qui permettent de travailler, au milieu même de la guerre, à l'accroiffement du bonheur public. De quoi eût-il donc fervi, & au Roi de vouloir & d'aimer l'ordre & l'économie, & à fon Miniftre d'en faire le but continuel de fes foins & de fes travaux ? De quoi eût-il fervi, & au Roi de fe refufer au plaifir de répandre des graces, & à fon Miniftre d'adopter des principes qui multiplioient autour de lui les haines & les inimitiés, s'il eût fallu précipiter également les difpofitions rigoureufes & l'établiffement des nouveaux impôts ? Ou feroit-ce encore un tort de trouver dans le retard de ces calamités, une récompenfe perfonnelle ? Seroit-ce encore un tort de fe confoler des peines de l'adminiftration, par l'image du bien auquel on peut concourir ?

Aucune de ces confidérations, aucune, fans exception, n'eût autorifé le Miniftre des Finances à diffimuler l'état des affaires, car il n'y a rien de bon fans la vérité : mais je ne l'ai pas déguifée cette vérité qui m'eft chère, & je ne l'aurois pas fait, SIRE, ni pour les richeffes & les honneurs que je ne vous ai pas demandés, ni pour obtenir un inftant l'opinion publique, car on ne peut l'aimer quand on ne la croit pas jufte. Et dans ce moment où je n'attends plus rien que d'elle, je détournerois mes regards de fes jugemens, & je me fentirois la force de la méprifer, fi jamais pour notre malheur elle venoit à fe pervertir. Croyez-moi donc, SIRE, croyez-moi, je vous

en

en supplie ; je ne vous ai point induit en erreur , ni sciemment, ni par ignorance ; je vous présente pour garant le nouveau travail auquel je viens de me livrer ; je vous présente pour garant cette estime dont vous m'avez honoré tant que votre propre sentiment fut mon unique juge ; je vous présente pour garant cette opinion publique qui accompagnoit de sa faveur mon administration , & qu'on ne peut tromper tant qu'un motif d'intérêt l'engage à s'éclairer ; je vous présente enfin pour garant ce mouvement que Votre Majesté daignera pardonner , ce mouvement d'une ame sûre de son honnêteté , & que l'art le plus habile ne sauroit jamais imiter.

R

SECTION VI.

Supplément au Compte rendu.

LE Compte rendu a été formé avec beaucoup de foin & avec une grande attention; il fut le réfultat d'un travail de plufieurs mois, travail précédé d'un fyftême général d'ordre, propre à rendre plus diftinctes toutes les connoiffances qui devoient fervir d'élémens à la rédaction précife du Compte des Finances.

On n'avoit autrefois aucun intérêt actif à cette exactitude, parce que le profond myftère, obfervé dans l'intérieur de l'Adminiftration, n'expofoit à aucune critique, & j'ai vu que depuis long-temps, d'un Miniftère à l'autre, on fe tranfmettoit plufieurs articles, foit en recettes, foit en dépenfes, lefquels étoient admis par commodité dans les Comptes préfentés à la hâte au nouveau Contrôleur général; & ces Comptes, à peu de changemens près, lui fervoient de fcience pour tout le cours de fon adminiftration.

On n'a rien prouvé contre ces différentes vérités, en publiant des états antérieurs à l'année 1781, où l'on voit plus de détails que n'en préfente le Compte rendu; car chacun des articles de ce dernier Compte formoit un fimple réfultat, mais dont tous les développemens fe trouvoient expofés dans les pièces juftificatives, ainfi que je l'ai rappellé au commencement de cet ouvrage.

Il s'en faut bien cependant que je regarde le Compte rendu comme une œuvre parfaite; une première chofe en aucun

genre ne l'eft jamais, & les hommes ont tous befoin des inſtruc-
tions de l'expérience.

Deux circonſtances particulières, furvenues depuis la publication du Compte rendu, m'ont obligé à en examiner tous
les détails, article par article. L'une, lorſque j'ai compoſé
mon ouvrage fur l'Adminiſtration des Finances, & que je
m'étudiai à claſſer, dans un ordre méthodique, & à réunir
fous une même dénomination toutes les parties de recettes
& de dépenſes d'un genre femblable; & l'autre, plus
récente, lorſque les attaques de M. de Calonne m'ont forcé
à un nouveau travail & à de nouvelles recherches.

J'ai noté dans le cours de ces différens travaux les erreurs qui,
au moment du Compte rendu, avoient échappé à l'attention
de mes coopérateurs & à la mienne, & je defirois une occafion de les faire connoître.

Enfin, quelques objets foumis à un nouvel ordre ayant
été fimplement évalués dans le Compte rendu, on a maintenant les notions néceffaires pour déterminer leur véritable
fomme.

J'ai donc formé, d'un petit nombre de remarques, un fupplément au Compte rendu.

Les premières diminueront l'excédent des revenus ordinaires
fur les dépenſes ordinaires, à l'époque du Compte rendu; les
fecondes l'augmenteront.

PREMIÈRES OBSERVATIONS.

Diminutions fur l'excédent à l'époque du Compte rendu.

1°. J'avois préfumé que la Régie des Meffageries nouvellement établie, produiroit au Roi quinze cens mille livres par

an ; l'on m'affure encore, que fi elle avoit été maintenue & protégée , elle auroit rendu cette fomme en peu de temps ; mais
comme fa prompte deftruction réduit mon évaluation à une
fimple conjecture, & que la même branche de revenu a été
donnée à ferme pour onze cens mille livres , je foufcris à une
différence fur cet article de . . . . 400,000 liv.

2°. J'ai trouvé , en examinant l'état détaillé des revenus cafuels,
que l'on y avoit compris onze cens mille livres fous le nom
d'*Offices de nouvelles créations* , & il m'avoit échappé d'obferver que ce genre de revenu , habituel, à la vérité , depuis
plufieurs années , devoit néanmoins être claffé parmi les
reffources extraordinaires ; ainfi j'en tiendrai compte dans ce
fupplément : ci . . . . 1,100,000 liv.

3°. On a vu dans la Section précédente , que j'avois confenti à paffer en augmentation des intérêts & frais d'anticipations . . . . 1,700,000 livres.

4°. J'ai trouvé que dans l'énumération des dépenfes relatives
à la Maifon du Roi , l'on avoit oublié les *dons & aumônes* accordés par SA MAJESTÉ fur le rapport du Grand-Aumônier de
France : ci . . . . 200,000 liv.

5°. Les remifes aux Pays d'Etats font plus fortes aujourd'hui
qu'elles n'étoient en 1781. Une partie de cet accroiffement
provient des difpofitions poftérieures à l'époque du Compte
rendu : mais les remifes aux Pays d'Etats étant plus confidérables
en temps de paix qu'en temps de guerre, cette circonftance,
je le crains, ne fut pas affez préfente à mon efprit dans l'évaluation que je fis de ces remifes en 1781 ; ce feroit une omiffion
de ma part, puifque le Compte rendu préfentoit le tableau des
revenus & des dépenfes *ordinaires*. J'aurois befoin de faire
diverfes recherches pour approfondir plus particuliérement

cette queftion; mais, dans l'incertitude, je paffe ici pour différence . . . . 500,000 liv.

6°. On a dit que je devois auffi confidérer comme une
exemption de dépenfe hors de la règle commune, les appointemens de Contrôleur général. . . . . 200,000 liv.

Les droits de Contrôle avoient été fupprimés au profit du Public,
les préfens des Pays d'Etats avoient été employés à d'autres ufages, &
les pots-de-vin des Fermes & des Régies avoient été deftinés aux dépenfes
extraordinaires de l'Hôtel-Dieu : ainfi, l'abandon de ces diverfes attributions n'a procuré aucun bénéfice au Tréfor royal, & ne peut être mis
en ligne de compte dans ce tableau.

Récapitulant les fix articles dont je viens de donner la
notice,

Le premier de . . . . 400,000 liv.
Le fecond de 1,100,000
Le troifième de 1,700,000
Le quatrième de 200,000
Le cinquième de 500,000
Le fixième de 200,000

l'on trouve que la fomme totale des diminutions fur l'excédent indiqué par le Compte rendu, fe monte à 4,100,000 liv.

SECONDES OBSERVATIONS.

Augmentation fur l'excédent, à l'époque du Compte rendu.

1°. J'avois porté dans ce Compte douze cens mille livres
pour la part du Roi dans les produits qui furpafferoient, dès
l'année 1781, les fommes fixées par les Traités des Fermes &

des Régies (1). J'avois ajouté que vraifemblablement ces
accroiffemens à l'avantage du Roi feroient plus confidérables ;
& en effet ils fe font élevés, dès l'année 1781, à *douze cens
mille livres* pour l'Adminiftration des Domaines, & à quatre
millions pour la Régie des Aides : mais comme ce dernier
produit ne s'eft pas foutenu l'année fuivante, & que je fuis
loin de vouloir, à l'imitation de M. de Calonne, tirer
aucun avantage de l'année 1781, prife d'une manière ifolée,
je ne pafferai dans cette occafion que l'année moyenne de
1781 & 1782, ce qui réduira les quatre millions cités ci-
deffus à *trois millions*.

La part du Roi dans les bénéfices de la Ferme générale
s'eft élevée, en 1781, à près de deux millions : mais cet article
n'étant pas diftinct comme le bénéfice des deux Régies, dont
on compte annuellement, je le bornerai à *un million*, afin
d'éviter toute controverfe.

Réuniffant enfemble les trois objets ci-deffus,

L'un de . . . . 1,200,000 liv.
L'autre de 3,000,000
Le dernier de 1,000,000
C'eft en tout 5,200,000

dont il faut déduire les douze cens mille
livres paffées à l'avance dans le Compte rendu,
ci 1,200,000

Refte 4,000,000

qui doivent entrer dans le fupplément du Compte rendu.

(1) Voyez les Obfervations à ce fujet, page 65 de la troifième Section.

Je donne pour garant de ces faits le Comité des Caiſſes & de la Comptabilité de la Ferme générale; celui de l'Adminiſtration des Domaines, & celui de la Régie générale; & ce ſont les Chefs de ces Comités (1) qui m'ont fourni les renſeignemens dont je préſente ici les réſultats.

2°. A l'époque du Compte rendu, j'avois évalué l'étendue des penſions, conformément au réſultat des tableaux formés par les divers Départemens où ces penſions ſe trouvoient enregiſtrées. On étoit occupé de réunir dans un ſeul Brevet les différentes graces qui avoient été accordées à une même perſonne, & le paiement s'exécutoit à une ſeule Caiſſe nouvellement inſtituée, pour remédier aux inconvéniens que la multitude des diviſions précédentes avoit fait naître. On vérifioit en même temps les doubles emplois; on retranchoit ſoigneuſement les penſions & les gratifications accordées, juſques à l'obtention de quelque place, & dont on avoit cependant continué à recevoir le paiement; on examinoit de nouveau les déductions auxquelles la plupart de ces graces avoient été aſſujetties par d'anciens réglemens; & à la ſuite de tout ce travail, dont il eſt réſulté beaucoup d'avantage pour les Finances du Roi, la ſomme des penſions & des autres graces annuelles véritablement dues à l'époque du Compte rendu, s'eſt trouvée réduite à 24,820,425 livres 17 ſols 9 deniers.

Il s'enſuit qu'ayant évalué cet article à vingt-huit millions dans le Compte rendu, je l'avois porté trop haut d'environ . . . . 3,200,000.

La différence ſeroit encore plus grande ſi, ſelon le procédé de M. de Calonne, je prenois pour unique règle l'année

_____

(1) M. de Saint-Amand, M. Didelot, M. Denyau.

1781; car, pendant cette année, les paiemens effectifs fur les penfions ne fe font élevés qu'à 23,814,988 livres 3 fols 5 deniers, y compris toujours les anciens arrérages payés à la mort de chaque penfionnaire.

M. de Calonne, dans fon Tableau comparatif, porte ces paiemens effectifs à 26,078,000 livres; mais cette allégation de fa part eft auffi fautive que tant d'autres.

Il ne fe trompe pas moins, lorfque paffant les penfions à vingt-fept millions dans le Compte général des Finances de 1787, & laiffant croire, contre fes propres connoiffances, que ces penfions s'élevoient à vingt-huit millions fous mon adminiftration, il fe glorifie, avec tant d'éclat, de les avoir réduites. Que devient ce triomphe, s'il eft prouvé que les penfions & toutes les autres graces annuelles ne fe montoient pas à vingt-huit millions au commencement de 1781, mais à vingt-quatre millions huit cens mille livres ?

Il me refte à rendre authentiques mes affertions, & à cet effet, je cite en garantie M. de Savalete de Magnanville, Garde du Tréfor royal, de qui je tiens l'état circonftancié des paiemens effectifs pendant l'année 1781, & le réfumé général des penfions exiftantes à l'époque du Compte rendu. Ces différens tableaux ont été dreffés par M. de la Fontaine, premier Commis du Tréfor royal pour la partie des penfions, & il a extrait les notices dont je viens de rendre compte des regiftres même confiés à fa direction.

Il doit m'être permis de rappeller à cette occafion que toujours je cite des garans, tandis que M. de Calonne, à deux ou trois articles près, s'eft conftamment difpenfé de le faire; mais comme fes calculs fe terminent le plus fouvent avec une précifion fingulière, & que deux ou trois mille livres fe trouvent à l'extrémité de dix ou vingt millions,

on

on a pris cette précifion pour une preuve manifefte, & l'on n'a rien defiré de plus.

M. de Calonne, après tant de revers, doit être bien touché de ces témoignages d'eftime & de confiance.

3°. A l'époque du Compte rendu, les fonds annuels deftinés aux rentes de l'Hôtel-de-Ville, étoient affignés, comme aujourd'hui, partie fur la Ferme générale, partie fur la Régie des Aides.

Ces rentes, felon l'état qui m'avoit été remis au commencement de l'année 1781, paroiffoient monter à 83,081,217 liv.; mais ayant examiné cet état avec attention, j'ai vu que les rentes viagères, créées en 1779, y étoient portées pour une fomme de 7,330,000 livres, & ayant cherché le motif d'une fi forte exagération, j'ai vu que ces rentes étant dues depuis le premier octobre, on avoit réuni par mégarde le dernier quartier de 1779, à l'année entière de 1780, & de cette manière les charges annuelles fe trouvoient augmentées du cinquième de 7,330,000 liv. c'eft-à-dire de . . . 1,466,000 liv.

J'ai vérifié ce fait avec M. Gurbert, chef du Bureau des Rentes, & j'en appelle, au befoin à fon témoignage.

En récapitulant maintenant les trois articles dont je viens de rendre compte,

Le premier de 4,000,000
Le fecond de . . . . 3,200,000 liv.
Le troifième de 1,466,000

Le total des articles qui auroient accru l'excédent du Compte rendu, fe monte à . . . . . 8,666,000 liv.

D'où, déduifant les articles en diminution dont j'ai donné le détail 4,100,000

Refte en véritable augmentation 4,566,000

S

Cette fomme doit être ajoutée aux 10,200,000 livres, qui, felon le Compte rendu, formoient l'excédent des revenus ordinaires fur les dépenfes ordinaires : ainfi, je foutiens aujourd'hui, pofitivement, que cet excédent fe montoit à près de quinze millions ; & mes calculs, dans la fuite de ce Mémoire, fe rapporteront à ceux que je viens de préfenter.

Quelle eft donc votre politique, s'écrieront ici plufieurs perfonnes ? Nous étions étonnés du réfultat préfenté par le Compte rendu, & vous voulez rendre notre foi plus difficile encore.

Je ne veux rien que la vérité.

Cependant, fi nonobftant mes réponfes décifives aux objections de M. de Calonne, quelque article du Compte rendu paroiffoit encore fufceptible, ou de diminution en recette, ou d'augmentation en dépenfe, on feroit bien le maître d'admettre en compenfation le nouveau Supplément dont je viens de donner les détails : j'ai trop befoin de tranquillité, pour ne pas le trouver très-bon : mais, felon mes lumières, & felon ma conviction, les revenus ordinaires, à l'époque du Compte rendu, furpaffoient d'environ quinze millions les dépenfes ordinaires.

Vous devez donc nous montrer, dira-t-on, comment s'eft formé le déficit avoué par M. de Calonne ; vous devez faire plus, vous devez nous apprendre de quelle manière on peut accorder l'état des affaires, au commencement de 1781, avec les réfultats du dernier Compte publié par le Gouvernement.

Certes, voilà bien des tâches qu'on me donne : je ferois, je le crois, parfaitement difpenfé de les accepter ; c'eft affez d'avoir répondu à toutes les objections ; c'eft affez d'avoir juftifié pleinement mon propre Compte ; on ne peut exiger que je le concilie encore avec les Comptes des autres : cependant, non pour donner à mes calculs un appui néceſſaire ; mais pour ſatisfaire une curioſité que je trouve naturelle, je vais préſenter le tableau hiſtorique des variations ſurvenues dans les revenus & les dépenſes, depuis l'époque du Compte rendu.

Je choiſirai, pour dernier terme de comparaiſon, le Compte publié nouvellement par l'Adminiſtration ; j'y ſuis invité par l'exactitude de ce Compte, & par l'étendue du déficit qui forme ſon réſultat. J'apperçois auſſi une ſorte de convenance & de loyauté à me rapprocher du moment préſent, & à m'expoſer ainſi davantage aux traits de la cenſure & de la contradiction.

Je me propoſe cependant d'indiquer enſuite les principales différences qui exiſtent entre le Compte du Gouvernement & celui de M. de Calonne ; car je voudrois, s'il eſt poſſible, ne laiſſer rien à deſirer.

Je ne préfère, pour moi, aucune méthode, aucun ordre de diſcuſſion ; elles me conviennent toutes indifféremment ; car il me ſuffit, dans ces combats, d'avoir la vérité pour aide ; & à l'imitation d'un mot connu d'HENRI IV, je pourrois dire, en parlant d'elle, que je la préſente avec une égale confiance, & à mes amis & à mes ennemis.

SECTION VII.

Rapprochement du Compte rendu avec le dernier Compte publié par le Gouvernement.

S'IL étoit vrai que l'excédent des revenus ordinaires fur les dépenfes ordinaires fût d'environ quatorze millions huit cens mille livres à l'époque du Compte rendu, & s'il eft vrai de même, que le déficit pour l'année 1788 foit d'environ cent foixante millions fept cens mille livres, une fi grande différence doit naturellement étonner, & répandre une forte de doute qu'il eft important d'éclairer.

Cette différence eft, comme on le voit, de 175 millions 500 mille livres, & cependant il faut encore y ajouter :

Les dépenfes éteintes depuis l'époque du Compte rendu, objet de treize millions environ ;

L'accroiffement des revenus depuis cette époque, objet de trente-fix millions environ.

Ces divers articles compofent enfemble 224 à 225 millions ; & telle eft la fomme dont l'équivalent doit fe trouver dans les augmentations de charges poftérieures à l'époque du Compte rendu, tel eft le réfultat dont j'ai entrepris de rechercher l'origine & la formation.

Une pareille tâche m'a d'abord effrayé ; mais je me fuis raffuré, en réfléchiffant qu'on n'exigeroit pas de moi un rapprochement exaçt dans fes moindres détails, mais une information fuffifante pour répandre un nouveau jour fur les vérités dont j'ai donné la preuve. J'irai plus loin cependant, & l'on verra que des faits positifs & avérés me servent presque toujours de guides.

Entrons en matière.

Je vais d'abord indiquer les dépenses qui ont cessé depuis l'époque du Compte rendu.

Dépenses éteintes depuis l'époque du Compte rendu.

N°. 1. L'intérêt des anciennes Rescriptions dont le capital est remboursé, intérêt qui se montoit, dans le Compte rendu, à . . . . 2,084,000 liv.

2. Fonds destinés, dans le Compte rendu, au remboursement de ces Rescriptions 3,000,000

3. L'intérêt des billets des Fermes dont le capital est pareillement remboursé 716,000

4. Fonds destinés dans le Compte rendu à l'amortissement de ces Billets, lesquels furent entièrement éteints en 1782 3,600,000

5. L'intérêt du nombre d'actions des Indes remboursées depuis le Compte rendu 265,000

6. L'intérêt des Offices supprimés dans la Maison du Roi, & dont le remboursement a été terminé en 1785 439,300

7. L'intérêt de la créance des Officiers fournisseurs des tables du Roi, entièrement remboursée, soit en argent, soit en rentes qui font partie de celles de l'Hôtel-de-Ville. 450,000

8. L'intérêt fictif du capital reçu des propriétaires d'Offices qui avoient fait le rachat du

10,554,300

De l'autre part . . . . 10,554,300 liv.

Centième denier pour huit ans , rachat dont le
dernier terme eſt expiré   348,500

9. Intérêts éteints par le rembourſement de
divers Offices , environ (1).   500,000

10. Fonds deſtinés dans le Compte rendu
au rembourſement des lettres - de -change des
Iſles de France & de Bourbon , terminé entiérement en 1784. 1,000,000

11. Fonds deſtinés au rembourſement du
Duché de Mercœur & de la Forêt de Senon-
ches , objet finalement liquidé en 1784. . . .   553,000

12. Fonds deſtinés au paiement des Offices
des Papiers & Cartons , objet terminé en
1787.   68,000

TOTAL des dépenſes éteintes depuis l'époque
du Compte rendu 13,023,800

Je dois maintenant faire connoître l'accroiſſement des revenus depuis le Compte rendu , & je vais en donner une note
conciſe.

---

(1) Cet article eſt indépendant des intérêts dont l'amortiſſement ſe trouve
confondu dans quelque article général de dépenſe : tels ſont , par exemple , les
intérêts attribués aux anciennes Charges de Payeurs des Rentes , & dont le
paiement étoit aſſigné ſur les fonds de l'Hôtel-de-Ville , &c.

On doit obſerver encore que les diminutions d'intérêt ſur les Emprunts
des Pays d'Etats , & les extinctions des Rentes viagères , ayant été balancées ,
& au-delà , par de nouvelles augmentations provenant d'Emprunts du même
genre , on ne peut pas en former un article ici.

Accroiſſemens depuis l'époque du Compte rendu.

Nº. 1. Le revenu du Bail des Fermes étoit, dans le Compte rendu, de 126 millions ; ſavoir :

Prix de Bail rigoureux. . 122,900,000 liv. ⎫
Excédent qu'on étoit ſû d'atteindre , & au - deſſus duquel ſeulement les Fer-miers étoient admis à un partage dans les bénéfices. ⎬ 126,000,000
3,100,000 ⎭

Les droits du Domaine d'Occident étoient paſſés ſéparément pour 4,100,000
La part du Roi dans les bénéfices de 1788. (*Voyez le Supplément du Compte rendu*) . . . 1,000,000
_____
131,100,000

Le revenu des Fermes, dans le dernier Compte du Gouvernement, y compris les nouveaux ſols pour livres établis ſous le miniſtère de M. de Fleury , eſt compoſé des articles ſuivans :

Prix de Bail rigoureux. . . . . 144,000,000 liv.
Excédent conformément à l'explication ci-deſſus ; mais au lieu de ſix millions , paſſés par M. de Calonne, on a réduit cet article , dans le Compte du Gouvernement, à 4,000,000
Le produit du Clermontois 100,000
Somme que le Roi recevra annuellement pendant la durée du Bail actuel, ſur les pro-fits du Bail précédent. 2,460,000
_____
150,560,000

De l'autre part . . . . 150,560,000 liv.

A déduire, pour la fomme portée dans le
Compte rendu & fon Supplément. 131,100,000

Refte en augmentation 19,460,000

Cet accroiffement eft diminué par diverfes indemnités qui n'avóient
point lieu dans le Bail contracté fous mon adminiftration, & qui fe
trouveront dans le Tableau général des Charges, afin de fuivre l'ordre
obfervé dans le dernier Compte du Gouvernement.

2. Le produit de la Régie générale étoit, felon le Compte
rendu, de 42,000,000
La part du Roi dans les accroiffemens effec-
tifs, affurés dès l'année 1781. (*Voyez le Sup-*
plément du Compte rendu.) 3,000,000

45,000,000

Ce même revenu, felon le Traité fait en 1786, eft
porté, dans le dernier Compte du Gouvernement, y compris
les fols pour livres, à 51,000,000
Il faut y joindre la part du Roi dans les bénéfices de 1788, paffée dans le Compte du
Gouvernement à . . . . 800,000 liv.

51,800,000

D'où déduifant la fomme portée dans le
Compte rendu & fon Supplément. 45,000,000

Refte en augmentation . . . . 6,800,000 liv.

3. Abonnement des droits de la Flandres maritime, compris autrefois dans les recouvremens de la Régie générale,
ci . . . . 800,000 liv.

4.

4. Le revenu provenant de l'Adminiftration des Domaines étoit porté , dans le Compte rendu, à. 42,000,000

Accroiffement effectif pour le Roi dès l'année 1781. (*Voyez le Supplément au Compte rendu*) . . . . 1,200,000 liv.

43,200,000

Les produits de la même Régie , felon le dernier Compte du Gouvernement , y compris les fols pour livres, font de . . . . 50,340,000 liv.

La part du Roi dans les accroiffemens de 1788 , eft paffée en compte pour 700,000

51,040,000

D'où déduifant la fomme portée dans le Compte rendu & fon Supplément 43,200,000

Refte en augmentation. 7,840,000

5. Le produit de la Régie des Poftes étoit , dans le Compte rendu , de . . . . 9,600,000 liv.

Il eft porté , dans le dernier Compte du Gouvernement , pour. . . . . 10,800,000 liv.

Addition relative aux contre-feings 1,200,000

12,000,000

D'où déduifant la fomme portée dans le Compte rendu 9,600,000

Refte en augmentation. 2,400,000

Le Roi, dans le Traité paffé fous mon adminiftration , s'étoit réfervé la moitié des augmentations ; il n'a plus aujourd'hui que le dixième fur les produits au-deffus de onze millions.

T

On a de plus obligé les diverses Régies à payer leurs ports de lettres, & il en est résulté pour elles une augmentation de dépenses, qui retombe à la charge du Roi.

6. L'accroissement sur les droits de Marc d'or est d'environ . . . . 600,000 liv.

7. Le bénéfice de la Loterie royale & des petites Loteries, passé à 9,500,000 livres sur le Compte rendu, est de 9,860,000 livres dans le dernier Compte du Gouvernement. Ainsi, l'augmentation est de. . . . . 360,000 liv.

8. Accroissement sur le produit net des Impositions de Paris, environ. . . . . 1,200,000 liv.

9. Vingtièmes abonnés, Affinages, &c. environ. 250,000

10. La créance sur les Américains est portée, dans le Compte du Gouvernement, au nombre des revenus, pour une somme annuelle de. . . . . 1,600,000 liv.

Cette créance existoit en partie au commencement de 1781 ; mais comme les termes de son remboursement n'étoient pas encore fixés, on n'en fit pas mention dans le Compte rendu.

Nota. On a compris dans les recouvremens & les soumissions des Receveurs généraux, une augmentation de Taille d'environ neuf cens mille livres, pour les fourrages & les frais communs généraux & particuliers d'Alsace ; mais comme un accroissement de dépenses, correspondant à cette imposition, se trouve dans les charges, on ne fait aucune mention ni de l'un ni de l'autre article.

Idem. Pour une imposition territoriale de la Généralité de Caen, d'environ deux cens mille livres, destinée aux travaux de la rivière de Caen, & à des indemnités pour l'acquisition de quelques parties de terrein.

Récapitulation des accroiſſemens de revenu depuis l'époque du Compte rendu.

1. Ferme générale . . . . 19,460,000 liv.
2. Régie générale 6,800,000
3. Droits de la Flandres 800,000
4. Adminiſtration des Domaines 7,840,000
5. Poſtes 2,400,000
6. Droits de Marc d'or 600,000
7. Loteries 360,000
8. Impoſitions de Paris 1,200,000
9. Vingtièmes & Affinages 250,000
10. Créance ſur les Américains 1,600,000

41,310,000

Mais il faut déduire de cette ſomme la contribution de la ville de Paris aux dépenſes de la Police, des Carrières, &c. qui ne ſubſiſte plus ; l'intérêt des Effets publics, dépoſés au Tréſor royal, en 1781, & une différence ſur le produit des revenus caſuels, des Poudres, de l'Indult, des Monnoies, &c. objets formant enſemble près de deux millions.

Il faut encore mettre en déduction l'article du Clergé, non compris dans le Compte du Gouvernement, & qui étoit porté dans le Compte rendu pour trois millions quatre cens mille livres.

Ces deux articles font enſemble . . . . 5,400,000 liv.

Il reste donc pour véritable accroissement des revenus depuis l'époque du Compte rendu, ci . . . . 35,910,000 liv.

Ajoutons à cette somme,

L'excédent des revenus ordinaires sur les dépenses ordinaires, à l'époque du Compte rendu. 10,200,000

L'accroissement de cet excédent, selon le Supplément expliqué dans la Section précédente 4,566,000

Les Charges annuelles qui ont cessé depuis le Compte rendu. 13,023,800

Le déficit de 1788. 160,737,000

TOTAL. . . . . 224,436,800 liv.

Ainsi, pour rendre le résultat du Compte rendu vraisemblable, il faut indiquer jusques à 224 ou 225 millions de dépenses survenues depuis l'époque de ce Compte, & comprises dans celui que le Gouvernement vient de publier.

Je classerai ces augmentations de dépenses sous les dénominations suivantes, afin de rendre mon travail plus instructif, & & afin qu'il soit plus aisé de le suivre & de le juger.

1°. Intérêts d'Emprunts.
2°. Rentes & indemnités pour divers sujets.
3°. Remboursemens.
4°. Dépenses des Départemens.
5°. Pensions.
6°. Dépenses relatives au recouvrement des Impôts.
7°. Déductions sur le produit des Baux & des Régies.
8°. Dépenses diverses.

9°. Dépenfes diftinguées dans le Compte du Gouvernement, fous le nom d'*extraordinaires*.

ARTICLE PREMIER.

Intérêts d'Emprunts.

N°. 1. Les Rentes fur l'Hôtel-de-Ville, à l'époque du Compte rendu, fe montoient à .... 81,600,000 liv.

Les rentes payables à la Caiffe des Arré-rages, avoient été paffées à 20,800,000

En tout 102,400,000

Je déduirai de cette fomme l'article qui avoit été porté dans le Compte rendu pour les extinctions de l'année 1781, & pour les autres intérêts qui devoient être amortis pendant cette année là. 1,850,000

Refte. .... 100,550,000 liv.

Les Rentes de l'Hôtel-de-Ville, où fe trouvent aujourd'hui comprifes celles qui fe payoient autrefois à la Caiffe des Arré-rages, s'élèvent en tout, felon le dernier Compte du Gouvernement, à .... 145,600,000 liv.

D'où déduifant la fomme fufdite de 100,550,000

L'augmentation eft de .... 45,050,000 liv.

Les créations de Rente, depuis l'époque du Compte rendu, fe font élevées plus haut ; mais en prenant pour terme de comparaifon l'état actuel des Rentes fur l'Hôtel-de-Ville, les extinctions viagères s'y trouvent

45,050,000

De l'autre part . . . . 45,050,000 liv.
confondues, ainfi que les diverfes augmentations &
diminutions furvenues, depuis le Compte rendu,
relativement aux rentes perpétuelles.

On doit obferver auffi que les intérêts du dernier
Emprunt de 120 millions, n'ont pas été compris dans
le Compte du Gouvernement.

2. Intérêt de l'Emprunt fait en Hollande,
fous M. de Fleury. 360,000

3. Intérêts relatifs aux Emprunts faits par la
Ville de Paris, fous le Miniftère de M. de
Fleury, & fous celui de M. de Calonne 2,100,000

4. Intérêts de l'Emprunt de cent millions, fait
en décembre 1782. 3,831,000

5. Intérêts de la Loterie de vingt-quatre
millions, établie au mois d'avril 1783. 540,000

6. Intérêts de l'Emprunt de cent vingt-cinq
millions, fait en décembre 1784. 5,750,000

7. Intérêts de l'Emprunt de quatre-vingt
millions, fait en décembre 1785. 3,600,000

8. Intérêts hypothéqués à la Caiffe d'Ef-
compte en 1786. 3,500,000

9. Intérêts des Emprunts faits par les Acquéreurs du terrein des Quinze-Vingts. 200,000

10. Les intérêts & les frais des
Anticipations ont été portés, dans
le Compte rendu, à 5,500,000
Addition, felon le Supplément
de ce Compte. 1,700,000
                                   —————
                                   7,200,000
                                              —————————
                                              64,931,000

Ci-contre. . . . . 64,931,000 liv.

Ces intérêts fe montent, pour
1788 , felon le dernier Compte du
Gouvernement, à 14,860,000
D'où, déduifant la fomme ci-
deffus. 7,200,000

Refte en augmentation. 7,660,000
11. Autres petits intérêts, environ   300,000
12. Intérêts des Charges d'Agens de Chan-
ge 341,400
13. Intérêts des Charges nouvelles de Tré-
foriers, Receveurs, &c. & des Supplémens
de fonds fur les Charges des Receveurs géné-
néraux, Receveurs des Tailles, Tréforiers, &c.
environ (1). 600,000
14. Intérêts des 4,680,000 liv. de nouveaux
fonds d'avance fournis , depuis le Compte
rendu , par la Ferme générale. 234,000
15. *Idem* des 7,600,000 liv. fournis par la
Régie des Aides. 380,000
16. *Idem* des 7,600,000 livres fournis par
l'Adminiftration des Domaines. 380,000
17. *Idem* des 3,600,000 liv. fournis par la
Ferme des Poftes. 180,000

                           75,006,400

(1) Les gages des Charges nouvelles de Payeurs & Contrôleurs des Rentes
font compris, felon l'ufage , dans les fonds de l'Hôtel-de-Ville.

On trouvera le détail de toutes les augmentations de Finance dans la
Section douzième

De l'autre part . . . . 75,006,400 liv.

18. *Idem* des 1,100,000 liv. fournis par la Ferme des Meſſageries. 55,000

19. Accroiſſement des Cautionnemens des Employés, & autres petits objets, environ . . 300,000

20. Intérêts des fonds reçus à compte d'un Emprunt de dix millions, fait par les Etats de Flandres, ſous le Miniſtère de M. de Calonne. 398,625

21. Accroiſſement d'intérêts provenans des autres Emprunts de tous les Pays d'Etats, environ. . . , ... 1,300,000

22. Intérêts d'un Emprunt fait par la Ville de Marſeille. 150,000

23. Intérêt d'une avance faite par les Receveurs généraux, ſous le nom de prompt paiement. . . , ... 500,000

TOTAL de tous les accroiſſemens d'intérêts depuis l'époque du Compte rendu. . , . 77,710,025 liv.

ARTICLE II.

Rentes & indemnités pour divers ſujets.

Nᵒ. 1, Indemnité annuelle à M. le Prince de Condé, pour le rachat de ſes droits dans le Clermontois. Diſpoſition poſtérieure au Compte rendu, ainſi que toutes les ſuivantes 600,000 liv.

2. Rentes à la charge de M. le Comte d'ARTOIS, que le Roi a priſes à ſon compte. 1,200,000

1,800,000

Ci-contre. . . . . 1,800,000 liv.

3. Rentes viagères, dont le Roi s'est chargé envers les Créanciers de M. le Prince de Guémené. 1,016,500

4. Rente au profit des Invalides de la Marine. 120,000

5. Rente perpétuelle assurée à l'Hôpital des Quinze-Vingts 250,000

6. Indemnité à M. Clément de Barville, pour le Comté de Montgommery 150,000

7. A M. le Duc de Grammont, pour indemnité des droits qu'il a perdus par la franchise du Port de Bayonne. 144,000

8. A M. l'Evêque de Metz, pour des bois de son Evêché destinés à l'approvisionnement des Salines. 90,532

9. Aux Héritiers de M. le Maréchal de Soubise, pour l'intérêt de l'acquisition de la Terre de Viviers. 60,000

10. Intérêts relatifs à l'acquisition de la Terre de Bois-le-Vicomte. 72,500

11. Intérêts à M. le Duc de Liancourt, pour une Forêt qu'il a cédée au Roi 30,000

12. A M. le Marquis de Fouquet, pour intérêt relatif à l'acquisition de la Terre d'Auvillars. 30,000

13. Supplément accordé à l'Université de Paris. 40,000

14. Au Procureur général de la Mission de Saint Lazare. 16,000

15. Indemnités pour la résiliation du Traité des Salines. 40,600
——————
3,860,132
V

De l'autre part .... 3,860,132 liv.

16. Rentes & Indemnités à divers particuliers, compofant un grand nombre d'articles dont le détail feroit trop minutieux, environ 150,000

TOTAL des Rentes & Indemnités accordées poftérieurement au Compte rendu, & qui fubfiftent encore. 4,010,132

ARTICLE III.

Rembourfemens.

Nº. 1. Au Clergé, relativement à fon Emprunt de l'année 1782. 1,000,000

2. A la Ferme générale, fur le prêt de 12,300,000 liv. qu'elle a fait au Roi en 1787. 2,460,000 liv.

3. A la Ferme générale, en remplacement d'une avance particulière 266,667

4. Accroiffemens fur les Remboursemens des Pays d'Etats, environ. 2,700,000

5. Remboursement fur la Loterie d'octobre 1780. 6,300,000
Dont il faut déduire les trois millions paffés dans les dépenfes ordinaires au Compte rendu ... 3,000,000

Refte en augmentation. 3,300,000

Les remboursemens fur cette Loterie, à leur première époque, en 1782, n'étoient que de 4,170,000 liv. (*Voyez* tout ce qui a été dit à ce fujet dans la première Section).

9,726,667

· *Ci-contre.* . . . . 9,726,667 liv.

6. Remboursement sur l'Emprunt de cent millions, de décembre 1782 6,168,000

7. *Idem* sur la Loterie d'avril 1783. 3,136,000

8. *Idem* sur la Loterie d'octobre 1783. . . 4,652,000

9. *Idem* sur l'Emprunt de cent vingt-cinq millions, de décembre 1784 5,750,000

10. *Idem* sur l'Emprunt de quatre - vingts millions, de décembre 1785 8,000,000

11. Primes sur ledit Emprunt 800,000

12. Accroissement sur le Remboursement des Actions des Indes 265,000

13. Second terme de remboursement d'un Emprunt de 1560 mille livres fait à Gênes en 1775, & dont le premier terme, par conséquent, n'est tombé en échéance que dans l'année 1787 400,000

14. Second terme de Remboursement d'un Emprunt de trois millions, fait à Gênes en 1777 1,000,000

L'on n'a pas trouvé, dans le Compte rendu, l'intérêt de cet Emprunt, quoique daté de l'année 1777; il n'avoit pas été fait par le Roi, ni pour ses affaires. SA MAJESTÉ, en 1784, s'est chargée de le rembourser.

15. Remboursement sur un Emprunt de six millions, fait à Gênes en 1777, pour le compte du Roi. 1,200,000

Le premier terme de ce remboursement n'est tombé en échéance qu'en 1785.

41,097,667

De l'autre part . . . . 41,097,667 liv.

16. Premier Remboursement sur un Emprunt de cinq cens vingt mille liv. fait par la Ville de Paris en 1782, & dont le Roi s'est chargé. 130,000

17. Remboursement dû à la Ville de Paris, sur les fonds de la Loterie de septembre 1786. 3,000,000

18. Remboursement dû au Public, par voie de Loterie, sur ledit Emprunt. 600,000

19. Remboursement sur l'Emprunt de la Ville, fait en 1781, sous le Ministère de M. de Fleury. 400,000

20. Remboursement sur l'Emprunt de dix millions, fait en Hollande en 1781, sous le Ministère de M. de Fleury. 1,000,000

21. Remboursement sur un Emprunt ouvert à Bruxelles en 1786, par les Etats de la Flandres maritime. 1,000,000

22. Remboursement à la Ville des six millions qu'elle a versés au Trésor royal, sur les fonds de la Loterie du mois d'octobre 1787. 6,000,000

23. Remboursement du Papier-monnoie de l'Isle de France, disposition ordonnée en 1785. 2,280,000

24. Aux Héritiers de M. le Maréchal de Soubise, à compte du prix de la Terre de Viviers. 100,000

25. A M. le Duc de Liancourt, à compte des Forêts de Camors & Floranges. 200,000
_____
55,807,667

Ci-contre. . . . . 55,807,667 liv.

26, A M. Clément de Barville, relative-
ment au Comté de Montgommery.   200,000

27. A M. Gilbert de Voifins, à compte
du prix des Terres de Saint-Prieft & Saint-
Étienne en Forez.   187,000

28. Rembourfemens relatifs aux Réformes
nouvellement faites dans la Maifon du Roi,
environ.   2,415,000

29. Rembourfemens fur les Charges nouvellement fupprimées dans la Maifon de la
Reine   1,355,200

Les intérêts qui fe montent à 333,800 livres, ont
été claffés, dans le Compte de 1788, parmi les dépenfes extraordinaires.

30. Autres Rembourfemens relatifs à la Mai-
fon de la Reine.   1,800,000

30. Rembourfement relatif à Monfeigneur
Comte D'ARTOIS.   1,600,000

31. Rembourfement des Dettes des Bâti-
mens.   2,000,000

T O T A L. . . . . 65,364,867 liv.

Tous ces rembourfemens font compris dans le dernier Compte
du Gouvernement, & n'exiftoient point à l'époque du Compte
rendu.

Les rembourfemens, dans le Compte du Gouvernement, font claffés
parmi les dépenfes extraordinaires; au lieu que dans le Compte rendu,
ils fe trouvoient au rang des dépenfes ordinaires; mais cette différence
ne doit pas être confidérée dans un Tableau où je rapproche le Compte
rendu du déficit entier de l'année 1788.

ARTICLE IV.

Dépenses des Départemens.

Nº. 1. Les fonds assignés au Département de la Guerre *sur le Trésor royal*, se montoient, à l'époque du Compte rendu, y compris l'état des garnisons ordinaires, à 87,183,000 liv.

Le Trésor royal, selon le Compte de 1788, doit fournir au Département de la Guerre 100,230,000 liv. ; mais il est juste de déduire de cette somme 524,502 liv. portées en recette pour les fonds payés au Trésor royal par diverses Villes du Royaume, relativement aux dépenses des Fortifications, & qui, à l'époque du Compte rendu, étoient délivrées par elles directement au Département de l'Artillerie ;

Reste donc. . . . . 99,705,498 liv.

D'où , déduisant la somme
ci-dessus de 87,183,000

Reste en augmentation . . . . 12,522,498 liv.

2. Les dépenses de la Marine , portées dans le Compte rendu, selon le taux réglé avant la guerre , formoient un article de 29,200,000 livres , non compris les taxations du Trésorier & les Pensions , & non compris aussi les revenus du Roi dans les Colonies. Ces dépenses sont portées, dans le dernier Compte du Gouvernement , à quarante-cinq millions ; ainsi l'augmentation est de 15,800,000

3. Le fonds ordinaire des Affaires étrangères , compris les Ligues Suisses , étoit , à

28,322,498

Ci-contre . . . . 28,322,498 liv.

l'époque du Compte rendu, de 8,525,000 liv.

Cet article eſt de 9,130,000 livres dans le dernier Compte du Gouvernement.

Ainſi l'augmentation eſt de 605,000

4. Maiſon de Monſeigneur le DAUPHIN, qui n'exiſtoit pas à l'époque du Compte rendu. 670,000

5. Augmentation ſur la dépenſe des Haras. 344,450

6. Augmentation ſur les dépenſes de la Police , de la Garde & de la Maréchauſſée de Paris , environ. 300,000

7. La dépenſe ordinaire des Ponts & Chauſſées étoit, à l'époque du Compte rendu , de cinq millions ; elle fut diminuée d'un million dès l'année 1781, ſous M. de Fleury ; mais je dois partir, dans ce Tableau de comparaiſon , des cinq millions paſſés dans le Compte rendu.

Cette même dépenſe, dans le Compte du Gouvernement, eſt de 5,875,960 livres, dont 3,865,960 livres ſur les Recettes générales ; 2,010,000 livres ſur le Tréſor royal.

Ainſi l'augmentation eſt de. 875,960

La ſomme de 5,875,960 livres ci-deſſus , compoſe la dépenſe ordinaire ; il y a de plus une ſomme de 3,290,000 livres, portée , comme on le verra, dans les dépenſes extraordinaires.

31,117,908

De l'autre part .... 31,117,908 liv.

Mais il faut déduire de cette fomme , pour
une diminution dans les dépenfes de la Maifon
du Roi & de la Reine, dans les fonds affignés
à Monfeigneur Comte D'ARTOIS , & dans les
Gages du Confeil, environ (1) 4,000,000

RESTE en augmentation de la dépenfe des
Départemens 27,117,908

A R T I C L E V.

Penfions.

Nº. 1. Les Penfions fe montoient , au commencement de
1781 , à 24,800,000 livres. (*Voyez le Supplément du Compte
rendu , Section fixième*).

Ces mêmes Penfions font portées dans le dernier Compte
du Gouvernément à 27,000,000.

La dernière réduction ordonnée au mois d'octobre 1787 , évaluée à
cinq millions , n'eft pas comprife dans le Compte du Gouvernement.

Ainfi , l'augmentation eft de .... 2,200,000 liv.

---

(1) Les économies fur ces diverfes parties fe montent , dans le Compte
du Gouvernement , à environ fix millions cinq cens mille livres : mais ce
réfultat eft relatif à l'état des dépenfes au commencement de 1787, & alors
différens objets de dépenfe furpaffoient les fommes déterminées à l'époque
du Compte rendu. Les Bâtimens n'étoient qu'à trois millions cinquante mille
livres pendant mon adminiftration ; les dépenfes des Ecuries , & d'autres ,
s'élevoient moins haut qu'en 1787 ; les Gages du Confeil, de même , &c.

2.

Ci-contre. . . . . 2,200,000 liv.

2. Je crois devoir réunir fous le même titre, les retraites accordées à l'occafion des réformes qui ont eu lieu récemment dans la Maifon du Roi & de la Reine, & dans les Commiffions du Confeil, & qui forment, dans le Compte du Gouvernement, un article féparé de 683,369

ACCROISSEMENT des Penfions & Retraites, 2,883,369 liv.

ARTICLE VI.

Dépenfes relatives au recouvrement des Impôts.

Nº. 1. Augmentation fur les Honoraires, &c. des Fermiers généraux. 104,600 liv.

2. On a alloué aux Fermiers généraux, dans le dernier Bail, à titre de remifes fur les produits régis, 1,004,166 livres; d'où, déduifant cinq cens mille livres, felon leur dernière offre, refte 504,166

3. Aux Commis, en indemnités des bénéfices d'une Place dont ils jouiffoient dans le précédent Bail. 66,000

4. Les remifes fixes accordées aux Régiffeurs des Aides, à l'époque du Compte rendu, fe montoient à . . . . . . 525,000 liv.

525,000   674,766

X

De l'autre part . . . . 525,000 liv.   674,766 liv.
Ils avoient, de plus, deux pour
cent au-delà de l'intérêt à cinq
pour cent fur une petite partie
de leurs fonds, remboursable à la
volonté du Roi 104,000

                       629,000

    Les Remifes, felon le Traité paffé avec eux
en 1786, fe montoient à 1700 mille livres;
d'où, déduifant 144 mille livres pour la réduction à laquelle ils ont confenti récemment, refte . . . . 1,560,000 liv.

    A déduire la fomme ci-deffus
de 629,000

    Ainfi l'augmentation eft de (1) 931,000
    5. Accroiffement fur les frais de Bureau. 55,000
    6. Aux Commis, en remplacement du bé-
néfice d'une Place dont ils jouiffoient dans
le précédent Traité 40,250
    7. Le Traitement fixe des Adminiftrateurs
des Domaines, à l'époque du Compte rendu,
fe montoit à . . . . 546,000 liv.

                    546,000   1,701,016

---

(1) Les Régiffeurs, par le dernier traité, n'ont que trois fols pour livre
fur toutes les augmentations, au lieu qu'ils avoient un fol de plus par million au-deffus des deux premiers millions d'augmentation qui auroient eu
lieu année commune. Cette différence, avantageufe au Roi, étant éven-
tuelle, ne peut apporter aucun changement à l'article du Tableau comparatif
dont il eft ici queftion.

Ci-contre . . . . 546,000 liv.   1,701,016 liv.

Addition fur l'intérêt, comme
aux Régiffeurs des Aides . . .   104,000
                                ————————
                                  650,000

Ce Traitement, felon le Traité paffé en
1786, eft de 1260 mille livres; d'où, fouf-
trayant 200 mille livres pour la réduction
à laquelle les Adminiftrateurs du Domaine
ont confenti récemment, refte 1,060,000 liv.

A déduire la fomme ci-deffus
de   650,000
                                ————————
Ainfi l'augmentation eft de   410,000

8. Accroiffement fur les frais de Bureau,   24,323

9. Aux Commis, en remplacement des bénéfices d'une Place dont ils jouiffoient dans
le précédent Bail.   34,000

10. Accroiffement de frais, réfultant du
rétabliffement des anciennes taxations des
Tréforiers de la Guerre & de la Marine, & du
rétabliffement des Receveurs généraux (confidération prife de la réduction de 436,000 liv.
offerte nouvellement par ces derniers); addition aux droits d'exercice des Receveurs des
Tailles, &c. environ   1,200,000

Les bénéfices provenans des jouiffances de fonds
affurées au Tréfor royal par la fuppreffion des Receveurs généraux, &c. n'avoient pas été portés fur
le Compte rendu : ainfi, la perte de ces bénéfices,

                                ————————
                                3,369,339

De l'autre part . . . . 3,369,339 liv.

par le retour aux anciens erremens, ne doit pas être mise en compte ici.

Les Miniftres actuels ont rétabli les arrangemens économiques adoptés fous mon adminiftration, concernant le traitement des Tréforiers; mais le bénéfice de cette nouvelle difpofition n'a pas été compris dans le Compte de 1788.

3,369,339 liv.

Il faut déduire de cette fomme les honoraires dont jouiffoient les Adminiftrateurs des Poftes à l'époque du Compte rendu, & qui ont ceffé depuis le moment où la Régie a été changée dans une Ferme. 120,000

RESTE, pour l'accroiffement des dépenfes relatives au recouvrement des Impofitions. . . 3,249,339 liv.

Si l'on ajoute à cette fomme les 1276 mille livres de réduction nouvellement confenties fur les traitemens des Fermiers, Régiffeurs & Receveurs généraux, on trouvera jufte l'évaluation de quatre à cinq millions donnée dans mon Mémoire du mois d'avril de l'année dernière, à l'accroiffement des honoraires & traitemens de Finance.

ARTICLE VII.

Déductions fur le produit des Impôts.

M. de Calonne ayant mis de l'intérêt à augmenter, en apparence, le réfultat du Bail & des Traités foufcrits en 1786 par les Fermiers généraux & les Régiffeurs, a tranfporté au compte du Roi plufieurs dépenfes qui étoient à la charge de la Ferme générale & des Régies, dans les conventions passées sous mon Ministère : enfin, M. de Calonne a de plus annoncé des dispositions nouvelles, favorables au produit des Fermes; &, en attendant leur exécution, il a chargé le Roi de plusieurs indemnités, qui sont déduites actuellement du prix du Bail, & qui font partie des dépenses dans le dernier Compte du Gouvernement; savoir :

N°. 1. Pour diverses dépenses qui étoient à la charge des Fermiers généraux dans le Bail passé sous mon Administration, & qui ont été portées au compte du Roi dans le Bail de M. de Calonne. 2,319,000 liv.

2. Indemnité jusques à l'établissement d'un nouveau régime pour la vente du Sel en Auvergne, & dans les autres pays de dépôts. . 500,000

3. Indemnité pour l'abonnement dont les Propriétaires des Marais de Cette ont été déchargés. 50,000

4. Autre indemnité concernant les sols pour livres du Trépas de Loire. 40,500

5. Autre déduction, jusques à ce que les franchises de droits dont jouissoient anciennement les Invalides & diverses Communautés fussent converties en secours d'argent à la charge du Roi. 974,000

6. Déduction sur le Traité avec la Régie générale, pour la non-jouissance des droits qui devoient être établis dans le Clermontois . . . 150,000

7. Déductions pour des droits d'Aides aliénés aux Etats de Bourgogne. 600,000

4,633,500

De l'autre part................ 4,633,500 liv.

Cette aliénation a été faite poftérieurement à la date du Traité paffé avec la Régie générale, & pour un capital avancé par les Etats de Bourgogne : ainfi, l'obfervation relative à tous les autres articles d'indemnités, ou de déductions, n'eft pas applicable à celui-ci.

8. *Idem* pour un abonnement de Péages faits aux Etats du Mâconnois............... 15,000

9. Indemnité à l'Adminiftration des Domaines, pour diverfes non - jouiffances de droits............................. 240,000

10. Dépenfe des Papiers & Cartons néceffaires à cette Adminiftration, & que le Roi a prife à fon compte dans le Traité de 1786 : difpofition vraiment bifarre............. 340,000

11. Les Régies des Domaines & des Aides fous mon Adminiftration, recevoient & adreffoient leurs Lettres en franchifes, fous le contre-feing du Miniftre des Finances ; & nulle indemnité n'étoit attribuée à l'Adminiftration des Poftes pour cette difpofition : mais lorfque les Poftes furent mifes en Ferme, fous le Miniftère de M. de Calonne, le Roi s'engagea à bonifier annuellement aux nouveaux Fermiers 4,6 mille livres, à titre d'abonnement des ports de Lettres des deux Régies des Aides & des Domaines ; ainfi le prix du Bail a pu être augmenté en proportion. Quoi qu'il en foit, cette indemnité faifant aujourd'hui partie des

5,228,500

Ci-contre . . . . 5,228,500 liv.
charges affignées fur le produit des Poftes, on
doit paffer ici 456,000

12. Je vois encore, au Chapitre des Poftes,
dans le Compte du Gouvernement, un article
d'indemnité, ayant pour titre : *Pour augmen-*
tation des frais de régie & amélioration, dont
il fera rendu compte. Cet article a été arrangé
fous M. de Calonne ; & je crois, fans en avoir
de certitude, qu'il participe à l'efprit des
diverfes difpofitions précédentes. Il doit toujours être mis au rang des dépenfes qui n'exiftoient point à l'époque du Compte rendu. . . 300,000

13. Les Receveurs généraux font chargés du
recouvrement de quelques droits abonnés &
convertis dans une impofition territoriale, &
ils en remettent le produit, foit à la Régie des
Aides, foit à celle des Domaines. Ces paiemens
fe montoient, en 1781, à 393,680 liv. pour
l'Adminiftration des Domaines, à 747,990 liv.
pour la Régie des Aides.

Ils fe montent aujourd'hui, pour la première
de ces Régies, à . . . . 486,360 liv.

Et pour la feconde, à 838,610

Ainfi, la différence en augmentation eft de 183,300

¹ Cet article n'eft pas du genre des précédens ; mais
il s'y rapporte néanmoins, puifque l'augmentation pure
& fimple d'un abonnement eft un avantage à l'abri de
toute efpèce de hafard.

T O T A L des déduðions fur le produit des
Impôts . . . . 6,167,800 liv.

L'on voit encore à l'article des Fermes, dans le Compte du Gouvernement, que le Roi a confenti à une déduction de 1220 mille livres fur le prix du Bail, jufques à la parfaite clôture de Paris.

Il eft très-poffible que cette déduction fubfifte pendant une grande partie de la durée du Bail actuel ; cependant, puifqu'on l'a claffée parmi les dépenfes extraordinaires, dans le dernier Compte du Gouvernement, j'obferve le même ordre, & je ne la réunis point aux autres indemnités dont je viens de faire le recenfement.

Je ne fis aucune mention de ces indemnités, lorfque, dans mon Mémoire du mois d'avril de l'année dernière, je donnai, par évaluation, le Tableau de l'accroiffement des revenus du Roi, depuis l'époque du Compte rendu. J'ignorois, comme tout le Public, ces difpofitions fingulières, & rien n'eft moins furprenant ; mais ce qui l'eft beaucoup, ce qui l'eft extrêmement, c'eft de voir M. de Calonne relever vivement une omiffion commife dans cette évaluation ; c'eft de voir M. de Calonne préfenter enfuite le Compte des bénéfices procurés au Roi, lors du renouvellement, en 1786, du Bail des Fermes & du Traité des Régies ; c'eft de le voir enfin annoncer ce Compte comme une inftruction pofitive & certaine, & de n'y trouver cependant aucune mention des indemnités dont je donnai la note, & qui dérangeoient fi fortement fes calculs.

On doit préfumer que M. de Calonne aura rendu au Roi un Compte plus exact : cependant, il règne encore une grande obfcurité dans l'état général des Finances annexé à fon dernier Mémoire ; car un article relatif au fujet que je traite, s'y trouve exprimé de la manière fuivante, au Nº. XI du Chapitre des dépenfes : *Ferme générale. Dépenfe que le Roi a prife à fon compte*, 2,852,000 *livres.*

Et

Et en marge on voit ces lignes :

« Lorſque cette dépenſe n'étoit pas au compte du Roi, elle
» n'en diminuoit pas moins le produit réel ; SA MAJESTÉ s'en eſt
» chargée pour pouvoir la réduire ».

Sans doute cette dépenſe, lorſqu'elle étoit à la charge
des Fermiers généraux, comme autrefois, diminuoit toujours
le produit réel, conſidéré d'une manière abſtraite & générale ;
mais le produit réel, *pour le Tréſor royal*, celui dont il eſt
queſtion dans un compte des revenus du Roi, eſt bien différent
quand on décharge ou non les Fermiers de certaines dépenſes
compriſes antécédemment dans les obligations de leur Traité :
une telle diſpoſition eſt abſolument ſemblable à une réduction
ſur le prix du Bail, & le revenu du Roi eſt évidemment
diminué.

Un Miniſtre des Finances, avec de tels arrangemens, pourroit étendre fort loin le prix des Baux, ſans enrichir d'un ſol le
Tréſor public.

Il n'eût pas été poſſible non plus de découvrir, dans le Compte
général de 1787, publié par M. de Calonne, ni l'indemnité
de 1220 mille livres, accordée aux Fermiers généraux juſques
à la parfaite clôture de Paris, ni l'abonnement des Ports de
Lettres des deux Régies, dont le Roi s'eſt chargé, ni d'autres
déductions encore, dont il n'eſt fait aucune mention préciſe
dans ce Compte des Finances.

Et moi, qui ſuis obligé de démêler tout cela ; & moi, qui
ai pour tâche de chercher à rendre diſtinct ce qu'on a voulu
tenir obſcur, je vois groſſir à chaque inſtant mon travail.

Y

ARTICLE VIII.

Dépenses diverses.

Je comprendrai sous ce titre diverses augmentations de dépenses, qui auroient besoin chacune d'une dénomination particulière , si l'on s'attachoit à les classer séparément.

No. 1. Primes accordées au Commerce du Nord & à l'introduction des Morues dans les Colonies , accroissement de Primes pour la traite des Noirs , &c. Il est résulté de ces diverses dispositions, postérieures à l'époque du Compte rendu, une augmentation dans les charges annuelles de près de. 2,400,000 liv.

2. Addition à la dépense du Pavé de Paris.　　60,000

3. Addition à la somme destinée aux travaux de charité 375,600

4. Addition à la dépense du Palais de Paris.　57,400

5. Je vois dans le Compte du Gouvernement, que les charges, sur le produit des droits de Domaine & sur le produit des Bois & des Domaines réels, sont augmentées de près de.　3,000,000

Cette augmentation provient , selon les informations que j'ai prises de l'accroissement des frais de Justice, d'une addition aux dépenses de construction & réparation des Bâtimens publics, de la confection des nouvelles routes dans les Forêts du Roi, & très-essentiellement aussi de plusieurs dépenses extraordinaires assignées sur le produit des Bois.

6. Disposition postérieure au Compte rendu, pour l'approvisionnement des charbons . . . 100,000

5,993,000

Ci-contre . . . . 5,993,000 liv.

7. Addition aux décharges & modérations, tant fur la Capitation que fur l'Aide extraordinaire de Flandres, Hainaut & Cambrefis.   539,500

8. Augmentation fur les diverfes dépenfes *locales* dans les Provinces 107,230

9. On a paffé dans le Compte du Gouvernement les frais de taxation, relatifs aux quatre millions que l'on recevra de plus des contribuables, en 1788, à raifon du rapprochement des termes de leurs paiemens ; c'eft un objet d'environ 180,000

10. Je vois dans les charges de la Loterie, une fomme accordée par le Roi, pour être attribuée annuellement à la Nobleffe indigente & autres, fous les ordres du Miniftre des Finances. Cette dépenfe n'exiftoit pas à l'époque du Compte rendu 130,000

11. La dépenfe des Poftes aux chevaux, déduction faite de celle des tournées de Compiègne & Fontainebleau, &c. que je ne trouve pas dans le Compte du Gouvernement, forme un accroiffement de 50,000

12. La dépenfe de la Caiffe d'Amortiffement, établie en 1784 249,800

13. Le loyer & entretien de l'Hôtel de Choifeul, pour le Tribunal des Maréchaux de France. 25,400

14. Secours à l'Ecole des Orphelins militaires. 32,000

                                         7,306,930

De l'autre part : . . . . 7,306,930 liv.

15. Addition à la dépense des Carrières.   50,000

16. Souscriptions du Roi pour des Livres qui faisoient autrefois partie des dépenses imprévues, & ne se montoient pas si haut. . . .   60,000

17. Augmentation sur les Appointemens & Traitemens, par Ordonnances particulières, environ   1,000,000

18. Les secours pour les Enfans-Trouvés dans les Provinces, me paroissent avoir augmenté successivement d'environ   500,000

19. Les fonds destinés aux Etapes & aux Convois militaires, étoient, dans le Compte rendu, de . . . . 2,368,390 liv.

Ils se montent, dans le Compte de 1788, à 2,650,000

Ainsi l'augmentation est de   281,610

Cette augmentation est sans doute relative aux mouvemens de troupes prévus pour cette année ; car la somme portée sur le Compte rendu a passé la dépense réelle en 1781 ; puisque, selon le Compte arrêté au Conseil, cette dépense s'est montée seulement à 2,274,631 livres ; & cependant l'année 1781 fut une année de guerre & de grands mouvemens de troupes.

20. La somme passée sur le Compte de 1788, pour les Gages des Cours, Chancelleries, &c. m'ayant paru trop forte d'un million, j'ai appris qu'elle étoit due à un rapprochement fait dans les soumissions des Re-

9,198,540

Ci-contre .... 9,198,540 liv.
ceveurs généraux ; & que cet accroiffement
de charges étoit relatif à l'année 1788 feulement. 1,000,000

Cet article auroit dû être compté parmi les dépenfes
extraordinaires.

21. Accroiffement des dépenfes variables,
portées fur le Compte de 1788, en un feul
article de 4,405,850 livres, au rang des
charges de la Recette générale, & qu'ainfi je
ne puis reconnoître qu'imparfaitement. Accroiffement des remifes accordées aux Pays
d'Etats, & divers petits articles, environ ... 1,000,000

TOTAL de l'accroiffement des dépenfes
diverfes. .... 11,198,540 liv.

ARTICLE IX.

Dépenfes extraordinaires.

C'eft le titre donné, avec raifon, dans le **Compte du Gou-**
vernement, à plufieurs dépenfes qui doivent finir en peu
d'années. On verra qu'elles ont toutes été faites & déterminées poftérieurement au Compte rendu.

Nº. 1. Dépenfe extraordinaire, relative au Département
de la Guerre. .... 1,180,000 liv.

2. Dépenfe extraordinaire des Affaires
Etrangères, pour 1788 feulement. 3,000,000

4,180,000

De l'autre part. . . . . 4,180,000 liv.

3. Troifième à compte d'un fubfide ordonné en 1785. 2,260,000

4. Conftructions de Bâtimens à la grande Ecurie, nouvellement ordonnées. 200,000

5. Paiement fur l'arriéré de la Maifon de MADAME, déterminé, comme tous les autres articles, poftérieurement au Compte rendu. 144,000

6. Somme accordée aux Ponts & Chauf-fées, pour des travaux ordonnés depuis peu d'années, & poftérieurement à l'année 1781. 3,290,000

7. Pour les travaux de Cherbourg, *idem.* 5,400,000

8. Pour des réparations ordonnées à l'Orient, *idem.* 100,000

9. Pour un arrangement relatif à l'af-faire de M. le Prince de Guémené, pofté-rieur également à l'année 1781. 1,293,000

10. Arrangement relatif à la Succeffion de M. le Duc de Choifeul, *idem.* 200,000

11. Pour d'anciens arrérages dus fur un Emprunt fait par les Acquéreurs du Terrein des Quinze-Vingts. 200,000

12. Reliquats dus fur une difpofition prife pour les Haras de Chambord, en 1784 ou 1785. 112,500

13. Dépenfe extraordinaire & momen-tanée, ordonnée au Jardin du Roi, pofté-rieurement à l'année 1781. 100,000

14. Intérêts jufques au rembourfement des

17,479,500

Ci-contre. . . . . 17,479,500 liv.

Charges nouvellement fupprimées dans la Maifon du Roi & de la Reine.   313,800

Les fonds deftinés annuellement à l'amortiffement du capital ont été portés, comme on l'a vu, fur l'état des rembourfemens.

15. Dépenfes imprévues, cinq millions : elles étoient de trois millions dans le Compte rendu : différence   2,000,000

Les dépenfes imprévues, dans le Compte du Gouvernement, font, comme on le voit, partie des dépenfes extraordinaires, au lieu que dans le Compte rendu, elles fe trouvoient claffées au rang des dépenfes ordinaires ; je ne dois pas m'arrêter à cette différence, dans un moment où je compare le réfultat du Compte rendu avec le déficit entier de 1788 ; mais fi j'établiffois un parallèle entre les dépenfes ordinaires de ces deux Comptes, il fe trouveroit alors que les dépenfes imprévues de trois millions, dans le Compte rendu, ne feroient pour rien dans le Compte du Gouvernement.

Les articles qui précèdent font tous payés au Tréfor royal.

Les fuivans compofent la fomme de 6,656,285 liv. indiquée à la page 180 du Compte du Gouvernement, comme le montant des dépenfes extraordinaires affignées fur les Recettes. L'on a omis d'en donner

19,793,300

De l'autre part . . . . 19,793,300 liv.
les détails dans le Compte du Gouverne-
ment : on va les trouver ci-après.

16. Somme affignée à M. le Prince de
Condé fur la Ferme générale, relativement
au capital que le Roi s'eft engagé de lui
payer pour le Clermontois. 1,200,000

17. Bonification aux Fermiers généraux,
jufques à la parfaite clôture de Paris. . . . 1,220,000

18. Fonds deftinés aux travaux néceffaires
pour la clôture de Paris. 3,600,000

19. Somme accordée au Languedoc, pour
la conftruction de quelques ouvrages publics ;
& toujours, fans le répéter, poftérieurement à l'année 1781. 206,285

20. *Idem* pour la Provence. 30,000

21. Somme deftinée à la conftruction du
Palais d'Aix. 200,000

22. Pour la liquidation d'ouvrages relatifs
à l'Hôtel des Monnoies. 100,000

23. A M. de Boulainvilliers, paiement relatif à l'acquifition de fon Hôtel pour les
Meffageries. 100,000

AINSI LA TOTALITÉ des dépenfes dénommées extraordinaires dans le Compte
du Gouvernement, & qui n'exiftoient point
à l'époque du Compte rendu, fe montoient à 26,395,585

Elles s'éleveroient à 29,395,585 livres, felon l'indication
donnée à la page 180 du Compte du Gouvernement, fi je
n'en

n'en avois pas déduit les trois millions paffés, dans le Compte rendu, pour les dépenfes imprévues.

Récapitulons maintenant les neuf articles, dont les fommes réunies repréfentent toutes les augmentations de dépenfes poftérieures au Compte rendu.

Art. 1ᵉʳ. Intérêts d'Emprunts . . . . 77,710,025 liv.

2. Rentes & indemnités pour divers fujets 4,010,132

3. Rembourfemens. 65,364,867

4. Dépenfes des Départemens 27,117,908

5. Penfions 2,883,369

6. Dépenfes relatives au recouvrement des Impôts 3,249,339

7. Déductions fur le produit des Impôts. . 6,167,800

8. Dépenfes diverfes. 11,198,540

9. Dépenfes extraordinaires 26,395,585

TOTAL 224,097,565

Or, on a vu,

Que l'excédent du Compte rendu étoit de . . . . 10,200,000 liv.

Son Supplément de 4,566,000

Que les dépenfes éteintes depuis l'époque du Compte rendu, fe montoient à 13,023,800

Les accroiffemens de revenu, depuis la même époque, à 35,910,000

Que le déficit de 1788 étoit de 160,737,000

TOTAL 224,436,800

Z

Somme qui se trouve ainsi balancée par les accroissemens de dépenses survenus depuis l'époque du Compte rendu.

On verra peut-être avec intérêt la division que j'ai faite de tous les accroissemens de dépenses depuis le commencement de 1781 , & l'on pourra, je le pense, tirer quelque avantage de ce tableau.

Il ne suffit pas, sans doute, pour éclairer parfaitement sur l'origine du déficit, puisqu'il faudroit y joindre encore une information que je n'ai point, c'est l'historique des dépenses auxquelles les Emprunts ont été destinés. Il est généralement connu qu'une grande partie de ces Emprunts (où ceux de 1781 sont compris) a été nécessitée par les dépenses de guerre en 1781 & 1782, par les préparatifs de la campagne de 1783 , & par les dettes qu'il faut liquider à la fin de toutes les guerres, & qui sont plus considérables lorsque les armes du Souverain ont été portées dans les deux Indes (1). M. de Calonne nous a donné quelques indications à cet égard dans son premier Mémoire; mais ses calculs sont si souvent fautifs, que je ne saurois en faire usage. Je suis fort éloigné de m'unir aux exagérations aveugles qui ont imputé à son administration le déficit entier des Finances, & je donne ici, sans peine,

---

(1) L'Administration des Finances donnoit, aux Départemens de la Marine & de la Guerre, les fonds déterminés par SA MAJESTÉ, & ces fonds, pour la Marine seule, ont monté, dans les deux années réunies de 1780 & 1781, à 292 millions : mais le Département de la Marine, pendant toute la guerre, a fait usage des facilités qui étoient à sa portée : ainsi, la plupart de ses contrats, pour des fournitures en Europe, étoient à quelques mois de terme, & les Agens dans les Colonies se remboursoient en lettres-de-change d'une partie des dépenses qu'ils étoient tenus d'acquitter ; ces crédits habituels sont l'origine essentielle des dettes encore en arrière à l'époque d'une paix.

à M. de Calonne, de grands moyens pour détruire avec évidence une si fausse opinion : mais les exagérations toujours faciles à repousser déplaisent moins aux Ministres dont on s'occupe, que des reproches plus près de la vérité, & où l'on pourroit comprendre, & ce qu'ils ont fait, & ce qu'ils ont négligé de faire.

Je n'ai garde de me charger d'une pareille censure envers personne, elle est trop loin de mon goût & de mon caractère ; je me bornerai donc à jetter un regard douloureux sur l'état présent des Finances, sur une situation si différente de celle que j'ai connue : mais, malgré les injures du temps, malgré les fautes des hommes, la France est toujours la France, & au dehors comme au dedans, on ne doit jamais l'oublier. C'est à la réunion éclatante de tous les amis, de tous les représentans de l'Etat, qu'il appartient aujourd'hui de relever les forces de ce grand Empire ; & il presse de réparer l'opinion, cette vie morale & politique, cette puissance singulière, qui seule a le moyen d'anéantir le passé, en rapprochant avec vigueur le présent de l'avenir.

Je reviens à mon triste travail. On aura peine, je le crains, à se former une juste idée de son étendue, car, en résultat, tout devient simple ; & l'un des premiers effets de la méthode, c'est de cacher les difficultés vaincues : aussi, dans les plus grandes choses comme dans les plus petites, tous ceux qui jouissent de l'ordre n'en connoissent pas le mérite.

Je suis bien loin de présumer qu'aucune erreur n'aura échappé à mon attention, mais je ne puis trop rappeller que la justification du Compte rendu ne dépend point du parallèle & des rapprochemens que je viens de tracer ; & si l'on ne daigne pas se souvenir de cette observation, j'aurai travaillé contre moi, en appuyant la vérité par des calculs accessoires ; car plus

Z 2

on multiplie ces calculs, plus on offre d'efpace aux jeux de l'artifice.

Je me propofois fimplement, en me livrant à ces recher-ches, de rendre vraifemblable le réfultat du Compte rendu. Cependant, fi l'on confidère avec attention les divers Tableaux que j'ai préfentés, on y trouvera, je le crois, une confirma-tion très-puiffante de la vérité combattue par M. de Calonne; car il eft aifé de voir, il eft aifé du moins de s'affurer que les articles dont ces tableaux font compofés, fe rapportent tous à des recettes & à des dépenfes poftérieures à l'époque du Compte rendu.

M. de Calonne, avec tous les moyens qui font réunis entre les mains de l'Adminiftrateur des Finances, auroit trouvé facilement la vérité; mais importuné de la part qu'il pouvoit avoir au déficit des Finances, il a voulu le rejetter à lon-gue diftance, & dirigeant vers cette idée tous les efforts de fon efprit, il m'a choifi pour victime de fon injufte projet. Il n'aura pas réuffi, je l'efpère; mais combien de hafards n'avoit-il pas pour lui! Je pouvois être rebuté par la conti-nuité de cette laborieufe controverfe; je pouvois, intimidé par un premier exil, n'être avide que de repos; je pouvois, entraîné par un mouvement pardonnable, laiffer là l'opinion & fes variables caprices; enfin, unique défenfeur d'une caufe dont un peu de temps encore auroit rendu l'étude & l'explication impoffible, je frémis du triomphe qui auroit pu refter à M. de Calonne, fi quelque affoibliffement dans ma fanté avoit abattu mon courage, ou fi la mort, toujours près de nous, m'avoit fait difparoître du milieu de cette arène où je combats fans feconds depuis fi long-temps.

Je fais bien qu'à Paris, du même efprit léger dont on vous a fait un reproche, on ne tarde pas à vous abfoudre; mais j'ai mis trop de férieux à tout, pour faire dépendre mon honneur de décifions fi mobiles. Il y a d'ailleurs, dans le foin que l'on prend de fa réputation, un fentiment étranger au jugement des autres; c'eft une glace où l'on a l'habitude de fe regarder, & nous voulons qu'elle foit pure comme notre propre cœur.

SECTION VIII.

Observations fur le Compte général des Finances, annexé au dernier Mémoire de M. DE CALONNE.

JE voudrois bien, tant que je fuis à l'attache près de mon malheureux travail, aller au-devant de toutes les objections, même les moins raifonnables. C'en feroit fûrement une de ce genre, fi l'on difoit que ce n'eft pas affez d'avoir rapproché mon Compte de celui du Gouvernement, & qu'il faut de plus montrer l'accord des deux avec l'Etat de 1787, publié par M. de Calonne; car il eft certain que tout eft renfermé dans un Tableau où l'on voit le rapport de l'excédent des revenus fur les dépenfes en 1781, avec le déficit en 1788, déficit fort fupérieur à celui qui eft indiqué dans tous les Comptes & dans tous les Etats précédens.

Cependant, ne voulant me refufer à aucune peine, je vais indiquer les différences principales qui exiftent entre le Compte du Gouvernement & celui de M. de Calonne. Cette inftruction fervira du moins à faire connoître que fi j'avois pris pour terme de comparaifon le Compte de M. de Calonne, j'aurois égaré le jugement du Public, j'aurois laiffé la vérité dans les ténèbres, tant il y a d'erreurs dans ce Compte.

Je vais divifer en deux parties le Tableau des différences qui exiftent entre le Compte de M. de Calonne & celui du Gouvernement.

La première indiquera les différences qui ont augmenté le déficit de 1788.

, La feconde indiquera les différences qui ont diminué ce même déficit.

Enfin, je diftinguerai., dans chacune de ces deux parties, les différences qui proviennent de recettes & de dépenfes que M. de Calonne ne pouvoit ou ne devoit pas comprendre dans fon Compte, & les différences qui dérivent néceffaire-ment d'erreurs commifes dans l'un ou l'autre Compte.

Premiere Division.

Différences qui ont augmenté le déficit de 1788.

No. 1. Les rentes viagères créées en mai 1787, font partie du dernier Compte du Gouvernement; elles ne pouvoient pas entrer dans celui de M. de Calonne au commencement de 1787 : cet article eft de *fix millions.*

Les douze à treize millions de rentes provenant du dernier Emprunt de cent-vingt millions., ne doivent pas être portés ici, puifque le Gou-vernement n'a pas compris cet article dans fon Compte.

2. L'on voit encore, dans le Compte du Gouvernement, trois articles de dépenfes, relatifs aux réformes & aux fuppref-fions ordonnées par le Roi depuis un an, & qui ne pouvoient, par conféquent, faire partie du Compte de M. de Calonne.

Le premier de 685,369 livres, pour des retraites.

Le fecond de 1,355,000 livres, pour le rembourfement des Charges fupprimées dans la Maifon du Roi & de la Reine.

Les intérêts dus jufqu'au rembourfement, objet de 313,800 livres, font partie des dépenfes extraordinaires dans le Compte du Gouverne-ment.

Le troifième de 4,215,000 livres, pour des paiemens fur

l'arriéré dans la Maison de la Reine, & les Ecuries du Roi, &c. (1).

Ces trois articles se montoient en tout à *6,255,569 livres.*

3. L'Administration actuelle a présumé que l'évaluation donnée par M. de Calonne, au produit des Régies confiées à la Ferme générale, étoit trop forte de *deux millions*, & elle rabat cette somme des cent cinquante millions passés dans le Compte de 1787, pour le Bail de la Ferme générale : M. de Calonne ne pouvoit s'y attendre.

4. On a rapproché, dans les soumissions des Receveurs généraux, & pour l'année 1788 seulement, les gages des Cours & Chancelleries : cette disposition, postérieure à l'administration de M. de Calonne, forme, dans le Compte du Gouvernement, une déduction d'*un million* sur le revenu des Recettes générales.

5. Les gages, taxations & gratifications aux Receveurs généraux & particuliers des Pays d'Election & de Paris, se montent, dans le Compte du Gouvernement, à *236,350 liv.* de plus que ces articles ne sont portés sur le Compte de M. de Calonne ; mais cette différence vient principalement de la remise due sur les quatre millions qui seront exigés extraordinairement en 1788, à raison du rapprochement des termes de paiement des impositions.

6. Le Gouvernement ayant passé lui-même dans son Compte,

(1) L'article intitulé *Paiement sur l'arriéré*, se monte à 7,815,000 liv. sur le Compte du Gouvernement : mais il contient deux articles de dépenses portées dans le Compte de M. de Calonne ; savoir, la liquidation des dettes des Bâtimens, ... 2,000,000 liv. Celle des dettes de M. le Comte D'ARTOIS . . . . 1,600,000 liv. (*Voyez l'article 37, page 172 du dernier Compte de l'Administration*).

au

au rang des objets extraordinaires, plusieurs dépenses d'une courte durée, on ne peut pas faire de reproches à M. de Calonne de n'avoir pas compris ces mêmes sortes de dépenses dans son Compte de 1787, qui a pour titre : *Etat ordinaire.*

La totalité des dépenses, dénommées *extraordinaires* dans le Compte du Gouvernement, se montent à 29,395,585 liv. mais il faut déduire de cette somme deux articles qui se trouvent dans le Compte de M. de Calonne.

L'un de 1,200,000 livres, pour une partie de l'indemnité accordée à M. le Prince de Condé, dans l'affaire du Clermontois.

L'autre de 5,000,000, destinés dans le Compte de M. de Calonne, aux travaux de Cherbourg (1).

Or, en déduisant ces deux sommes des 29,395,585 liv. citées ci-dessus, la différence entre le Compte du Gouvernement & celui de M. de Calonne, n'est plus que de . . 23,195,585 *liv.*

Les dépenses imprévues, classées au rang des dépenses extraordinaires sur le Compte du Gouvernement, sont comprises pour cinq millions dans la somme de 29,395,585 livres ; mais je ne dois faire aucune déduction pour cet objet, puisque l'article des dépenses imprévues est nul dans le Compte de M. de Calonne, ainsi que j'ai eu occasion de le faire observer.

7. Le Gouvernement a classé pareillement parmi les dépenses extraordinaires, tous les remboursemens ; mais comme M. de Calonne les a fait entrer dans son Compte, je dois indiquer

_____

(1) Cet objet se trouve dans le Compte de M. de Calonne, au dernier article de onze millions, sous le nom de Dépenses imprévues, dont six millions sont destinés comme supplément à la Marine, & le surplus au Port de Cherbourg.

A a

ici la partie de ces mêmes remboursemens, que M. de Calonne ne pouvoit ou ne devoit pas comprendre dans son état de 1787.

. Tel est d'abord le remboursement de *2,460,000 liv.* promis aux Fermiers généraux, année par année, pendant la durée de leur Bail, puisque ce remboursement est relatif au prêt de douze millions trois cens mille livres qu'ils ont fait à SA MAJESTÉ, postérieurement au ministère de M. de Calonne.

8. L'on a compris dans le Compte du Gouvernement, *six millions* que le Roi doit rendre à la Ville, parce que les fonds de la petite Loterie d'octobre 1787, avoient été versés momentanément au Trésor royal : ce prêt est également postérieur au ministère de M. de Calonne.

9. L'Administration a porté dans les remboursemens, une somme de huit millions relative à l'Emprunt de quatre-vingts millions de décembre 1785 ; M. de Calonne a omis cet article, & il l'a fait sans doute dans la pensée que, selon la liberté laissée aux prêteurs, ils préféreroient de convertir ces huit millions en rentes viagères à neuf pour cent. Une telle opinion étoit fondée en partant de la valeur du viager au commencement de 1787, & en supposant que, selon l'engagement pris au nom du Roi, il eût été possible de ne plus recourir à des Emprunts en rentes viagères : mais le prix de ces rentes : depuis la dernière création, ne permettant plus de présumer, qu'au moins pour un temps, on préférât un intérêt de neuf pour cent à un remboursement effectif, l'Administration actuelle a eu raison de passer les *huit millions* dont il est ici question parmi les charges de l'Etat.

10. Un remplacement à la Ferme générale de *266,667 liv.* pour le second terme de remboursement d'une avance particulière de huit cens mille livres, faite par ordre du Roi,

ne se trouve pas dans le Compte de M. de Calonne, & peut-être que cette affaire est postérieure à son administration.

11. Les remboursemens sur l'Emprunt de décembre 1782 sont de 5,871,000 livres dans le Compte de M. de Calonne, & en effet, il devoit se monter à cette somme pour 1787 : ainsi il n'y a point de fautes dans cet article ; mais le Compte du Gouvernement ayant pris pour règle le remboursement de 1788, qui est de 6,168,000 livres, la différence est de *297,000 livres.*

12. On a passé, dans le Compte de 1787, 3,514,000 livres pour les remboursemens de la Loterie d'octobre 1783 : cet article est de 4,652,600 livres dans le Compte du Gouvernement ; & en effet, le remboursement de 1788 se monte à une pareille somme. La différence est de *1,138,600 livres.*

On ne voit pas à quoi répondoit la somme citée par M. de Calonne, puisque le remboursement de 1787 étoit de 3,919,600 livres, & celui de 1786 de 3,112,800 livres.

13. On a compris parmi les remboursemens, dans le dernier Compte du Gouvernement, 2,280,000 *livres* pour un second à compte relatif à l'extinction du Papier-monnoie de l'Isle de France ; & comme le dernier terme de cette dépense échéoit en 1790, M. de Calonne s'est cru autorisé à ne pas la comprendre dans l'état des recettes & des dépenses *ordinaires ;* & l'Administration présente a suivi la même disposition.

Je ne trouve rien à redire à cet arrangement : mais ne puis-je pas remarquer que M. de Calonne a deux poids & deux mesures ? A moi, il refuse d'admettre, parmi les revenus ordinaires, le plus petit reste de ces revenus, qui n'auroit pas été payé avant la fin de l'année qu'il choisit pour règle ; & lui, au commencement de 1787, ne comprend pas dans l'état ordinaire un article de dépenſe qui doit ſubſiſter juſques à la fin de 1790.

Les différences dont je viens de rendre compte ne proviennent, comme on l'a vu, d'aucune erreur, ni d'aucune méprife : il n'en eſt pas de même des articles ſuivans.

14. M. de Calonne a paſſé dans ſon Compte de 1787, au rang des revenus, *ſix millions* pour les parties des rentes non réclamées, les débets des Comptables, & autres rentes accidentelles. Cet article n'a été porté que *pour mémoire* dans le Compte du Gouvernement ; & il doit, en effet, ſervir de ſupplément aux fonds deſtinés pour les dépenſes imprévues. C'eſt la même diſpoſition que j'ai ſuivie dans le Compte rendu ; & M. de Calonne devoit d'autant plus s'y conformer, qu'il n'a rien réſervé dans ſon Compte pour les dépenſes imprévues, ainſi que j'ai eu occaſion de l'expliquer.

15. M. de Calonne a paſſé dans le Compte de 1787, au rang des revenus annuels, quatre millions pour la créance du Roi ſur les Américains. Le Gouvernement réduit cet article à 1,600,000 livres ; ainſi la différence eſt de *2,400,000 livres.*

16. M. de Calonne a oublié, dans le Compte de 1787, les intérêts de l'Emprunt de quatre-vingts millions, établi au mois de décembre 1785. Ces intérêts ſe montent, dans le Compte du Gouvernement, à *3,600,000 livres.*

17. On ne voit point, ſur l'état général de 1787, les intérêts de l'Emprunt fait en Hollande pour les Américains. Cet article, dans le Compte du Gouvernement, eſt de *360,000 livres.*

18. L'on a paſſé, dans le Compte du Gouvernement, *500,000 livres* pour l'intérêt d'une avance faite par les Receveurs généraux, ſous le nom de prompt paiement. Cet article ne ſe trouve point ſur le Compte de 1787.

19. Les gages attribués aux Offices du Point-d'Honneur, article de *300,000 livres* dans le Compte du Gouvernement, ne se trouvent point dans le Compte de M. de Calonne : ils se paient au Trésor royal.

20. Il y a deux articles relatifs au Clermontois dans le Compte du Gouvernement ;

L'un de *1,200,000 livres* pour une partie du capital promis à M. le Prince de Condé, & qui fait partie des dépenses extraordinaires ;

L'autre de *600,000 livres*, assigné sur les Domaines, pour la rente annuelle assurée à ce Prince, & qui fait partie des dépenses ordinaires.

On ne voit que le premier de ces articles dans le Compte de M. de Calonne.

21. On a omis, dans le Compte de M. de Calonne, le remboursement d'*un million*, promis, à compter de 1788, sur l'Emprunt de la Flandres maritime. Ce remboursement est mis en dépense dans le Compte du Gouvernement.

22. Je ne vois, pour les intérêts du même Emprunt, qu'une somme de 150,000 livres dans le Compte de M. de Calonne : ces intérêts se montent à 398,625 livres sur le Compte du Gouvernement : différence, *248,625 livres*.

Il est possible que l'Emprunt dont il est ici question ne fût rempli qu'en partie au commencement de 1787.

23. On ne voit pas, dans le Compte de M. de Calonne, quatre articles de remboursemens pour des affaires particulières antérieures à l'Administration présente ; savoir :

100,000 liv. aux Héritiers de M. le Maréchal de Soubise ;

200,000 liv. à M. le Duc de Liancourt ;

200,000 liv. à M. de Barville ;

187,000 liv. à M. Gilbert de Voisins.

24. Le Compte de M. de Calonne ne fait aucune mention de trois remboursemens passés, avec raison, dans celui du Gouvernement. Ils concernent les Emprunts de la Ville de Paris ; l'un, de *600,000 livres*, est relatif à l'Emprunt de septembre 1786 ; l'autre, de *100,000 livres*, concerne l'Emprunt de 1777 ; le troisième, de *400,000 livres*, l'Emprunt de 1781, sous M. de Fleury.

25. On ne voit point, dans le Compte de M. de Calonne, un article de *130,000 livres* pour le remboursement assigné sur l'Emprunt de cinq cens mille livres, fait à Gênes en 1782, par la Ville de Paris, dont le Roi s'est chargé.

26. Les fonds de la Marine sont portés, sur le Compte du Gouvernement, à quarante-cinq millions ; & ils ne forment que quarante millions dans celui de 1787 ; savoir, trente-quatre millions à l'article II des dépenses, & six millions à prendre sur l'article XI, intitulé *Dépenses imprévues* ; ainsi la différence est de *5,000,000.*

27. On ne voit point, sur l'état général de 1787, les fonds destinés à la Maison de Monseigneur le DAUPHIN, & qui forment, dans le Compte du Gouvernement, un article de *670,000 livres.*

28. On ne voit point non plus, dans le Compte de M. de Calonne, un article ayant pour titre : *Appointemens & traitemens, par ordonnances particulières, accordés aux personnes attachées à la Maison du Roi, à celle de la Reine, & à la Famille royale.* Cet article, dans le Compte du Gouvernement, se monte à *1,239,711 livres.*

29. Le fonds ordinaire, destiné aux Affaires Etrangères, est, dans le Compte du Gouvernement, de *100,000 liv.* au-dessus du même article dans le Compte de M. de Calonne.

30. La dépense de la Caisse d'Amortissement, article de

249,800 *livres* dans le Compte du Gouvernement, ne fe trouve point dans celui de M. de Calonne ; le contraire auroit dû être, puifque cette Caiffe exiftoit fous le Miniftère de M. de Calonne, [& qu'elle eft aujourd'hui fupprimée. A la vérité, il doit y avoir des frais jufques à la reddition des comptes.

31. On voit, dans le Compte du Gouvernement, parmi les déductions fur les deniers de la Recette générale, deux articles dont il n'eft pas fait mention dans le Compte de M. de Calonne ; l'un eft un paiement de *486,360 livres* à la Régie des Domaines pour droits d'ufage, nouveaux acquêts, &c. ; l'autre, un paiement de *836,610 livres* à la Régie générale, pour droits de Courtiers-Jaugeurs, &c.

32. Il y a dans le Compte du Gouvernement, page 18, une déduction de *765,000 livres* fur le produit de la Régie des Aides, pour diverfes non-jouiffances. Cet article eft omis dans le Compte de 1787.

33. Les frais de Juftice affignés fur les Domaines, font portés, fur le Compte de M. de Calonne, à *400,000 livres* de moins que dans le Compte du Gouvernement.

34. Les Primes accordées fur l'importation des Morues dans les Colonies, fur la Traite des Noirs, fur les Sucres rafinés expédiés pour l'Etranger, & fur le Commerce du Nord, ne fe trouvent point dans le Compte de M. de Calonne ; elles font paffées, dans le Compte du Gouvernement, pour une fomme de *2,773,715 livres.*

35. Les Francs-Salés fe montent à 496,000 livres dans le Compte de M. de Calonne, & à 643,984 liv. dans le Compte du Gouvernement ; la différence eft de *147,984 livres.*

36. M. de Calonne a porté dans fon Compte 717,000 livres pour les fecours aux Hôpitaux, Hofpices & Enfans-Trouvés.

Voici les articles qui fe rapportent aux mêmes objets dans le Compte du Gouvernement.

Sur le Tréfor royal, no. 35 des dépenfes. . .	743,105 liv.
A l'Hôpital général, fur la Ferme générale.	180,000
Aux Enfans-Trouvés, fur la Recette générale.	4,800
Aux Hôpitaux de Normandie, fur la Régie générale.	120,000
Aux Enfans-Trouvés de Nancy.	6,000
A l'Hôtel-Dieu, fur la Ferme de Sceaux & de Poiffy.	50,000
A l'Hofpice de S. Sulpice, fur la Loterie. . .	42,000
A l'Hôpital de Touloufe, fur les Etats de Languedoc.	60,000
TOTAL.	1,205,905
A déduire la fomme ci-deffus de.	717,905
Différence	448,000 liv.

37. Je ne vois point, dans le Compte de M. de Calonne, un article de 130,000 livres, pour des fecours à la Nobleffe indigente, pris fur les deniers de la Loterie : cet article fe trouve dans le Compte du Gouvernement.

38. Je ne vois point dans le Compte de M. de Calonne deux articles, l'un de 100,000 livres, relatif aux approvifionnemens de Corbeil, l'autre de même fomme, relatif aux approvifionnemens des Charbons.

39. Il y a dans le Compte du Gouvernement, un article de 1,846,200 liv. pour des dépenfes locales; on n'en donne pas le détail, mais ces fortes de dépenfes acquittées fur les fonds libres de la Capitation de Paris & des Provinces, font fort

connues

connues des perfonnes qui ont des rapports avec l'Adminiftration. On ne voit pas un femblable article, ni fon équivalent, dans le Compte de M. de Calonne.

40. On voit encore dans le Compte du Gouvernement, les
deux articles fuivans :

2,552,000 livres pour les décharges & modérations accordées fur les impofitions dont le recouvrement eft confié aux
Receveurs généraux;

4,405,000 livres pour des dépenfes variables, lefquelles ne
font pas détaillées, & fe trouvent comprifes dans les charges
de la Recette générale.

Mais il y a dans le Compte de M. de Calonne, un article
de dépenfes défigné d'une manière bien générale, mais égal
à-peu-près aux deux précédens; favoir :

6,887,000 livres, décharges d'impofitions, remifes, non-
valeurs, modérations, dépenfes variables.

41. Il y a encore dans le Compte de M. de Calonne, deux
articles exprimés vaguement.

Le premier de 854,238 livres : *Intéréts à divers, pour différens fujets réglés par décifion.*

La feconde : *Dépenfes diverfes*, 2,746,000 livres.

On voit dans le Compte du Gouvernement, un état, n°. 13,
compofé de 68 articles, & ayant pour titre *Intéréts & indemnités, &c.*, & cet état contient 12 à 1300 mille livres de
charges annuelles non défignées dans le Compte de M. de
Calonne.

Il y a auffi dans le Compte du Gouvernement, un état,
n°. 14, ayant pour titre *Dépenfes diverfes ordinaires*, montant à
1,405,000 livres; & comme on trouve encore plufieurs objets
du même genre dans les charges affignées fur les revenus,
je crois qu'en total les deux articles du Compte de M. de

B b

Calonne, dont je viens de donner l'indication, autoriseroient tout au plus une déduction de trois à quatre cens mille livres sur les divers accroissemens de dépense dont j'ai présenté l'énumération.

Au reste, je n'ai pas eu l'intention de former un parallèle précis entre ces deux Comptes ; je veux indiquer seulement les différences remarquables.

SECONDE DIVISION.

Différences qui ont diminué le déficit de 1788.

N°. 1. Les diminutions sur les dépenses se montent, selon la notice du Gouvernement, à 17,885,800 livres ; mais il faut en déduire l'article de 1,400,000 livres relatif aux pensions, puisque ces pensions sont portées dans le Compte de 1788 à vingt-sept millions. Reste donc en différence *16,485,800 liv.*

Cette somme est indépendante du retranchement général fait sur les pensions l'année dernière, puisque ce retranchement n'a point été porté en diminution de dépenses dans le Compte du Gouvernement.

2. L'Administration actuelle, selon la notice qu'elle en donne, a augmenté, par de sages dispositions, les revenus du Roi de *4,038,037 livres.*

On ne fait pas mention ici d'une augmentation de 5,353,000 liv. qui suit l'article ci-dessus, à la page 180 du dernier Mémoire du Gouvernement, parce que cet article est une rentrée particulière à l'année 1788 seulement : elle provient du rapprochement des termes de paiement des impositions.

3. Le Roi a supprimé les fonds destinés à la Caisse d'A-

mortiffement, établie fous le Miniflère de M. de Calonne, & ces fonds, felon le Compte de 1787, confiftoient dans les articles fuivans.

Pour le fonds d'Amortiffement, payé par le Tréfor royal, *3,000,000.*

Pour l'extinction des rentes viagères de 1784, 1785 & 1786, *3,600,000 livres.*

Pour les intérêts éteints dans les mêmes années, *500,000 liv.*

Ces intérêts devoient fe monter plus haut.

4. M. de Calonne avoit paffé dans fon Compte, au Chapitre des dépenfes, *2,000,000* applicables au rembourfement des Offices fupprimés : cet article n'exifte pas dans le Compte du Gouvernement.

5. On a paffé dans le Compte du Gouvernement *2,460,000 liv.* pour la fomme qui fera payée au Roi pendant cinq années, à titre de répartition de fa part dans les bénéfices du précédent Bail.

Cet article ne fe trouve pas dans le Compte de M. de Calonne, mais on ne peut lui faire aucun reproche de cette omiffion ; il a dû croire que les bénéfices du dernier Bail ne feroient pas divifés en cinq années, & qu'ils formeroient, à une époque plus rapprochée, une recette extraordinaire du Tréfor royal.

6. On voit fur le Compte du Gouvernement *2,500,000 liv.* paffées en recette pour la part du Roi dans les accroiffemens de produits en 1788, tant fur la Régie générale que fur l'Adminiftration des Domaines ; M. de Calonne auroit pu, dans fon Compte, porter une pareille fomme pour l'accroiffement probable en 1787.

Les différences relatives à cette feconde divifion, & dont

je viens de rendre compte, ne proviennent, comme on l'a vu, d'aucune erreur ni d'aucune méprife; il n'en eft pas de même des articles fuivans.

7. M. de Calonne porte les Rentes fur l'Hôtel-de-Ville, de la manière fuivante :

Pour les Rentes perpétuelles......... 55,907,600 liv.
Pour les Rentes viagères............. 92,745,400

En tout...................... 148,653,000

Cependant, l'état détaillé de ces Rentes, tel qu'il eft rapporté dans le dernier Compte du Gouvernement, ne fe monte qu'à..................,......... 145,560,755 liv.

Dont il faut déduire fix millions pour les Rentes de l'Edit de mai 1787, qui n'exiftoient point fous le miniftère de M. de Calonne...................... 6,000,000

Refte 139,560,000

Ainfi, l'article des Rentes fur l'Hôtel-de-Ville, dans le Compte de M. de Calonne, furpaffe de *neuf millions* l'état précis & circonftancié, qui a fervi de bafe aux derniers calculs du Gouvernement.

Une différence de 1500 mille livres, ou à-peu-près, eût été naturelle, puifqu'entre les époques des deux Comptes, il y a eu une année d'extinctions fur les Rentes viagères ; mais le refte de la fomme de neuf millions, je ne fais à quel mal-entendu l'attribuer.

M. de Calonne n'auroit-il point pris pour règle un Etat des Rentes viagères fur lequel on auroit laiffé, par mégarde, la partie des extinctions deftinée à la Caiffe d'Amortiffement?

mais alors il ne falloit pas porter ces mêmes extinctions en dépenfe à l'article où il rend compte des fonds affignés à cette Caiffe. C'étoit vifiblement un double emploi.

Au refte, une telle méprife n'expliqueroit pas encore la différence de neuf millions dont j'ai parlé : enfin, d'une manière ou d'une autre, cette fomme eft de trop dans le Compte de M. de Calonne.

8. On y trouve auffi *810,000 livres* pour intérêts de la Loterie d'octobre 1783 ; tandis que cette Loterie n'en porte aucun, l'intérêt fe trouvant confondu dans les rembourfemens.

9. Je crois auffi qu'un autre article du Compte de M. de Calonne eft paffé trop haut ; c'eft celui qui eft intitulé, *Indemnités annuelles pour échange* (*Dombes & Henrichemont*) *680,000 livres* ; & fans le mot *échange*, je ferois porté à croire que les fix cens mille livres de rentes, affurées à M. le Prince de Condé, pour le Clermontois, font comprifes dans les *680,000 livres* indiquées ci-deffus.

10. Les intérêts & les rembourfemens des Pays d'Etats fe montent, dans le Compte de M. de Calonne, à 16,461,000 livres, & dans le Compte du Gouvernement, à 14,760,000 (1). La différence eft de *1,701,000 livres.*

11. Les impofitions des Pays d'Election s'élèvent à *800,000 livres* de plus dans le Compte du Gouvernement, que dans le Compte de M. de Calonne; mais il y a, en fens contraire, une différence à-peu-près pareille fur les impofitions de Paris.

---

(1) 8,760,000 liv. Languedoc.
   1,600,000 Bretagne.
   3,100,000 Bourgogne.
   1,000,000 Provence.
    300,000 Artois.

L'explication de ces deux différences m'engageroit à de longs détails, étrangers à l'objet de ce Tableau.

Il y a auffi deux ou trois cens mille livres de différence, en plus & en moins, fur les Revenus cafuels, les Vingtièmes abonnés, le revenu des Poudres, &c. mais ces articles fe balancent à-peu-près.

Je n'étendrai pas davantage le Tableau des différences qui exiftent entre le Compte de M. de Calonne & celui du Gouvernement; ce travail, fi je l'appliquois à tous les détails, me conduiroit trop loin, & je ne pourrois jamais le rendre parfaitement exact, ces deux Comptes n'étant pas compofés de la même manière, ainfi que j'ai eu occafion de l'expliquer au commencement de cet ouvrage.

L'Adminiftration actuelle, dépofitaire de tous les Etats qui ont été formés pour l'inftruction des Notables, réunilloit les moyens néceffaires pour rapprocher fon Compte de celui de 1787. Je ne fuis pas furpris qu'un parallèle précis lui ait paru inutile; mais elle auroit bien fait, je crois, d'indiquer toutes les différences principales. Le Compte de M. de Calonne avoit été préfenté à une Affemblée nationale, ainfi il n'étoit pas du genre de ceux dont on peut négliger la difcuffion. Le Public, d'ailleurs, a befoin qu'on l'aide à comparer les anciens Comptes avec les nouveaux; & fi, en dédaignant de prendre cette peine, on changeoit fans ceffe de formes, la Nation, au milieu de toutes ces variantes, auroit une défiance confufe, & renonceroit peut-être à fuivre les traces de la vérité. Ces réflexions me conduifent à penfer que dans les circonftances préfentes, & dans toutes celles dont on peut avoir l'idée, il eft néceffaire de faire choix, une fois pour toutes, d'un ordre & d'une forme de Compte, & de s'y tenir enfuite invariablement; car une méthode, même imparfaite, fi elle étoit conſtamment obſervée, vaudroit mieux que le paſſage alternatif d'une manière à une autre : cependant , comme la meilleure peut être auſſi facilement adoptée que la moins bonne, il eſt important de la chercher , & je vais ajouter un petit nombre d'obſervations à celles que j'ai déjà préſentées ſur le même ſujet , au commencement de cet ouvrage.

SECTION IX.

Nouvelles Obfervations fuccinctes fur la forme du Compte public des Finances.

C'EST en voulant mettre de l'efprit où il n'en faut point, que l'on eft embarraffé à faire choix d'une méthode pour rendre public annuellement l'état des Finances ; la chofe eft fi fimple en elle-même, qu'en y cherchant fineffe, on rifqueroit toujours de fe tromper, & l'on deviendroit ridicule, fi l'on parloit avec emphafe d'un fujet familier à tous les bons efprits.

La feule queftion importante étoit de bien entendre cette expreffion fi ufitée, *les revenus & les dépenfes ordinaires ;* & je crois l'avoir fuffifamment expliquée.

Elle n'indique point, comme on l'a vu, des recettes & des dépenfes, dont la défignation foit vague, dont l'étendue foit incertaine ; mais des recettes & des dépenfes pofitivement déterminées ou par des Edits, ou par des Arrêts du Confeil, ou par des décifions authentiques, émanées du Souverain.

Ces vérités, une fois admifes, chacun appercevra qu'il eft infiniment effentiel de diftinguer avec foin, & de féparer abfolument les revenus & les dépenfes ordinaires des revenus & des dépenfes extraordinaires.

On ne peut mettre de l'accord entre les revenus & les dépenfes ordinaires, fans adopter des difpofitions permanentes.

Il fuffit, au contraire, d'une levée d'argent momentanée, pour fatisfaire à un befoin paffager.

L'ordre

L'ordre conftant des Finances, & la tranquillité des créanciers de l'Etat, dépendent effentiellement d'une jufte harmonie entre les revenus & les dépenfes ordinaires.

Les dépenfes extraordinaires infpirent de l'inquiétude, lorf-que, pour y fatisfaire, on a recours à des Emprunts dont l'intérêt n'eft pas contre-balancé, ou par des économies réelles, ou par une augmentation de revenus.

Il réfulte de ces obfervations très-communes, que pour inf-truire parfaitement le Souverain, ou les Repréfentans d'une Nation, de la fituation des Finances, il faut préfenter deux Comptes très-diftinéts.

L'un doit contenir le détail des revenus & des dépenfes ordinaires, l'autre le tableau fpéculatif des recettes & des dé-penfes de l'année qui va commencer.

Il faudroit un concours de circonftances dont il n'y a point d'exemples, même dans les temps les plus paifibles, pour efpérer que ces deux Comptes fuffent précifément une feule & même chofe. Comment fuppofer, en effet, que dans un grand Etat il n'y aura pas tantôt un remboursfement extraor-dinaire, tantôt une dépenfe hors de la règle commune, tantôt une recette fufpendue momentanément ?

Confidérons un moment chacun de ces deux Comptes, & d'abord celui des revenus & des dépenfes ordinaires.

Il faut chaque année, lorfque le réfultat du nouveau Compte ne fe rapporte pas au réfultat du précédent, expliquer les motifs de cette différence.

L'amélioration des revenus à l'époque d'un nouveau Bail, l'accroiffement progreffif des droits donnés en régie, l'extinc-tion des rentes viagères, l'amortiffement des intérêts perpé-tuels à la fuite des remboursfemens effectués, & une réduétion dans les dépenfes des Départemens, voilà les circonftances

C c

qui, d'une année à l'autre, peuvent changer en bien l'état ordinaire des Finances.

Mais fi la fituation des affaires s'eft détériorée, la différence proviendra communément de l'intérêt des Emprunts, que des befoins extraordinaires ont occafionnés ; elle proviendra des décifions données par le Souverain, pour augmenter telle ou telle partie des dépenfes annuelles ; elle proviendra encore, mais rarement, de la diminution réelle du produit ordinaire de quelque impofition.

Il faut, comme je l'ai dit, faire connoître exactement pourquoi le nouveau Compte diffère du précédent ; car on ne doit pas laiffer dans l'incertitude ceux que l'on a deffein d'éclairer, & peu de gens feroient en état, peu de gens voudroient prendre la peine de compulfer, article par article, le Tableau général des Finances, pour découvrir d'eux-mêmes les changemens qui font furvenus.

Quoi qu'il en foit, le réfultat du Compte des revenus & des dépenfes ordinaires une fois conftatés, fi ce réfultat préfente un excédent libre, il devient, en temps de Guerre, le gage naturel d'un Emprunt, & au milieu de la Paix, il peut fervir à foulager le Peuple dans une proportion équivalente ; il peut fervir encore à augmenter les rembourfemens de la dette publique ; il peut fervir à quelque entreprife utile dans l'intérieur du Royaume ; il peut fervir enfin à toutes fortes de bons & falutaires ufages.

Que fi, au contraire, le réfultat du Compte des revenus & des dépenfes ordinaires préfente un déficit, il faut s'occuper de le remplir le plutôt poffible, en employant les moyens qui conviennent aux circonftances ; &, je n'ai pas befoin de le dire, le meilleur de tous, c'eft la réduction des dépenfes dont la néceffité n'eft pas démontrée.

Cependant, felon l'étendue de ce déficit, il eft raifonnable de prendre connoiffance des améliorations qui doivent arriver naturellement dans l'efpace d'un petit nombre d'années ; & fi l'on deftine ces améliorations à remplir, en tout ou en partie, le déficit, il faut mettre au rang des befoins de l'année prête à commencer, la différence qui exifte entre les revenus & les dé-penfes ordinaires, & continuer ainfi jufques à ce que le niveau foit établi : mais jamais, fous aucun prétexte, on ne doit con-fondre enfemble les chofes fixes & celles qui font paffagères.

Cette obfervation me conduit à parler du compte fpéculatif de l'année dans laquelle on eft près d'entrer.

Le premier article en recette doit être compofé de l'argent comptant, ou des effets à courts termes repréfentatifs d'argent, qui fe trouvent au Tréfor royal.

Le premier article en dépenfe doit être formé de la fomme dont les charges annuelles furpaffent les revenus ordinaires, fi en effet un tel déficit exifte.

Viennent enfuite tous les articles extraordinaires, foit de recette, foit de dépenfe, qu'on a lieu de prévoir dans le cours de l'année.

Il en eft de divers genres, & chacun peut aifément les fuppofer. Une difette ou quelqu'autre calamité publique, un mouvement extraordinaire de Troupes, un fecours paffager néceffaire à la politique, un préparatif de Guerre, & la Guerre elle-même, font autant d'événemens qui peuvent donner lieu à des dépenfes hors de la règle commune.

Enfin, fi quelque circonftance particulière fufpendoit paffa-gérement l'un des revenus du Roi, il faudroit, pour apporter le moins de changement poffible au Tableau des revenus & des dépenfes ordinaires, comprendre çe vuide momentané parmi les befoins extraordinaires de l'année.

Ces besoins une fois connus, s'il ne se présente en équivalent aucune ressource extraordinaire, il faut y subvenir par un Emprunt concerté avec toute l'économie possible; & l'intérêt de cet Emprunt fait alors partie des charges annuelles & ordinaires.

Les besoins d'une année, en particulier, dépendans d'une infinité de circonstances, il y auroit toutes sortes d'inconvéniens à vouloir les remplir par un Impôt; car l'on feroit ainsi de toutes les dépenses passagères un sujet d'alarme. D'ailleurs, une semblable contribution, si l'on étoit juste, devroit cesser au bout de l'année; & si l'on ne l'étoit pas, on trouveroit des prétextes pour conserver cet accroissement de revenu, & l'on éleveroit ensuite en proportion les dépenses habituelles. Il n'est pas à désirer non plus que les Souverains fassent à tout moment l'essai des facultés des Contribuables; c'est une idée vague du malheur des Impôts qui les retient; il ne faut pas leur donner l'occasion de se familiariser avec cette image.

Les dépenses ordinaires ne sont pas soumises à des variations si fréquentes & si subites, que les besoins d'une année en particulier; elles s'étendent communément par degrés; & quand un Gouvernement n'est pas frappé d'imprudence ou d'aveuglement, il retrouve dans l'augmentation naturelle des revenus la compensation de l'accroissement des dépenses.

Cependant si, dans le cours habituel des choses, c'est avec lenteur & par succession que les dépenses ordinaires s'élèvent au-dessus des revenus ordinaires, & s'il en résulte tant d'inconvéniens, il est d'autant plus important que le Tableau de ces recettes & de ces dépenses soit toujours présenté nettement & sans aucune espèce de confusion, afin que l'équilibre, dont il est si essentiel de s'occuper, ne soit jamais perdu de vue.

On peut être incertain sur la manière dont il faut placer en compte & la dette arriérée & les remboursemens.

Suppofe-t on une dette arriérée qui porte un intérêt; cet intérêt fait naturellement partie des dépenfes ordinaires.

Suppofe-t-on une dette arriérée qui ne porte point d'intérêt, mais dont l'extinction eft promife ou néceffaire à une époque encore éloignée ; il faut prévoir cette dépenfe, il faut y fonger, il faut fe ménager à l'avance, fi on le peut, l'accroiffement de revenu propre à fervir d'hypothèque aux Emprunts dont on aura befoin pour acquitter une pareille dette : mais c'eft uniquement à l'époque de ces Emprunts, & par conféquent à l'époque de l'augmentation réelle des intérêts à la charge de l'Etat, qu'une telle augmentation doit être mife en compte, & faire ainfi partie du Tableau des dépenfes ordinaires.

Enfin, fuppofe-t-on une dette arriérée, dont le rembourfement n'eft pas exigible, telle, par exemple, qu'une année des Appointemens, des Gages, des Penfions, &c. dont le paiement, par un ancien ufage, feroit conftamment retardé; il y auroit de la déraifon à groffir les charges annuelles de l'Etat de l'intérêt d'une pareille dette, & l'on feroit à temps de le faire lorfque la richeffe du Tréfor royal permettroit de mettre au courant ce qui ne l'auroit jamais été.

Quant aux rembourfemens, on demandera peut-être s'ils doivent être claffés parmi les dépenfes ordinaires, ou fi l'on doit les réunir aux dépenfes extraordinaires.

Il ne faut pas, ce me femble, décider cette queftion, abftraction faite de l'étendue des rembourfemens.

Aujourd'hui, par exemple, que ces rembourfemens s'élèvent, en France, à une fomme très-confidérable, on auroit tort de les comprendre en entier parmi les dépenfes ordinaires ; car de telles dépenfes, comme je l'ai fait obferver, devant toujours être balancées par une fomme égale de revenus annuels, on obligeroit ainfi à augmenter ces revenus dans une proportion au-deffus des moyens raifonnables.

Cependant, il eft très-important de chercher à fubvenir, avec fon revenu ordinaire, à une partie des rembourfemens auxquels on s'eft engagé; car fi l'on empruntoit la totalité des capitaux rembourfables, fi l'on étoit obligé de le faire à un intérêt plus onéreux que la rente affignée à ces capitaux, l'équilibre entre les revenus & les dépenfes ordinaires deviendroit d'autant plus difficile à établir.

Je crois donc que, pour les Finances de la France, le parti le plus fage feroit de mettre conftamment au rang des charges annuelles & ordinaires quinze à vingt millions applicables à des rembourfemens; il eft peu de circonftances auxquelles ce terme moyen ne convînt parfaitement.

Il eft rare que, dans les affaires d'Adminiftration, la modération ne foit pas le meilleur principe général; on fe met, par ce moyen, au centre de tout; & l'on s'étend alors, ou l'on fe refferre, fans aucun mouvement exagéré.

On peut me demander pourquoi, défignant moi-même l'utilité des deux Comptes de Finance, l'un indiquant les rapports des revenus ordinaires avec les dépenfes ordinaires, & l'autre le tableau fpéculatif des befoins & des reffources de l'année prête à commencer, je n'ai pas fuivi cette règle; & pourquoi, dans l'année 1781, je n'ai fait qu'un feul Compte, celui des revenus & des dépenfes ordinaires?

Je réponds que ce dernier Compte fut, en effet, le feul rendu public; aucun autre n'importoit alors aux Créanciers de l'Etat; aucun autre n'étoit néceffaire pour guider & pour éclairer leur confiance; mais comment aurois-je pu fixer l'opinion du Roi fur la fomme des Emprunts que les circonftances exigeoient? Comment aurois-je pu prendre fes ordres à cet égard, fi je n'avois pas mis fous les yeux de SA MAJESTÉ un état fpéculatif des befoins & des reffources de l'année?

Ce genre de Compte fe forme en Angleterre, au milieu du Parlement, & toute la Nation en a connoiffance; mais en France on n'avoit jamais eu l'idée d'aller jufques-là; & en effet, c'eft la haute eftime des Anglois pour leur Gouvernement, qui les fait paffer fans regret fur les inconvéniens politiques attachés à la notoriété anticipée de toutes les dépenfes que les précautions ou les projets de l'Adminiftration rendent néceffaires. C'eft au temps à nous apprendre comment toutes les formes admifes dans un pays peuvent aller à un autre, & s'y adapter fur-tout d'une manière conftante & durable. Il eft raifonnable, au moins, de dire que les grandes modifications dans l'efprit d'un Gouvernement, doivent toujours précéder les petites; celles-ci font facilement la fuite des autres, & l'on n'a que faire de s'en embarraffer à l'avance; mais fi l'on commence par elles, tous leurs inconvéniens paroiffent ifolés, & deviennent fouvent un obftacle aux changemens plus effentiels dont on auroit conçu l'idée.

Ainfi, pour appliquer cette réflexion générale à la queftion préfente, fi au commencement de 1781, & au milieu de la guerre & de fes fecrets, j'avois propofé de rendre public le projet des dépenfes de l'année, & de donner une indication de chaque article, j'aurois, à cette époque, paffé pour un imprudent, je ne dis pas feulement auprès du Roi & de fon Confeil, mais auprès de la Nation elle-même, & j'aurois ainfi jetté de la défaveur fur une idée plus importante, celle de rendre manifefte l'état des revenus & des dépenfes ordinaires; idée fage, raifonnable, & qui n'entraîne après elle aucune forte d'inconvénient.

Tout doit être amené par l'opinion, tout doit être préparé

par elle, & l'arbre ne peut pas croître avant le développe-
ment de la femence. Combien de penfées diverfes ne s'offrent
pas à moi, lorfque je me livre à des réflexions qui m'appro-
chent de fi près de l'état fingulier des affaires & du fpectacle que préfente la marche hâtive de tous les efprits! Il
m'en coûte de ne pas faire quelques pas en avant; il m'en
coûte de ne pas chercher moi-même le point de fageffe
qui pourroit réunir folidement la puiffance & le bonheur,
la confiance & l'autorité, la grandeur du Monarque & la
liberté publique : & fi quelque motif eût pu m'enhardir à le
faire, c'eft le refpeEt dont j'ai toujours été pénétré pour cette
augufte raifon, la feule qui foit en état de difcerner & de
circonfcrire les idées grandes & falutaires, la feule qui, dans
fa perfeEtion, auroit peut-être le pouvoir de nous gouverner
fans armes, fans violence & fans artifice. Elle étend au loin
fes regards, & cependant elle eft mefurée dans fes moyens,
elle a le courage de la vertu & la flexibilité qui naît des
lumières; elle fe fert de l'efprit, & ne lui eft jamais foumife;
elle ne cherche pas à féduire les hommes, elle n'afpire point
à les furprendre; mais elle tire de l'obfcurité les confidérations qui les rapprochent, les intérêts qui les réuniffent, &
de cette manière, la juftice devient fon guide, la vérité fon
appui, la bonne-foi fon adreffe.

SECTION

SECTION X.

Sur les Principes de M. DE CALONNE, relatifs à la formation d'un Compte général des Finances.

VOICI *ce qu'il importe grandement à la Nation de connoître ; voici ce qui fixera toutes les incertitudes ; voici ce qui donnera la clef de tous les mal-entendus ; voici ce que je vais entreprendre.*

Telles font les fuperbes paroles de M. de Calonne, en annonçant les cinq Principes que nous allons replacer fous les yeux du Public ; & fi quelqu'un, en les étudiant, peut fe former l'idée d'un Compte de Finance ; fi quelqu'un découvre dans ces maximes une inftruction de quelque utilité, je ferai véritablement furpris.

Leur grand charme eft venu de la facilité avec laquelle chacun a pu s'élever à cette haute fcience.

J'invite maintenant à en juger de nouveau.

PREMIER PRINCIPE.

L'excédent du revenu fur la dépenfe, ou de la dépenfe fur le revenu, eft égal, à la différence qui fe trouve entre la totalité de l'un & la totalité de l'autre.

Cet axiôme eft prodigieufement vrai.

Donc, pour faire connoître cet excédent, il faut préfenter l'univerfalité des revenus & l'univerfalité des dépenfes.

Fort bien encore ; mais il ne faut pas conclure de ce principe, que la différence entre la recette & la dépenfe ne fût pas

D d

également connue, fi l'on préfentoit les revenus, déduction faite des charges affignées fur ces mêmes revenus. Qu'un pro-priétaire de terres paffe en recette dix mille livres de rentes foncières , & en dépenfe deux mille livres de charges an-nuelles , hypothéquées fur ce revenu, ou qu'il paffe unique-ment en recette huit mille livres de rente, déduction faite de ces mêmes charges , on connoîtra fa fortune de l'une & de l'autre manière.

L'effentiel, dans toutes les méthodes , c'eft de mettre *l'uni-verfalité de recettes & l'univerfalité de dépenfes* , & de n'en pas oublier autant que M. de Calonne l'a fait dans fon Etat général de 1787 , publié à la fuite de fon dernier Mémoire.

SECOND PRINCIPE.

Le Compte des revenus doit être compofé des recettes feulement, fans y comprendre aucun objet fictif. Les ceffations de charges ne doivent donc pas être portées en augmentation de revenu.

Si par fictif on entend un objet imaginaire , la première partie de ce principe n'eft qu'un lieu commun; mais fi l'on vouloit préfenter comme un objet fictif *les ceffations de charges,* une telle idée feroit abfurde. Le bénéfice qui naît de l'exemp-tion d'une charge annuelle, eft auffi réel que l'acquifition d'un revenu.

Cependant, M. de Calonne attache beaucoup de valeur à la feconde partie de fon principe: *il eft important* , dit-il, *de s'en pénétrer* , car fans cette précaution, un particulier , pof-feffeur de douze mille livres de rentes, mais tenu de payer annuellement un intérêt viager de fix mille francs, imagineroit peut-être qu'au moment où cette dette viendroit à s'éteindre, il jouiroit alors de dix-huit mille livres de rente.

Pénétrons-nous donc de ce principe, comme il nous eft

recommandé, & rendons grace à notre inftituteur, de nous avoir prémuni contre les dangereufes féductions de l'opinion contraire. Tant pis dorénavant pour celui qui, bien averti, voudroit encore fe croire riche de dix-huit mille livres de rente, lorfqu'après avoir été long-temps réduit à fix mille, il feroit tout-à-coup affranchi d'une dépenfe égale à cette dernière fomme. Il eft fûr qu'il auroit alors douze mille livres de rente, & non dix-huit. La chofe eft bien entendue.

TROISIÈME PRINCIPE.

Des revenus futurs, des améliorations efpérées, des cafuels prévus, mais qui ne font point annuellement productifs, ne doivent pas être comptés au Chapitre des recettes.

Cet avis paroît très-fimple, & cependant, graces au mot vague de *recettes*, qui le finit, on ne fait à quoi l'appliquer.

Veut-on dire que dans le Compte des fommes dont on a fait recette, il ne faut pas mettre *des revenus futurs*, *des cafuels prévus ?* Une telle inftruction eft vraiment inutile ; car jamais, en aucune chofe, l'avenir n'a fait partie du paffé.

Veut-on, au contraire, par le mot de *recettes*, défigner les *revenus ?* alorsle principe eft exagéré ; car dans le compte des revenus ordinaires d'un Etat, on doit comprendre *certains cafuels*, dont l'appréciation annuelle eft juftifiée par l'expérience ; & dans le calcul fpéculatif des reffources extraordinaires d'une année en particulier, il faut bien y comprendre un *cafuel prévu*, fût-il unique & fans fuite.

Enfin, un accroiffement futur de revenu, s'il eft incertain, s'il eft éloigné, ne doit pas être compris parmi les revenus ordinaires ; mais fi cet accroiffement étoit affuré dans le cours de l'année, on pourroit, avec jufte raifon, le réunir à la maffe

des revenus qui doivent fervir à balancer les dépenfes ordinaires.

Je ne fuis pas furpris qu'une partie du Public ne faffe aucune
attention aux diverfes modifications dont un principe général
eft fufceptible ; mais que, dans l'enchantement d'une maxime
jufte au premier afpeft, ou felon l'acception générale, cette
même partie du Public fe croye difpenfée d'examiner fi le Lé-
giflateur a été fidèle à fes propres Loix, voilà ce qui m'étonne
davantage.

M. de Calonne dit que *les revenus futurs, les cafuels prévus,*
ne doivent pas être comptés au Chapitre des recettes.

Et il claffe parmi les revenus ordinaires, fix millions en compenfation des débets ou des rentes qui ne feront pas exigées ;
revenu plus que cafuel.

Et il claffe parmi les revenus ordinaires quatre millions pour
une créance fur les Américains ; revenu futur, & qui n'exifte
point encore, du moins dans cette étendue.

Et il ajoute aux dépenfes du Compte rendu, les rembourfemens dus aux Gênois en 1785 & 1787 ; dépenfe bien future en
178 , époque de ce Compte.

Et il retranche du fien des rembourfemens qui doivent fub-
fifter encore en 1790 ; *terme bien futur* à la fin de 1786, &c. &c.

QUATRIÈME PRINCIPE.

*Des rembourfemens forcés pour l'époque, & déterminés pour
le capital, auxquels on eft tenu annuellement pendant un temps
confidérable, doivent être comptés en dépenfe ordinaire, fur le
pied de la totalité de leur montant annuel, fi, par rapport à
l'étendue de leur durée & à l'intention du compte, il y a lieu de
les confidérer comme une charge perpétuelle ; finon, fur le pied
de l'intérêt de la maffe des capitaux ainfi rembourfables.*

Ces rembourfemens *forcés pour l'époque*, qui, *par rapport à l'intention du compte*, doivent être confidérés fur un pied, *finon* fur un autre, préfentent, je l'avoue, des loix bien obfcures; & pour peu que leur interprête n'eût pas le pied marin, & penchât dans l'application tantôt d'un côté, tantôt d'un autre, il pourroit, comme a fait M. de Calonne, trouver qu'on a tort ou raifon, felon fa propre convenance.

CINQUIÈME ET DERNIER PRINCIPE.

La dette arriérée doit être comprife dans le compte de la fitua-tion des Finances d'un Etat, fur-tout lorfque cette dette eft trop confidérable pour pouvoir être acquittée fur le revenu ordinaire; il faut alors en compter l'intérêt en dépenfe.

D'abord ici c'eft la dette, enfuite c'eft l'intérêt qu'il faut paffer en compte : toujours deux manières.

On doit mettre au rang des dépenfes annuelles l'intérêt d'une dette arriérée, au moment où cette dette porte un intérêt; mais fi elle étoit compofée d'une année de Gages, d'Appointemens, ou d'autres attributions conftamment en arrière, il ne faudroit pas augmenter les charges annuelles de l'intérêt d'une femblable dette; comme il feroit déraifonnable d'accroître les revenus du Roi de l'intérêt fiftif de tous les arrérages des impofitions.

Voilà cependant les cinq principes de M. de Calonne, qu'on a trouvé fi lumineux! voilà les cinq fanaux refplendiffans qu'il a placés généreufement autour de nous, afin d'éclairer notre mar-che! Etoit-ce là, je le demande, *ce qui devoit donner la clef de tous les mal-entendus? Etoit-ce là ce qu'il importoit fi grandement à la Nation de connoître? Etoit-ce là ce qui pouvoit fixer toutes fes incertitudes?* Etoit-ce enfin à un pareil enfeignement que le Contrôleur des Finances de cette Nation devoit borner fes bienfaits? Quelques Philofophes nous l'ont dit, l'éducation de notre efprit vaut mieux que le ménagement de notre fortune; mais il y a pour tout, ce me femble, une proportion & une mefure.

Je m'étonne un peu, je l'avoue, que M. de Calonne, précédé des fuccès de fon Adminiftration, ait entrepris de nous donner des leçons fur l'ordre & la régularité des comptes, & qu'une multitude d'honnêtes gens, je ne fais comment ébahis, aient écouté, chapeau bas, cette prédication; mais fouvent je m'attrifte en réfléchiffant qu'à la faveur de cinq petites maximes, M. de Calonne ait été admis dans l'arène avec des battemens de mains, & que ces maximes, fi honorablement accueillies, fervent encore, en ce moment, de défenfe à la plus injufte de toutes les controverfes.

On a pu croire, en lifant à moitié le Mémoire de M. de Calonne, que les raifonnemens dont il a fait ufage pour attaquer le Compte rendu, étoient une conféquence des principes déployés au commencement de fon Ouvrage; mais on s'eft beaucoup trompé. Il eft évident que ces principes font venus les derniers; on apperçoit comment ils ont été compofés pour telle ou telle partie de l'Ecrit de M. de Calonne; on voit comment, s'il eft permis de le dire, ils ont été faits pour la place; on les a rendus généraux ou particuliers, pofitifs ou ambigus, felon leur deftination: cependant, malgré tant de foins, ils font tous les cinq fi peu fignificatifs, qu'on les auroit à peine remarqués, fans les refpects que M. de Calonne leur a prodigués, & fans le bruit qu'il a fait en les proclamant. Ces manières ont perfuadé qu'il annonçoit, pour notre bien, des idées mères, ou des penfées primitives; & peu de gens ont vu, dès le premier coup-d'œil, l'extrême difproportion d'une pareille pompe avec un objet fi menu.

SECTION XI.

Sur l'état dans lequel j'ai laissé le Tréfor royal à l'époque de ma retraite.

Voici les propres termes d'une Note placée à la page 34 de mon Mémoire du mois d'avril 1787.

« On ne doit pas perdre de vue qu'à ma retraite, en mai
» 1781, je laissai le Tréfor royal dans un tel état d'abondance,
» que les ressources relatives à mon Administration ont suffi à
» toutes les dépenses de cette année-là, & au commencement
» de la dernière campagne en 1782. Je m'en rapporte, sur ce
» fait, au témoignage de M. de Fleury ».

M. de Calonne, qui me prend sur tout à partie, s'exprime ainsi dans son Mémoire :

« Si Sa Majesté, *dit-il*, a fait attention à ce passage (c'est la
» Note ci-dessus que M. de Calonne cite auparavant), & je n'en
» doute pas, car Elle lit attentivement tout ce qu'on lui adresse
» d'important ; si Elle l'a rapproché de ce que je viens de citer
» de mes observations sur l'état où M. de Fleury a trouvé les
» Finances, & sur l'embarras de sa position (1) ; si Elle a revu
» ensuite les détails que je lui avois préfentés dans le même Mé-
» moire, resté entre ses mains, sur la quantité d'Emprunts & de
» ressources extraordinaires qu'il a fallu employer péniblement
» *pour achever l'année 1781 ;* quel a dû être son étonnement, &

_____

(1) M. de Calonne se rapporte ici à son Mémoire au Roi, dont j'ai déjà parlé, & dont il donne l'extrait depuis la page 80 jusques à la page 83 de son dernier Ecrit *in-4°.*

» quelle opinion a-t-Elle dû prendre *de l'un ou de l'autre des*
» *deux Administrateurs*, si prodigieusement opposés dans leurs
» assertions! Est-ce donc moi qui ai tort? Est-ce moi qui aurois
» rêvé qu'outre les 118 millions empruntés par M. Necker en
» janvier, février & mars 1781, il a encore été fait, pendant
» le reste de la même année, pour 141,200,000 livres d'Em-
» prunts, dont j'ai remis au Roi l'énumération? Savoir:

» Sur les Etats de Bourgogne.   5,000,000
» Sur les Etats de Languedoc.   15,000,000
» Sur la Ville de Paris.   20,000,000
» Sur les Etats du Mâconnois   1,200,000
» Par extension des Emprunts de l'année
» 1770.   70,000,000
» Prêts des Fermiers généraux.   30,000,000

TOTAL (1) . . . . 141,200,000 liv.

» Ai-je pu être trompé, *continue M. de Calonne;* ai-je pu
» être trompé sur des faits aussi faciles à vérifier? Ai-je pu être
» induit en erreur par les états que le premier Commis des
» Finances a formés sur les relevés même du Contrôle général,
» sur les pièces probantes? Non, sans doute ».

Et un peu plus bas, M. de Calonne ajoute encore:

« Le dirai-je enfin? Je ne suis pas encore revenu de la sur-
» prise que m'a causée cette Note remarquable de l'Ecrit au-
» quel je réponds. J'ai douté si je veillois en la lisant » . . . . . .

« (1) Ensorte, dit M. de Calonne dans un autre endroit, que cette année
» 1781 *se trouve avoir engendré une masse* de deux cens cinquante-neuf mil-
» lions d'Emprunts à la charge de l'Etat. *Quelle masse*, pour une année où
» la situation des Finances avoit été présentée sous un aspect si satisfaisant!
» *Quel funeste fruit* de la prétendue abondance » !

L'image est bien suivie ; mais la nouvelle est fausse.

Un pareil langage eſt bien propre à captiver fortement l'attention; ce ton de certitude & de ſupériorité; ce généreux étonnement, qui ſert à relever ſon propre triomphe; ces doutes modeſtes, qui empêchent, pendant quelque temps, d'en jouir; & ce doux épanouiſſement, quand on finit par ſe rendre à ſa gloire; tout cela eſt ſi naturel, & en même temps ſi impoſant, qu'on doit, en s'y prenant ainſi, faire une grande impreſſion ſur le Public. Mais de quel ſentiment ne ſera-t-on pas ému, ſi je prouve d'abord que M. de Calonne s'eſt trompé de 107 millions dans le calcul *des reſſources extraordinaires qu'il a fallu employer péniblement,* ſelon lui, *pour achever l'année 1781;* & ſi je vais plus loin encore, en faiſant connoître quelques cir-conſtances importantes dont M. de Calonne n'a rien dit?

Il eſt certain que ſi M. de Fleury avoit eu beſoin de 141 millions pour achever l'année 1781, un tel fait ſeroit en con-tradiction avec ce que j'ai dit de l'abondance du Tréſor royal à l'époque de ma retraite; & M. de Fleury, en confirmant mon allégation de la manière la plus poſitive, ſe ſeroit pareille-ment compromis.

Tout m'engage donc à réfuter avec évidence les aſſertions de M. de Calonne, & dans cette vue, je dois reprendre chacun des articles qui compoſent les 141 millions d'Em-prunts, indiqués par M. de Calonne; & j'obſerverai, pour cet examen, le même ordre qu'il a ſuivi.

1°. Emprunt ſur les Etats de Bourgogne, de cinq millions.

Cet Emprunt fut ouvert en décembre 1781, & le Tréſor royal n'en a reçu les fonds que dans le cours des douze mois de l'année 1782, un douzième chaque mois, à-peu-près.

J'ai la preuve de cette aſſertion, ſignée par le Tréſorier des Etats de Bourgogne.

2°. Emprunt ſur les Etats de Languedoc, de quinze millions.

E e

Il fut ouvert vers la fin de 1781 , & le Tréfor royal ne reçut, dans cette année, qu'une fomme de 1450 mille liv.

J'ai la preuve de cette affertion par une lettre de M. Caftelan, premier Commis du Tréforier de Languedoc, celui-ci étant abfent au moment où j'ai demandé ce renfeignement.

3°. Emprunt de la Ville de Paris , de vingt millions.

Cet Emprunt fut ouvert au mois d'octobre 1781 ; mais dans le cours de cette année , le Tréfor royal ne reçut que 2,309,276 livres.

J'ai la preuve de cette affertion , fignée du Receveur général de Paris.

4°. Emprunt fur les Etats du Mâconnois , de 1200 mille liv.

Je crois , d'après un renfeignement digne de foi , que le Tréfor royal n'a touché que 600,000 livres fur cet Emprunt dans le cours de 1781 ; mais, vu la petitefle de l'objet, je n'ai pas recherché un témoignage pofitif.

5°. Extenfion des Emprunts de l'année 1770 , foixante & dix millions.

Cet article eft le plus confidérable de tous, & l'on a peine à fe figurer une invention auffi complète.

L'Emprunt de l'année 1770, dont parle ici M. de Calonne, confiftoit dans une création de Contrats fur la Ville, à quatre pour cent, faite fous le Miniftère de M. l'Abbé Terray ; ces Contrats ont été deftinés conftamment à acquitter quelques vieilles prétentions, ou à liquider , avec un peu d'argent, des créances moins anciennes, mais fufceptibles d'un pareil arrangement ; enfin , de temps à autre, tels folliciteurs qui auroient été refufés, s'ils avoient demandé de l'argent, ont eu affez de crédit pour obtenir un fecours en Contrats de l'année 1770. Mais jamais , à ma connoiffance , ces Contrats n'ont procuré aucune reffource effective ; il eût fallu , pour cela, les faire vendre au rabais, fur la place, puifqu'ils ne rapportoient qu'un intérêt de quatre pour cent, & n'étoient pas rembourfables.

Ces circonftances font connues des différentes perfonnes attachées à l'Adminiftration, & même de tous les particuliers qui fuivent habituellement les affaires de Finance.

Auffi je n'ai pas douté, en voyant l'article incompréhenfible de foixante-dix millions, cité par M. de Calonne, qu'il n'y eût, de fa part, une erreur pareillement incompréhenfible. Cependant, pour être en état de m'expliquer avec une pleine connoiffance, j'ai voulu demander à M. de Fleury, fi quelque circonftance abfolument invraifemblable, l'avoit engagé à une diftribution de Contrats à quatre pour cent, peu de temps après ma retraite : il m'a répondu que non, affirmative-ment, & il a cru porter fort loin fon évaluation, en eftimant à trois ou quatre millions la fomme des Contrats à quatre pour cent, qu'il auroit diftribuée dans le cours de l'année 1781.

Je ne m'en fuis pas tenu, néanmoins, à cet éclairciffe-ment, & m'étant adreffé au Chef du Département des Rentes de l'Hôtel-de-Ville, M. Gurbert, il m'a donné la note des intérêts payés pour l'exercice 1780 & 1781, fur les Contrats à quatre pour cent, & j'ai trouvé :

Que les intérêts de l'année 1780, fe mon-
toient à . . . . 4,658,260 liv.
Ceux de l'année 1781 à 4,930,836
Et qu'ainfi il y avoit eu une augmentation, en 1781, de 172,576 livres, laquelle, à quatre pour cent, repréfentoit un capital de 6,814,400 livres ; capital qui a dû être délivré dans le cours de l'année 1781.

Et comme fur ce capital, deux millions ont été deftinés,

E e 2

au commencement de cette même année, à l'indemnité de l'Ecole Royale Militaire, relativement à sa Loterie, il ne reste que 4,814,400 livres, distribuées par mon succeffeur & par moi pendant l'année 1781.

Ainfi, l'évaluation de M. de Fleury s'eft trouvée jufte & bien fondée.

On ne peut appercevoir aucune efpèce de prétexte à l'article de foixante & dix millions que je viens de difcuter, & les exclamations de tout genre feroient ici bien naturelles ; mais l'ufage que M. de Calonne en a fait, impofe la loi d'y renoncer.

Il eft furprenant que M. de Calonne n'ait fait aucune attention aux particularités fuivantes.

Premiérement, lui-même, au n°. 14 des Pièces juftificatives de fon dernier Mémoire, il porte à foixante & dix millions les Contrats à quatre pour cent, délivrés depuis le mois de mai 1781, jufqu'au mois de novembre 1783 : or, pour concilier cette dernière allégation avec celle dont nous venons de parler, il auroit fallu qu'aucun Contrat n'eût été délivré pendant l'année 1782, & pendant les dix premiers mois de l'année 1783 ; & M. de Calonne ne pouvoit le préfumer.

Secondement, dans un Tableau joint à fon dernier Mémoire, & qui a pour titre, *Emprunts faits par le Roi, ou pour fon compte, depuis fon avénement au Trône, jufqu'au premier janvier 1787*, on ne trouve que foixante & dix millions de Contrats à quatre pour cent : fi donc, felon l'allégation de M. de Calonne, on en avoit diftribué juftement cette fomme pendant les fept derniers mois de l'année 1781, il faudroit, pour concilier ce fait avec le Tableau général des Emprunts dont je viens de parler, qu'on n'eût pas délivré pour un fol de ces Contrats durant tout le refte d'un intervalle de douze à treize années. Or, M. de Calonne devoit au moins favoir qu'il en avoit diftribué pour trente à quarante millions pendant le cours de fon Miniftère.

Il me femble que de telles contradictions pouvoient infpirer quelque doute à M. de Calonne, & tempérer au moins la force des expreffions dont il s'eft fervi pour manifefter fa confiance & pour faire éclater fon triomphe.

6°. Prêt des Fermiers généraux, de trente millions.

Ce fixième article eft le feul jufte. Les Fermiers généraux prêtèrent en effet au Roi trente millions dans le cours de 1781, fous le Miniftère de M. de Fleury. J'avois entamé cette négociation avant ma retraite de l'Adminiftration, & je l'avois infcrite parmi les reffources de l'année; mais je n'ai pas befoin de m'arrêter à une pareille difcuffion.

Il réfulte des obfervations précédentes, que les Emprunts de M. de Fleury ont produit au Tréfor royal en 1781,

Pour l'Emprunt du Languedoc . . . . 1,450,000 liv.
Pour l'Emprunt de la Ville 2,309,276
Pour l'Emprunt du Mâconnois 600,000
Pour le Prêt des Fermiers généraux . . . 30,000,000
_____
En tout . . . . 34,359,276 liv.

au lieu de 141 millions annoncés par M. de Calonne : ainfi, la différence eft de 107 millions.

Qu'on rapproche de ces éclairciffemens, fi pofitivement conftatés, les paroles de M. de Calonne, que j'ai déjà citées, entre autres celles-ci :

« Ai-je pu être trompé fur des faits auffi faciles à vérifier?
» Ai-je pu être induit en erreur par les Etats que le premier

» Commis des Finances a formés fur les relevés même du Con-
» trôle général, fur les pièces probantes ? Non, fans doute ».

Le premier Commis des Finances n'a pu fournir un pareil
Etat, & s'il avoit commis cette faute, M. de Calonne n'auroit
eu befoin, ni de faire un calcul, ni de lire un papier
pour découvrir du moins que l'article de foixante & dix
millions étoit vifiblement une erreur ; car, en fuppofant
même, contre toute efpèce de vraifemblance, qu'on eût
vendu pour une telle fomme de ces Contrats en fept mois
de temps, & en fuppofant encore qu'une pareille vente n'eût
pas fait baiffer le cours de la place ; c'eft, au prix de foixante
pour cent, quarante-deux millions, & non foixante & dix
millions, que le Tréfor royal auroit tiré d'une femblable
opération.

Si donc M. de Calonne eût vu, dans les Notes qui lui ont été
fournies, foixante & dix millions d'argent, placés à côté de
foixante & dix millions de Contrats à quatre pour cent, la plus
légère attention eût fuffi pour l'avertir de la faute commife dans
fes Bureaux ; mais je doute que perfonne veuille la reconnoître
& la prendre à fon compte.

Cependant il ne me fuffit pas d'avoir prouvé que M. de Calonne s'eft trompé de cent fept millions dans fon allégation ; car
fi M. de Fleury avoit eu réellement befoin de trente-quatre
millions pour achever l'année 1781, je me ferois toujours mépris, non pas à un fi haut degré que M. de Calonne voudroit le
perfuader, mais beaucoup trop encore à mon goût : ainfi, je
dois réparer un oubli de M. de Calonne, en faifant connoître
qu'à la fin de décembre 1781, il y avoit au Tréfor royal
38,886,000 liv. d'argent comptant, & 17,246,000 liv. d'effets
à courts termes, repréfentatifs d'argent, & provenans des opérations de l'année précédente ; en tout 56,132,000 livres.

Un Compte de M. de Bourgade, entre les mains de M. de Fleury, & le Bordereau de Caisse du Tréfor royal, du 2 janvier 1782, attestent cette vérité.

Je dois ajouter encore que, par des motifs dont la discussion feroit inutile en ce moment, M. de Fleury avoit retiré des Souscripteurs quatorze millions de l'Emprunt viager fait au mois de mars, & fous mon Ministère.

Enfin, un Emprunt de douze millions de Bretagne, déterminé au mois de janvier 1781, & que M. de Calonne classe dans son Mémoire parmi les deniers extraordinaires reçus au Tréfor royal fous mon Ministère, n'a produit, dans le cours entier de l'année 1781, qu'une somme de 5,659,113 livres 15 sols 7 deniers, dont le quart même n'a été payé que dans les premiers jours de 1782; & je cite en garantie de ce fait un Ecrit entre mes mains du Tréforier des Etats de Bretagne.

Je pourrois indiquer encore plusieurs petites dispositions faites pendant mon Administration, & qui, par des retards imprévus, n'ont été réalisées qu'après l'expiration de l'année 1781.

Je ne parle pas de plusieurs entreprises de guerre déterminées postérieurement à ma retraite, & qui ont donné lieu à une augmentation imprévue dans les besoins de l'année, parce que ces dépenses ont été plus que balancées, par un accroissement d'Anticipations, fous M. de Fleury; accroissement contesté seulement par M. de Calonne, & dont j'ignore la mesure précise.

L'éclaircissement que je viens de donner, & les diverses preuves dont j'ai eu soin d'appuyer mes affertions, montrent évidemment la parfaite exactitude de la Note transcrite au commencement de cette Section; & M. de Fleury, en tenant le même langage, n'a fait que rendre justice à la vérité.

Je me détermine encore à placer en note (1) la copie littérale de l'état de situation du Trésor royal le 19 mai 1781, jour

---

(1) TRÉSOR ROYAL. (M. D'HARVELAY).

Situation au 19 mai 1781.

Il reſtoit de fonds (c'eſt-à-dire d'argent comptant) le 12 mai dernier . . 62,581,431 l.

Recette du 12 au 19 mai 1781.

Dixième & trois deniers pour livre.	8,473 l.	
Débets.	1,895	
De M. Beaujon, 1,000,000, ſavoir comptant.		
De lui, 656,000 liv. en juin.	344,000	
De M. Duruey, 3,088,000 liv. Négociations de Reſcriptions non acceptées, deniers de mai, ſavoir comptant.	862,910	1,217,278
De lui, 1,014,000 liv. en juin, 202,000 liv. en juillet, 112,000 liv. en août, 423,000 liv. en ſeptembre, & 474,090 liv. en décembre.		
		63,798,709 l.

Dépenſe.

Diſtribution	357,650 l.	
A M. Boutin	1,500,000	
A M. de Sainte-James.	1,500,000	
A M. de Savalete, pour ſes dépenſes.	500,000	
A M. Darras	600,000	5,647,650
A lui, diſtribution particulière.	1,000,000	
A M. de Sérilly, remplacement d'aſſignations ſur M. Noguier, payable en mai.	190,000	
		58,151,059 l.

Valeurs en Caiſſe.

Effets en juin	16,108,333 l.	
De M. Beaujon	656,000	17,778,333 l.
De M. Duruey	1,014,000	
Effets en juillet.	19,100,512	
De M. Duruey	202,000	19,302,512
	37,080,845	58,151,059 l.

de

de ma retraite, il se monte à près de deux cens millions, &

Ci-contre.	37,080,845 l.	58,151,059 l.
Effets en août . . . . 14,126,351 l.	} 14,238,351	
De M. Duruey 112,000		
Effets en septembre 10,686,296	} 11,109,296	
De M. Duruey 423,000		
Effets en octobre.	7,283,820	
Idem en novembre	6,463,630	
Idem en décembre 4,465,546	} 4,936,636	
De M. Duruey 474,090		
Effets en janvier 1782	566,711	90,933,786
Idem en février.	961,362	
Idem en mars.	2,061,335	
Idem en avril.	1,937,000	
Idem en mai	1,143,500	
Idem en juin	2,256,800	
Idem en juillet	894,500	
Effets en reprise (ce sont des effets dont le paiement est en arrière) . .		10,267,676

Rescriptions non acceptées.

Deniers de juin	3,397,000	
Idem de juillet.	2,695,000	
Idem d'août	3,134,870	
Idem de septembre	2,756,390	
Idem d'octobre	2,435,980	
Idem de novembre.	2,348,110	27,740,040
Idem de décembre	2,398,990	
Idem de janvier 1782	1,951,500	
Idem de février.	2,069,500	
Idem de mars	2,503,200	
Idem d'avril.	2,049,500	
2931 Billets de la Loterie de 1777 (*)		2,931,000
Rescriptions suspendues 1,722,196	}	2,864,796 l.
Actions des Indes 1,142,600		
TOTAL		192,888,357 l.

: De la main de M. Dufresne, *premier Commis des Finances.*

: (*) M. Duvergier a omis de porter les 1965 Billets restans de la Loterie d'octobre 1780.

jamais, de mémoire d'homme, on n'en avoit vu de pareil ; cependant, à cette époque, près de la moitié de l'année étoit écoulée.

Ce Tableau de fituation du Tréfor royal, au 19 mai 1781, m'a été remis, il y a deux mois, par le premier Commis des Finances actuel ; & je fuis obligé de faire cette obfervation, parce que M. de Calonne dit, dans fon Mémoire, *qu'il n'a trouvé aucun des états de fituation dans tout le temps que M. Necker a dirigé les Finances.* Ce feroit donc à l'aveugle que M. de Calonne auroit attaqué mes Comptes ; & volontaire-ment il auroit préféré de le faire de cette manière, puifque jamais il n'a jugé à propos de m'adreffer une feule quef-tion. Mon fucceffeur n'a jamais éprouvé, ni ouï dire qu'il lui manquât le moindre papier. Je tiens ce témoignage de M. de Fleury même, & il m'a autorifé à le répéter.

J'ai emporté avec moi les pièces juftificatives du Compte rendu, & bien m'en a pris ; mais j'ai laiffé, comme de raifon, tous les états élémentaires.

M. de Calonne, après avoir librement fuppofé qu'on a eu befoin de 141 millions pour achever l'année 1781, & après avoir imaginé des Emprunts équivalens, ne s'en eft pas tenu-là. Il rapproche de cette fomme imaginaire de 141 millions, 140 millions d'autres Emprunts, qu'il dit avoir été néceffaires dès le commencement de 1782 : ainfi, partie avec de l'art, partie avec de l'invention, il préfente 281 millions empruntés dans les huit mois qui ont fuivi ma retraite.

Je n'ai rien à dire de plus fur le premier article de 141 millions ; mais j'obferverai, relativement au fecond de 140, que M. de Calonne veut fans doute parler de l'Emprunt de 70 millions en rentes viagères, enregiftré le premier février 1782, fous le miniftère de M. de Fleury ; Emprunt qui, dans tout le cours de cette année , & les premiers mois de 1783, fut étendu jufques à 140 millions, & fervit aux fonds nécef-faires pour les dépenfes de l'année 1782 & les commencemens de 1783 (1). Ainfi, réunir enfemble , comme le fait M. de Calonne , la première mife de cet Emprunt & fon fupplé-ment fucceffif, & raffembler le tout fous la date de l'Edit de première création, pour donner à entendre que ces 140 millions réunis à 141 , en grande partie de pure invention , ont été deftinés à la dépenfe des huit mois qui ont fuivi mon adminiftration ; c'eft véritablement abufer de l'art & de fes moyens ; c'eft trop fe fier à la crédulité de ceux que l'on aura pour juges.

M. de Calonne , à la fuite de toutes ces allégations fi gravement erronées, annonce une fingularité qui achevera, dit-il , de montrer *pour qui fe déclare cette vérité , qui perce tous les nuages par un éclat irréfiftible , cette divinité tutélaire devenue fon feul foutien.* Cette divinité tutélaire ! Ah ! du milieu de tant de rufes, dont les hommes même ne peuvent être la dupe, eft-il permis d'élever fi haut fes penfées ou fes expreffions ?

Quelle eft donc cette nouvelle fingularité, dont la manifefta-tion doit intéreffer le Ciel même à la caufe de M. de Calonne ? C'eft un miférable mal-entendu de la part de M. de Calonne ; mal-entendu que j'euffe dédaigné de relever, comme tant d'autres du même genre, fans le prologue d'exclamations dont il s'eft fervi pour l'annoncer. J'ai oublié, dit-il : mais non, répé-

_____

(1) L'on voit, dans le Compte même de M. de Fleury, joint au Mé-moire de M. de Calonne , qu'il y avoit , *le premier de janvier 1783,* 33 millions 980 mille livres au Tréfor royal , foit en argent, foit en effets repréfentatifs d'argent.

tons fes propres paroles : *J'ai tout fimplement fupprimé, fauf un feul,* les cent quarante & un millions d'Emprunt qui ont formé le fujet principal de cette Section. Et où les ai-je tout fimplement fupprimés? C'eft dans le Tableau *des augmentations de charges furvenues depuis l'époque du Compte rendu ;* Tableau qui fe trouve dans mon Mémoire du mois d'avril de l'année dernière.

Le reproche de mon Adverfaire, fût-il jufte, n'auroit aucun rapport à notre controverfe fur l'exactitude du Compte rendu ; mais on peut aifément s'y méprendre à la manière éclatante dont M. de Calonne annonce fon objection : d'ailleurs, cette expreffion, *j'ai tout fimplement fupprimé,* qui m'impute plus qu'une erreur, m'oblige à m'écarter un moment de ma route, pour répondre, en peu de mots, à l'injufte reproche de M. de Calonne.

Ces cent quarante & un millions d'Emprunt, qui fervent à chaque inftant de fujet de triomphe à M. de Calonne, étoient, comme on l'a vu, compofés d'Emprunts de Pays d'États, d'un Emprunt de la Ville de Paris, de Contrats à quatre pour cent de l'année 1770, & d'un prêt des Fermiers généraux.

Les Emprunts des Pays d'Etats, dont il eft ici queftion, furent compris dans l'article fuivant de mon Mémoire du mois d'avril 1787, page 80.

« N°. 12. Les Emprunts des Pays d'Etats, depuis l'époque
» du Compte rendu, ont, je crois, paffé les capitaux rembourfés
» d'environ quarante millions ; ce qui fait en intérêts *deux*
» *millions* ».

L'Emprunt de la Ville, de l'année 1781, fe trouve à la page 78, n°. 2, & M. de Calonne en convient.

Les 70 millions de Contrats à quatre pour cent, délivrés, felon M. de Calonne, pendant les fept derniers mois de l'année 1781, ne pouvoient être portés dans aucun Compte, puifque cette diftribution eft, comme je l'ai démontré, une fable de l'invention de M. de Calonne : mais voici ce que je difois dans mon Mémoire du mois d'avril de l'année dernière, fur ces fortes de Contrats :

« Les Contrats à quatre pour cent fur l'Hôtel-de-Ville, donnés » en paiement, en indemnité, ou pour d'autres motifs *depuis* » *1781*, probablement foixante millions, & en intérêts *deux* » *millions quatre cens mille livres* ».

Ce paragraphe fe trouve page 80 de mon Mémoire du mois d'avril 1787, au n°. 13 de la Section ayant pour titre : *fecond Tableau contenant les augmentations de charges depuis le Compte rendu en 1781.*

Et je dois faire obferver, par occafion, que cet article, où j'eftimois à foixante millions les Contrats à quatre pour cent, délivrés *depuis le commencement de 1781, jufques à la fin de 1786*, ainfi dans le cours de fix années, devoit engager M. de Calonne à douter que M. de Fleury en eût diftribué pour foixante & dix millions dans l'efpace de fept mois.

Enfin, dans mon Mémoire du mois d'avril de l'année dernière, & lorfque je préfentois l'énumération des nouvelles charges annuelles dont le Roi fe trouvoit grevé depuis l'époque du Compte rendu, je ne devois pas faire mention du prêt des Fermiers généraux, puifqu'il avoit été rembourfé avant la fin de 1786.

C'eft pourtant après des objections fi vifiblement erronées, que M. de Calonne s'écrie : « Quelle omiffion ! quelle lacune » dans un Compte où l'on fe pique d'être plus exact qu'on » ne l'avoit jamais été (1) ! En fut-il jamais de pareille ? .... »

----

(1) Je dois faire obferver, en paffant, que l'adreffe continuelle de M. de Calonne eft de raméner au Compte rendu les objections de détail les plus

On ne doit pas être furpris que des exclamations fi hardies aient fait une forte d'impreffion fur les efprits ; & fouvent , pour me confoler , je me dis à moi-même , que ce feroit un malheur , & peut-être un figne funefte de dépravation , fi les hommes devenoient infenfibles à ces apparences d'une intime perfuafion , & à toutes ces formules qui ont été pendant fi long-temps le cortège ordinaire de la vérité. Cependant il me femble , qu'euffai-je ignoré toutes les erreurs de M. de Calonne , j'aurois eu de la défiance de fes affertions : car , à mon inftinft , le ton digne de foi , les paroles de la confcience ne s'y trouvent prefque jamais.

L'on peut aifément employer des expreffions & des tournures de phrafe qui , prifes féparément , feront , d'un commun aveu , les plus fortes de toutes : mais quand nul fentiment ne les unit , quand elles n'ont point d'accord avec la penfée , elles paroiffent fans vie , & tout leur pouvoir s'évanouit.

étrangères à ce Compte. De quoi s'agiffoit-il , en effet , dans celle dont je viens de détruire les fondemens : d'un fimple mal-entendu fur mon Mémoire du mois d'avril de l'année dernière. Cependant , voici comment M. de Calonne termine fes faux raifonnemens : « Quelle omiffion ! quelle lacune *dans un Compte où l'on fe pique d'être plus exaƈt qu'on ne l'avoit jamais été* » ! Or , une telle phrafe doit perfuader que c'eft du Compte rendu dont il s'agit ; car mon Mémoire du mois d'avril de l'année dernière n'étoit pas un Compte , & encore moins un Compte où je me piquois d'être plus exaƈt qu'on ne l'avoit jamais été , puifque , faute d'aucune explication donnée par M. de Calonne , j'étois obligé de recourir à des notions indéterminées pour donner l'énumération des accroiffemens de charges poftérieurs à l'époque du Compte rendu.

L'obfervation que je fais ici n'eft point minutieufe : c'eft en tranfportant fans ceffe l'attention du Leƈteur d'une difcuffion à une autre , d'une époque à une autre , que M. de Calonne a fait illufion à plufieurs perfonnes , & a rendu impraticable pour d'autres l'étude de fon Mémoire.

Le dirai-je encore ? mais fans vouloir faire aucune application, on demande fur-tout un rapport entre la perfonne
& fon langage. Il eft rare que les expreffions de vertu, de
morale, d'honneur, de vérité, de grandeur & d'élévation
n'aillent bien à la jeuneffe, à cet âge d'avenir & d'efpé-
rance : mais lorfque le paffé formé la plus grande part du
cercle de nos années, & lorfque ce paffé nous a fait connoître ; toutes les expreffions comme toutes les parures ne nous
conviennent plus ; & c'eft un profond fujet de réflexion d'imaginer qu'une vie entière n'eft pas de trop pour efpérer de
faire quelque impreffion, en fe fervant des plus beaux &
des plus nobles mots de la langue. Voilà bien les écharpes,
les panaches & les devifes ; mais il faut être armé Chevalier
pour avoir le droit de les porter.

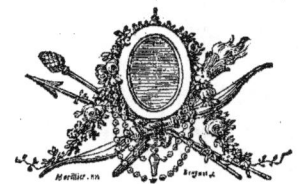

SECTION XII.

Sur la somme des Emprunts depuis 1776.

M. DE CALONNE avoit avancé, dans son Discours à l'Assemblée des Notables, que les Emprunts publics, depuis l'année 1776 jusques à la fin de 1786, se montoient à 1250 millions.

J'évaluai ces mêmes Emprunts, dans mon Mémoire du mois d'avril de l'année dernière, à 1576 millions.

Cette question n'a aucun rapport avec le Compte rendu, l'unique sujet qui m'intéresse véritablement; ainsi je conviendrois sans peine de m'être trompé sur une simple estimation de l'étendue des Emprunts : mais puisque je n'ai pas eu tort, & que M. de Calonne persiste dans son assertion, & me reprend avec ce bruit dont il a l'habitude, je vais mettre chacun à portée de juger si le triomphe qu'il se décerne à lui-même lui revient légitimement.

Je ferai d'abord à M. de Calonne le plus beau jeu possible; puisque je choisirai pour base de mes calculs un Tableau circonstancié, dressé par lui-même, & qui se trouve annexé à son dernier Mémoire, sous la cote 18 des Pièces justificatives.

Ce Tableau a pour titre: *Emprunts faits par le Roi, ou pour le compte de SA MAJESTÉ, depuis son avénement au Trône jusqu'au premier janvier 1787;* & M. de Calonne, en l'annonçant, dit que ce Tableau *s'accorde avec ce qu'il a avancé dans son Discours à l'Assemblée des Notables.* Cette phrase, beaucoup trop succincte, n'étoit pas suffisante pour nous montrer comment un Tableau dont le résultat s'élève à 1,348,688,606 livres

s'accorde

s'accorde, d'aucune manière, avec les 1250 millions cités par M. de Calonne dans son Discours à l'Assemblée des Notables.

Indiquons une seconde distraction de M. de Calonne : c'étoit des Emprunts faits *depuis la fin de 1776* dont il parloit, lorsque, dans ce même Discours, il les évaluoit à 1250 millions ; ainsi il ne devoit pas donner en preuve de son assertion, un Tableau qui remonte à l'avénement du Roi au Trône.

La différence qui résulte de ce changement d'époque, (usage si familier à M. de Calonne dans tout le cours de son Mémoire) se borne, cette fois, à sept millions cinq cens mille livres : elle eût été plus considérable, si M. de Calonne ne se fût pas trompé fortement, en réduisant à cette somme de sept millions cinq cens mille livres les Emprunts qui ont eu lieu depuis l'avénement du Roi au Trône, jusques à la fin de 1776 (1). Mais une telle erreur étant étrangère à la question présente, je suis dispensé de m'arrêter sur cette circonstance.

Continuant donc le seul examen qui m'importe, je vois d'abord qu'il faut déduire de la somme totale des Emprunts désignés dans le Tableau général de M. de Calonne, ceux qui composent la première colonne, intitulée *année 1776*.

---

(2) Les seuls Emprunts indiqués dans le Tableau de M. de Calonne, comme antérieurs au premier janvier 1777, ce sont un Emprunt de Gênes, & un du Languedoc, tous les deux de 1776 ; mais dans cette même année on reçut des fonds d'avance des Administrateurs de la Loterie, & un supplément de la part des Fermiers des Postes, &c. Chaque année on a distribué des Contrats à quatre pour cent sur l'Hôtel-de-Ville, en plus ou moindre quantité : enfin, une somme importante de la Négociation en viager, connue sous le nom d'Emprunt d'Hollande, a été débitée depuis l'avénement du Roi au Trône. Je laisse à l'écart d'autres articles dont je n'ai pas un souvenir positif. C'en est assez pour faire voir que les détails du Tableau général de M. de Calonne ne répondent point à son titre.

G g

Cette fomme totale eft de . . . . 1,348,688,606 liv.
Les Emprunts claffés dans la colonne de
l'année 1776, font de   7,500,000
                                          _____
Refte . . . . 1,341,188,606 liv.

Et c'eft à une telle fomme que devroient fe monter, *felon M. de Calonne lui-même*, tous les Emprunts qui ont eu lieu *depuis la fin de l'année 1776, jufqu'au premier janvier 1787.*

Indiquons maintenant les articles qui font omis dans le Tableau de M. de Calonne.

1. Il eft impoffible de ne pas comprendre parmi les nouveaux Emprunts l'accroiffement des Anticipations, puifque ces Anticipations portent un intérêt, & qu'une Adminiftration fage les convertiroit avec empreffement, fi elle le pouvoit, dans un Emprunt à conftitution de rentes perpétuelles; car le renouvellement des Anticipations, chaque année, eft toujours incommode pour le Miniftre des Finances, & c'eft rarement par choix qu'il fe foumet à cette néceffité.

Un principe fi fimple une fois admis, il ne refte plus qu'à déterminer l'accroiffement des Anticipations furvenu poftérieurement à la fin de l'année 1776.

Les Anticipations s'élevoient de 60 à 70 millions à cette époque; &, felon M. de Calonne, elles étoient de 255 millions à la fin de 1786.

Il faut ajouter à cette dernière fomme le prêt de dix millions des Receveurs généraux, fous le nom de prompt paiement, & une dixaine de millions, au moins, pour d'autres Emprunts à temps, comme je l'expliquerai plus particuliérement dans la fuite.

Ainfi, l'accroiffement des Anticipations, depuis la fin de 1776, doit être évalué à environ 210,000,000

2. Depuis l'époque du Compte rendu, il y a eu différentes créations de charges & de nouveaux fonds d'avance demandés aux Compagnies de Finances. Ces deux fortes d'objets, dans le Tableau général des Emprunts, annexé au Mémoire de M. de Calonne, se montent, l'un à . . . . 14,600,000 liv.
l'autre à 10,000,000

En tout 24,600,000

L'article de 14,600,000 liv. se trouve mal exprimé, puisqu'on l'assimile, par le mot *item*, à un autre sous lequel on l'a placé, & dont le titre est *Nouveaux cautionnemens des Employés des Fermes & Régies, reçus en 1779*. Ce sont toutes ces petites négligences qui, réunies à une suite continuelle de fautes principales, composent un entrelacement dont j'ai beaucoup de peine à démêler les fils; &, pardessus tout cela, il faut ensuite soi-même se faire entendre : quelle tâche !

Quoi qu'il en soit, les Emprunts provenans des créations de nouvelles Charges, & des fonds d'avance reçus des Compagnies de Finances, se réduisent à 24,600,000 livres sur le Tableau général de M. de Calonne.

Lui-même néanmoins, dans plus d'un endroit de son Mémoire, avoit estimé cette partie des ressources extraordinaires à 33 millions; mais il y a si peu d'accord entre les diverses allégations de M. de Calonne, que son dernier Écrit paroît véritablement l'ouvrage de plusieurs personnes.

Qu'on fasse choix cependant ou des 24,600,000 liv. portées sur le Tableau, ou des 33 millions cités dans le Mémoire; il y aura toujours, de la part de M. de Calonne, un prodigieux mécompte.

On en pourra juger par le recensement des sommes que le Trésor royal a reçues depuis la fin de l'année 1776, jusques au commencement de l'année 1787, soit pour des créations d'Offices, soit pour des fonds d'avance de la part des Fermiers & Régisseurs.

Fonds d'avance.

Le Roi, dans l'année 1778, céda le Privilège des Fiacres de Paris à une Compagnie, & l'on exigea d'elle une avance, pour trente ans, sans intérêt, de . . . . 5,500,000 liv.

Le Roi, dans la grande opération de 1780 sur les Fermes & les Régies, reçut, au-delà des fonds d'avance existans alors, environ 5,000,000

La Ferme de Sceaux & de Poissy a fait, en 1780, un fonds d'avance, à trois pour cent d'intérêt, de 2,000,000

Fonds d'avance demandés aux Régisseurs des Poudres en 1780 1,000,000

Les fonds d'avance de la Ferme générale ont été augmentés, depuis le Compte rendu, de 4,680,000

Ceux de l'Administration des Domaines de 7,600,000

Ceux de la Régie générale de 7,600,000

Ceux des Postes de 3,600,000

Ceux fournis par la Ferme des Messageries font de 1,100,000

Ceux demandés aux Régisseurs des Etapes. 1,000,000

39,080,000 liv.

Créations d'Offices.

Finance fournie en 1780 par les Officiers de la Chambre des Comptes de Provence. . . 1,000,000

40,080,000

Ci-contre. . . . . 40,080,000 liv.

Accroiffement fur les Charges de Receveurs des Tailles, felon l'Arrêt de Liquidation du mois de mai 1782. 3,231,737

M. de Calonne s'eft trompé, en eftimant cet accroiffement de fonds à fix millions. (*Voyez l'Arrêt de Liquidation du 18 mai 1782*).

Le Roi, lors du rétabliffement des Receveurs généraux, a reçu, d'un côté, en addition de Finances, 8,670,000 livres, & de l'autre, il a eu à rembourfer 2,569,400 livres; ainfi il lui eft refté net un capital de 6,100,600

M. de Calonne s'eft mépris, en croyant que les nouvelles & les anciennes Finances ont été balancées les unes par les autres.

Création, en 1784, de vingt Payeurs de rentes, à 300,000 livres, & de vingt Contrôleurs, à 90,000 livres; en tout 7,800,000 livres; mais comme on a reçu en paiement pour 1,600,000 livres environ de capital d'anciennes Charges de Payeurs des rentes, il ne faut paffer ici que 6,200,000

Création de deux Charges de Receveurs généraux des Impofitions de Paris 1,400,000

Création d'une feconde Charge de Tréforier de la Guerre. 1,600,000

Addition à la finance de la Charge de M. de Sérilly 600,000

Le rétabliffement d'une feconde Charge de

_____

59,212,337

De l'autre part . . . . 59,212,337 liv.

Tréforier de la Marine, de douze cens mille livres, en faveur de M. de Sainte-James, ne doit être compté ici que pour deux cens mille livres, parce qu'on a pris en paiement la finance de fon ancienne Charge, ci   200,000

Addition à la finance de la Charge de M. Boutin, Tréforier de la Marine.   200,000

Addition à la finance de la Charge de Payeur de dépenfes diverfes   300,000

Création de deux Offices de Payeurs des Charges affignées fur les Domaines.   1,200,000

Création des Agens de Change.   6,000,000

Offices d'Huiffiers - Prifeurs, payés aux Parties cafuelles, depuis l'année 1782 jufques à la fin de 1786, environ   7,500,000

Offices municipaux, Offices de Notaires, de Directeurs des Monnoies, de Changeurs & autres près des Monnoies, ou dans quelques Sièges de Provinces; enfin, tous les petits Offices de divers genres levés aux Parties cafuelles, depuis la fin de 1776 jufques à la fin de 1786, environ   4,000,000

39,532,337 liv,

T O T A L 78,612,337

Ainfi, les fonds d'avance & les créations de Charges qui, dans le Tableau général des Emprunts, publié par M. de Calonne, fe réduifent à deux articles, formant enfemble 24,600,000 livres, s'élèvent bien réellement, & fans incertitude, à 78,612,337 livres.

La différence eſt, comme on voit, de 54,012,337 livres.

Je n'accompagne ce réſultat d'aucune réflexion ; une erreur ſi grande & ſi palpable, donne ſuffiſamment à penſer.

3. M. de Calonne n'a pas voulu paſſer les Dons gratuits du Clergé au rang des revenus de SA MAJESTÉ, & il ne veut pas non plus rapporter au ſervice du Roi les Emprunts qu'a faits le Clergé pour acquitter ces Dons gratuits : cependant, les fonds provenus des Emprunts du Clergé ſont entrés en entier au Tréſor royal, & il faut bien leur donner place de quelque manière parmi les reſſources de l'Etat.

Mais dans ce moment, où il n'eſt queſtion que d'une note indicative des Emprunts faits depuis la fin de 1776, rien ne feroit plus inutile qu'une vaine controverſe ſur la manière dont les Emprunts du Clergé doivent y être compris ; ainſi chacun eſt bien le maître de les conſidérer, en cette occaſion, ſous tel rapport qui lui paroîtra le plus convenable; & pour éviter toute controverſe, je les retrancherai du Tableau général des Emprunts, à une exception près, que M. de Calonne ne pourroit conteſter, ſans être abſolument en oppoſition avec lui-même.

En effet, s'il a compté, dans ſon propre Tableau des Emprunts, une ſomme de quatorze millions, en raiſon du million par an que le Roi s'eſt engagé de payer au Clergé pendant quatorze ans, relativement au Don gratuit de trente millions accordé en 1780, il ne peut ſe diſpenſer d'admettre de même un capital de quinze millions, en raiſon du rembourſement graduel, promis au Clergé juſqu'en 1802, lors de ſon Don gratuit de 1782, ci 15,000,000

4. On ne voit dans l'état général des Emprunts, qu'une ſomme de dix-neuf millions pour les cautionnemens demandés en 1779 aux Employés des Fermes & des Régies : c'eſt à une

telle fomme, en effet, que fe montent les cautionnemens de ce genre, relatifs à la Ferme générale, à la Régie des Aides & à l'Adminiftration des Domaines; mais on a oublié ceux qui ont été fournis par les Receveurs de la Loterie royale, objet de fept millions trois cens mille livres. Le Tréfor royal a dû toucher une partie de cette fomme avant la fin de 1776; ainfi, je ne pafferai pour cet article que 5,000,000

5. On n'a point paffé, dans l'état général des Emprunts, celui d'Hollande, fait en 1781; cependant le rembourfement & les intérêts de cet Emprunt fe trouvent encore en dépenfe dans le dernier Compte du Gouvernement. Le capital reçu par le Roi fervit de fonds aux avances que le Gouvernement fit aux Américains : mais les Etats-Unis font encore redevables en entier de cette avance, ci 10,000,000

6. M. de Calonne, dans un Tableau, n°. 20, contenant le détail des Emprunts faits pendant le cours de mon Adminiftration, y comprend un Emprunt des Quinze-Vingts de cinq millions; mais il a oublié de porter ce même article dans l'état général des Emprunts depuis l'avènement du Roi au Trône : c'eft une omiffion de 5,000,000

7. Le Roi a emprunté fept millions pour huit ans, en confentant au rachat du Centième denier; cet article eft omis dans l'état général de Emprunts, ci 7,000,000

Récapitulons maintenant les fept articles dont nous venons de donner l'explication.

1. Anticipations	210,000,000	liv.
2. Fonds d'avance & créations d'Offices.	54,012,337	
3. Emprunt du Clergé en 1780	15,000,000	
4. Cautionnemens	5,000,000	

284,012,337

Ci-contre	284,012,337 liv.
5. Emprunt d'Hollande	10,000,000
6. Emprunt des Quinze-Vingts	5,000,000
7. Rachat du Centième denier	7,000,000

TOTAL des omiffions . . . .   306,012,337 liv.

Il faut ajouter cette fomme à l'état général des Emprunts, publié par M. de
Calonne, état qui, déduction faite des
7,500,000 livres, relatives à l'année 1776,
s'élève, comme nous l'avons montré, à . .   1,341,188,606

TOTAL des Emprunts depuis la fin de
1776, jufques à la fin de 1786   1,647,200,943

Cette fomme de 1647 millions 200 mille livres d'Emprunts,
s'éloigne un peu des 1250 millions annoncés par M. de
Calonne dans fon Difcours aux Notables.

Je dois expliquer pourquoi, dans mon Mémoire du mois
d'avril de l'année dernière, j'avois eftimé feulement à 1576
millions la fomme des Emprunts faits depuis la fin de 1776,
jufques à la fin de 1786. Voici le principal motif de cette
différence.

Je n'avois pas mis au rang de ces Emprunts, ainfi que j'en
fis l'obfervation expreffe, les Contrats à quatre pour cent
de l'Edit de 1770, donnés en paiement pendant le cours des
dix années dont il eft ici queftion ; cet article eft de foixante & dix millions dans l'état général des Emprunts annexé
au Mémoire de M. de Calonne (1).

_____

(1) Les Contrats à quatre pour cent de l'Edit de 1770, paffés pour
foixante & dix millions dans le Tableau général des Emprunts, ne forment

H h

Je n'avois pas cru non plus devoir réunir à l'énumération des Emprunts, le prêt de trente millions fait au Roi par les Fermiers généraux, en 1781, parce qu'il étoit entiérement remboursé à la fin de 1786.

Cet article & le précédent, composant ensemble cent millions, font partie de l'état général des Emprunts publiés par M. de Calonne; c'est en les comptant, pour se conformer à sa méthode, que la somme totale des Emprunts, depuis la fin de 1776, jusques à la fin de 1786, se trouve monter à 1647 millions 200 mille livres; elle seroit de 1547 millions 200 mille livres, en mettant à l'écart les deux Emprunts dont je viens de parler.

M. de Calonne s'étant si gravement trompé sur la somme totale des Emprunts, postérieurs à l'année 1776, on présumera facilement qu'il n'a pas été plus exact en donnant le compte de la partie de ces Emprunts, relatifs à mon Administration. On trouve ce Compte au n° 20 des Pièces justificatives du Mémoire de M. de Calonne, & il se monte à 439,759,464 livres; mais on n'y a compris, ni l'accroissement des Anticipations, depuis la fin de 1776, jusques à l'époque du Compte rendu, ni l'avance faite pour le rachat du Centième denier, ni celle de la Compagnie des Fiacres, de la Régie des Poudres, de la Caisse de Sceaux & de Poissy, ni la petite augmentation de capital, résultat de l'opération de 1780, sur les Fermes & les Régies, ni le supplément de

---

pas un article exagéré, quand on rapporte cet article à la distribution qui a pu être faite des Contrats à quatre pour cent pendant l'espace de dix ans : mais il présente une erreur évidente, quand on le classe en entier dans l'année 1781. C'est ainsi cependant qu'il se trouve inscrit sur l'Etat général des Emprunts, annexé au Mémoire de M. de Calonne. (*Voyez tout ce qui a été dit sur le même sujet, dans la Section précédente.*)

fonds fourni par les Magiſtrats de la Chambre des Comptes de Provence, ni la valeur de diverſes Charges, levées aux Parties caſuelles, &c. (1). Enfin, l'Emprunt de l'Ordre du Saint-Eſprit de 11,287,750 livres, fait en 1777, eſt entiérement oublié par M. de Calonne dans le recenſement qu'il donne des Emprunts relatifs à mon Miniſtère.

Je ne donne pas un nouveau Tableau détaillé de ces nombreuſes omiſſions; je crois qu'on doit être las d'arrêter ſon attention ſur les erreurs de M. de Calonne.; & d'ailleurs, il n'eſt queſtion dans ce moment que de prouver une vérité, très-indifférente en ſoi : c'eſt que M. de Calonne a évalué, de quatre-vingt à quatre-vingt-dix millions trop bas les Emprunts qui ont eu lieu pendant le cours de mon Adminiſtration.

Il m'eſt impoſſible cependant de terminer cette Section ſur les Emprunts, ſans relever un trait bien ſingulier de M. de Calonne. Il dit, page 161 de ſon Mémoire *in-*4°, & page 335 de l'*in-*8°, que je me ſuis trompé de ſoixante millions, en évaluant à quarante millions, dans mon Ecrit du mois d'avril 1787, l'accroiſſement des Emprunts des Pays d'Etats, *depuis 1776 juſques en 1786.* Ce reproche ſeroit juſte, ſi mon évaluation avoit été relative à un pareil intervalle : mais voici l'article mot pour mot, tel qu'il ſe trouve au n° 12 *des augmentations de Charges depuis le Compte rendu en 1781.*

« Les Emprunts des Pays d'Etats, *depuis l'époque du Compte*

_____

(1) M. de Calonne ſe trompe encore, en ne mettant que ſoixante millions pour l'Emprunt de février 1781 : cet Emprunt étoit de ſix millions de rente ſur une, deux, trois & quatre têtes, à des intérêts dégradatifs, depuis dix pour cent : ainſi, un capital de ſoixante millions n'auroit pu ſuffire à ſix millions de rente, qu'autant que tout auroit été placé ſur une ſeule tête.

» *rendu*, ont, je crois, paffé les capitaux empruntés d'environ
» quarante millions ».

Ainfi, le titre général de la Section, & les expreffions particulières de l'article, indiquoient également que mon évaluation datoit *du Compte rendu en 1781*, & non de l'année 1776,
comme le dit M. de Calonne, afin de m'accufer enfuite d'une
erreur confidérable; erreur, ajoute-t-il, au défavantage de mes
calculs : mais fi, d'une manière ou d'une autre, j'en commettois
de pareilles, quelle jufte défiance ne devrois-je pas infpirer?

Je voudrois pouvoir rendre évidentes beaucoup d'autres
infinuations de M. de Calonne, qui, à mes yeux, font très-
fingulières & très-remarquables ; mais plufieurs font indiquées
fi vaguement, plufieurs tiennent à une contexture fi compliquée, que je ne parviendrois pas à me faire entendre, même
en exigeant beaucoup d'attention de la part de ceux qui me
liront.

On trouve à chaque inftant, dans le Mémoire de M. de
Calonne, des critiques & des objections où rien n'eft faillant,
qu'un réfultat auffi étrange qu'erroné. Souvent encore, à cinquante pages de diftance, on fe rétracte à petit bruit, ou l'on
rétablit la vérité dans une parenthèfe imperceptible. C'eft
véritablement mon défefpoir que de trouver fi fouvent dans
l'Ecrit dont je fais une fi pénible étude, des calculs imparfaits,
des idées à moitié prononcées, des liaifons interrompues, des
exceptions fur des exceptions, des fautes fur des fautes, & un
mêlange de tout cela tellement enchevêtré, qu'avec un fentiment d'indignation pour tant d'artifices, je fuis dans l'impoffibilité de rendre ce manège diftinct aux yeux des autres; &
j'éprouve qu'en certaines matières, il eft un degré d'embroglie
dont on augmenteroit la confufion fi l'on cherchoit à l'expliquer.

M. de Calonne a un intérêt tout différent du mien; il lui

convient d'amplifier & de multiplier les calculs & les raifon‑
nemens, afin d'y tenir fes erreurs cachées ; & moi, j'ai befoin
d'écarter toutes les difcuffions qui pourroient détourner l'at‑
tention des vérités effentielles, de celles dont il m'importe de
donner la démonftration.

On fe trompe bien, quand on dit que tout eft fimple en fait
de calculs ; oui, fi l'on réduit ces calculs aux quatre règles de
l'arithmétique : mais les calculs qui dépendent de certains
rapports & de certaines pofitions, font, de toutes les chofes,
les plus faciles à embrouiller, quand on en a la volonté. Il y
a bien moins de faux-fuyans dans une queftion de morale ou
de politique ; la difpute même tient cette queftion préfente à
votre efprit, & vous pouvez indiquer aifément les écarts de
votre adverfaire ; mais quand on dérange l'ordre & la férie
qui affimilent les calculs au raifonnement, l'attention ne fait
plus où fe prendre, & l'on fe trouve comme dans un chemin
croifé par diverfes routes , & où toutes les pierres itinéraires
ont été déplacées.

SECTION XIII & dernière.

Sur les discussions de M. DE CALONNE, relatives à mon Mémoire du mois d'avril 1787.

J'IGNOROIS, en écrivant mon Mémoire du mois d'avril de l'année dernière, quelles étoient les objections de M. de Calonne contre l'exactitude du Compte rendu; il avoit refusé constamment de m'en donner connoissance. Je n'étois pas instruit non plus des divers élémens du Compte des Finances de 1787 : ainsi, pour me défendre, je m'étois vu dans la nécessité de discuter, d'une manière générale, l'accusation de M. de Calonne, & de recourir aux seuls moyens dont je pouvois faire usage : mais aujourd'hui que M. de Calonne s'est enfin expliqué distinctement sur les erreurs prétendues du Compte rendu, & que j'ai réfuté ses objections article par article; aujourd'hui que l'état des Finances de 1788 est imprimé, & que j'ai montré la liaison de ce même état avec le Compte rendu, ce seroit rétrograder des notions positives aux idées vagues, que de reprendre toute espèce de controverse antérieure à ces connoissances.

Je me refuse, en suivant ce système, à l'occasion de faire sortir une multitude incroyable d'erreurs & de raisonnemens insidieux de la part de l'auteur du Mémoire de M. de Calonne : mais le Public n'a que faire de telles informations, lorsqu'elles ne mènent à rien d'utile; on se range d'ailleurs au-dessous de lui, quand on amuse uniquement ses passions; on s'élève à son niveau, quand on l'occupe de ses véritables intérêts, & j'aime mieux cette place. Peut-être auffi, je l'avoue, ai-je un meilleur ufage à faire de mes réflexions & de mes penfées, que de m'appliquer à fuivre M. de Calonne dans tous les détails de fes méprifes; & il me fuffira de donner encore quelques exemples frappans de fa trop grande légéreté dans l'injufte controverfe dont il m'a fait le fujet.

C'eft prefque une chofe comique, de voir M. de Calonne fe trompant groffement dans fon propre Compte, & dans les faits placés immédiatement fous fes yeux, n'entreprendre pas moins de concilier les réfultats de ce même Compte avec les anciens états qui nous reftent de M. l'Abbé Terray & de M. de Clugny. « Tout fe tient, *nous dit quelque part M. de Calonne,* » tout eft d'accord dans cette progreffion ; & fi l'on en rap- » proche la fuite chronologique des Emprunts, dont la ligne » eft naturellement parallèle à celle du déficit, *on voit* la liaifon » des caufes avec les effets ».

On voit qu'on ne voit rien ; car cette *progreffion, rapprochée d'une fuite chronologique dont la ligne eft naturellement parallèle à la ligne du déficit,* eft une idée parfaitement inintelligible.

M. de Calonne perfifte à foutenir qu'il y avoit trente-fept millions de déficit, & non vingt-quatre, à l'époque où je fuis entré dans l'Adminiftration. J'ai fi peu d'intérêt à cette queftion, que je me garderai bien d'ennuyer le Public, en l'occupant d'une pareille controverfe. Je m'étonne que M. de Calonne ait feulement un avis fur un fait fi loin de fon adminiftration : mais la manière dont il s'y prend pour appuyer fon allégation, eft vraiment remarquable.

Il ajoute, au déficit de vingt-quatre millions, réfultat du Compte de M. de Clugny, dix millions, qu'antérieurement à mon adminiftration j'avois indiqué comme defirables pour exécuter divers plans d'amélioration.

Il est évident qu'une telle idée de ma part ne changeoit point le déficit.

Un trait plus particulier est celui-ci : mais, pour le bien sentir, il faut avoir sous ses yeux le Compte des Finances de M. de Clugny, tel qu'il se trouve annexé sous le n°. 13 aux Pièces justificatives du Mémoire de M. de Calonne. Il est divisé, comme tous les Comptes de ce genre, en deux colonnes, l'une de recette & l'autre de dépense : mais à côté de cette dernière, on en trouve une troisième de l'invention de M. de Calonne, ayant pour titre : *Supplémens aux articles portés trop bas ;* & sur laquelle on a jetté cinq sommes, formant en tout treize millions, résultat précisément nécessaire pour métamorphoser le déficit de vingt-quatre millions dans un déficit de trente-sept. Il faut convenir qu'on ne peut aller à son but avec plus de simplicité & de bonhomie. Ainsi, dans un Compte général des Finances composé d'un grand nombre de parties, dans un Compte fait en 1776, & par conséquent onze années avant l'époque où M. de Calonne s'avise de le corriger, c'est uniquement cinq articles qui se sont trouvés erronés, & tous les autres, tant en recette qu'en dépense, étoient parfaitement exacts, notamment un article de dix millions pour des dépenses extraordinaires, un de 12,764,127 livres pour des dépenses diverses, &c. &c. : en vérité, c'est se jouer des affaires ; ce n'est pas les traiter. J'invite à voir ce Compte ; car les arrangemens pittoresques perdent toujours au récit. Les états de M. de Clugny, vérifiés très-exactement, avoient donné lieu à une multitude d'observations critiques : ainsi, quand M. de Calonne borne les siennes à cinq articles, & lorsque ces remarques quadrent livre pour livre avec treize millions dont il avoit besoin, on trouve qu'en cette occasion il nous montre bien plus les talens d'un conciliateur, que les recherches laborieuses d'un observateur attentif.

Que

Que dirois-je de tous les moyens que M. de Calonne emploie pour contester les améliorations survenues dans l'état des Finances depuis 1776 jusqu'en 1781 ? Il est impossible qu'il y ait eu un déficit de 24 ou de 37 millions à la fin du ministère de M. de Clugny, & plus de 500 millions d'Emprunts pendant mon administration, sans des bonifications sur les recettes & des diminutions dans les dépenses. Aussi la plupart des argumens de M. de Calonne se rapportent-ils sans cesse aux erreurs prétendues du Compte rendu : mais en réfutant toutes les objections de M. de Calonne contre l'exactitude de ce Compte, j'ai détruit l'échafaudage qui sert de soutien à tous ses autres systêmes offensifs. Mon intérêt se borneroit donc à débattre la petite part qu'il alloue aux soins de mon administration : mais quand il seroit en droit d'attribuer tout au cours naturel des choses, il y auroit encore quelque mérite à ne l'avoir point interrompu, & l'on pourroit, à ce prix seul, obtenir de l'estime ; j'en juge par tous les maux qui sont souvent résultés d'une conduite contraire. Mais que m'importe la dépréciation de M. de Calonne ? que m'importent en ce point ses erreurs de calculs ? ce n'est pas d'une telle question que je dois m'occuper ; & si mes services ou mes travaux avoient été l'unique objet de sa critique, jamais je ne lui aurois répondu.

Je dois faire observer seulement que ce n'est pas uniquement la mesure de chaque article de recettes & de dépenses à l'époque du Compte rendu, qui est totalement changée par les allégations erronées de M. de Calonne ; il a pareillement altéré les bases du Compte de M. de Clugny, en ajoutant, d'un trait de plume, treize millions au Chapitre des dépenses : cependant c'est entre deux termes de comparaison ainsi dérangés, qu'il veut établir l'historique des améliorations survenues dans l'intervalle.

I i

Il ne fe contente pas de toute cette confufion ; &, pour
remplir fon but avec plus de facilité, il laiffe à l'écart, dans
fes calculs, les avantages que le Roi a retirés de la fuppreffion
de plufieurs Régies dans l'année 1777, & de la diminution des
fonds d'avance par des rembourfemens effectifs : il laiffe à l'é-
cart de même ces rembourfemens dans les calculs inextricables
qu'il fait fur les rembourfemens en général : il retranche de
l'opération de 1780 la part du Roi dans les accroiffemens de
1781, dont j'ai donné la preuve évidente : il s'en fie à un Mémoire d'un Receveur général fupprimé, pour foutenir que le
Roi n'avoit rien gagné en réduifant à une feule adminiftration, compofée de douze perfonnes, les quarante-huit recettes
générales : il oublie, en parlant de la Régie des Poftes établie
fous mon adminiftration, qu'indépendamment d'un accroiffement fixe de produit fur la recette, il y avoit eu une diminution dans les frais à la charge du Roi, tant par l'amortiffement d'une partie des fonds d'avance, que par la réduction
de l'intérêt, & que Sa Majesté s'étoit de plus réfervée la moitié
des améliorations fucceffives. Il perfifte à ne pas voir que pendant le cours de mon adminiftration, la liquidation des dettes
de plufieurs Départemens, & les arrangemens pofitifs & régu-
liers adoptés pour le paiement des appointemens, des gages,
& fur-tout des penfions, avoit difpenfé de deftiner, comme
autrefois, un fonds habituel & confidérable aux diverfes parties
arriérées : il lui plaît de ne pas convenir du relâchement qui
exiftoit dans la détermination des décharges & modérations
fur les Vingtièmes & la Capitation, & il rejette ainfi les avantages que le Roi a retirés de la réforme de cet abus; cependant
rien au monde n'eft plus connu dans l'intérieur du Département des Impofitions. Il retranche une année des extinctions
viagères furvenues depuis 1776, fans faire attention qu'en

avoit compris dans le Compte rendu l'année 1781 en entier, difposition positivement annoncée & clairement motivée. Il ne veut pas tenir compte de l'arrangement relatif à l'Ecole Militaire, & de la converfion d'une indemnité annuelle de deux millions d'argent effectif dans une fomme pareille de Contrats à quatre pour cent non rembourfables ; cependant, lui-même, par une contrariété fingulière, confidère cette converfion comme un bénéfice réel, puifque dans fon Compte de 1787, il ne déduit pas l'indemnité due à l'Ecole Militaire, du bénéfice annuel de la Loterie royale. Il oublie que le Compte rendu préfentant le Tableau des revenus annuels, il ne devoit pas retrancher de cet état l'article réel des Meffageries, en raifon du calcul qu'il juge à propos de faire, & des frais extraordinaires d'un nouvel établiffement en 1775, & des indemnités accordées poftérieurement au Compte rendu ; car ce calcul, fût-il exact fous tous les points, fon réfultat repréfenteroit une dépenfe paffagère ; & une telle forte de dépenfe ne peut jamais anéantir un revenu permanent. Il efface d'un trait de plume, & fans aucune explication, l'économie opérée fur l'adminiftration des Etapes ; cependant, les Régiffeurs chargés de conduire cette partie du fervice public, fous la double infpection du Miniftre de la Finance & du Miniftre de la Guerre, m'ont envoyé, de leur propre mouvement, la copie d'un Mémoire qu'ils ont mis depuis peu fous les yeux de M. le Contrôleur général ; Mémoire qui juftifie parfaitement l'économie dont j'avois fait mention dans mon Ecrit du mois d'avril 1787. Enfin, par une idée auffi nouvelle que difficile à foutenir, M. de Calonne me reproche d'avoir mis en compte les économies relatives à des difpofitions détruites peu de temps après ma retraite. Je ne fais cependant quel Miniftre pourroit faire le calcul des

améliorations furvenues dans les Finances pendant fon adminiftration, fi, pour avoir droit d'en parler, il étoit obligé
de donner à ces améliorations un brevet inconnu d'immuta-
bilité. M. de Calonne retranche encore de mon énumération,
toutes les économies qui ne tiennent pas à des objets précis,
& il a beau jeu pour cela ; car, fi j'ai eu beaucoup de peine à
raffembler aujourd'hui des atteftations relatives à l'année 1781,
époque où tout étoit mis en règle dans les comptes de Finance,
il me feroit impoffible de conftater, de la même manière, l'état
de chaque partie de recette & de dépenfe en 1776. Le Compte
abrégé des Finances de cette année-là, rendu public par M. de
Calonne, diffère de celui dont j'ai gardé copie, & toutes les
obfervations dont l'un & l'autre font fufceptibles, deviendroient
en ce moment un fujet interminable de conteftation : mais
j'en ai dit affez, je le penfe, fur la difcuffion préfente ; je ne
comptois pas même d'abord entrer dans autant de détails,
puifqu'ils font tous inutiles, après les démonftrations que j'ai
données dans les Sections précédentes.

Je ferai cependant une remarque fingulière. L'indice que je
donnai, il y a un an, des améliorations furvenues dans les Finances depuis l'année 1776 jufques à l'époque du Compte rendu,
étant fait de mémoire, je retranchai de la fomme totale, &
d'une manière vague, quinze millions pour les erreurs qui
auroient pu m'échapper & pour divers objets de dépenfe paffés
trop bas dans le Compte de M. de Clugny. Cependant M. de
Calonne, après avoir réduit, avec la plus parfaite inexactitude
& par toutes fortes de moyens, chacun des articles réels de
ma première énumération, ne veut pas moins profiter des
quinze millions dont je viens de donner l'explication ; on ne
peut véritablement rien imaginer de plus étrange. Contefter les
faits pofitifs, quand ils font contre nous ; admettre les vagues,

quand ils font pour nous , & prendre la conceffion en refufant la juftice , tout cela feroit fort bien arrangé , fi chacun vouloit fe prêter à une pareille combinaifon.

La pénible controverfe à laquelle je fuis forcé de me livrer , me conduit à réfléchir triftement fur la fituation d'un Miniftre des Finances hors de place. Je ne fais comment il arrive qu'avec plus ou moins de notoriété , il a fouvent pour détracteurs tous ceux qui lui fuccèdent : il y auroit peu d'inconvénient pour le bien public à cette cenfure , qui peut tenir en refpect les hommes dépofitaires d'une grande adminiftration ; mais , par malheur , on laiffe en paix tous les Miniftres que l'opinion publique abandonne , & ceux dont elle eft encore l'appui , demeurent feuls expofés aux longs fouvenirs de leurs rivaux.

J'ai dit , au commencement de cette Section , qu'après avoir montré non-feulement la liaifon du Compte rendu avec l'état préfent des Finances , mais encore les rapports de ce dernier état avec le Compte de M. de Calonne , je ne devois plus occuper le Public de calculs généraux & fpéculatifs. Ceux contenus dans mon Mémoire du mois d'avril de l'année dernière , ont dû fe reffentir de l'ignorance où j'étois d'un grand nombre de dépenfes nouvelles , furvenues depuis ma retraite.

D'ailleurs , M. de Calonne , en difcutant ces calculs , part toujours des principes établis dans fon Compte effectif de 1781 , & j'en ai démontré l'illufion. Je reviendrois donc fur mes pas à tout moment , fi , voyant M. de Calonne recourir fans ceffe aux mêmes argumens , je lui oppofois auffi fréquemment les mêmes contradictions. Cependant , comme dans chaque hypothèfe différente il ajoute prefque toujours de nouvelles méprifes à fes premières erreurs , on me permettra , j'efpère , d'en indiquer quelques-unes pour juftifier mon affertion.

La plus singulière, la plus extraordinaire de toutes, est celle que je vais tâcher d'expliquer.

On a vu les trois articles suivans dans mon Mémoire d'avril 1787, au titre *des augmentations de Charges depuis l'époque du Compte rendu.*

« N°. 14. La création des Agens de change, *trois cens mille* » *livres* ».

« N°. 15. Les fonds nouveaux, fournis par les Receveurs » généraux des Finances, les Receveurs des Tailles, les nou- » velles places de Fermiers généraux, les anciens & nouveaux » Régisseurs des Aides, des Domaines & des Etapes, les » Payeurs & Contrôleurs des Rentes, les Receveurs généraux » & particuliers de Paris, les Trésoriers de la Guerre, de la » Marine, des Bâtimens, &c. se montent à environ cinquante » millions, & en intérêts *deux millions cinq cens mille livres* ».

« N°. 22. Le doublement des Charges des Receveurs des » Tailles qui étoient déjà réunies, le rétablissement des Rece- » veurs généraux & des Trésoriers, le retour à leurs anciennes » taxations, l'addition faite au traitement fixe des Fermiers » généraux & des Régisseurs, *quatre à cinq millions* ».

Ce dernier article séparé du précédent, n'étoit pas une seule & même chose.

Le n°. 15 indiquoit les intérêts attribués à des créations de Charges, ou à de nouveaux fonds d'avance, & se rap- portoit expressément à un capital de cinquante millions.

Le n°. 22 indiquoit une augmentation de dépenses, rela- tive à l'accroissement des honoraires & des taxations de plusieurs places de Finances.

Rien n'étoit plus évident que cette distinction ; & M. de Calonne lui-même semble l'avoir bien entendue, puisqu'il s'exprime ainsi dans son Mémoire : *Il est question*, dit-il ;

dans ces trois articles , de l'intérêt des Charges créées ou réta-
blies , des fonds nouveaux fournis par les Titulaires , soit anciens
soit nouveaux ; du surcroît de taxation occasionné par le réta-
blissement de quelques-unes des Charges qui avoient été suppri-
mées ; & enfin de l'addition faite au traitement fixe des Fer-
miers généraux & des Régisseurs.

Cependant il plaît ensuite à M. de Calonne de réunir les trois
articles que j'ai cités , composant ensemble 7,300,000 livres
de Charges annuelles ; & il ajoute que cette somme repré-
sentant, à raison de cinq pour cent d'intérêt, un capital de
146 millions, je me suis trompé en évaluant à un tel capital
les fonds reçus pour des nouvelles places de Finances depuis
l'époque du Compte rendu.

Mais l'erreur en entier vient de M. de Calonne , qui trans-
forme les frais, les taxations & les honoraires , indiqués par
l'article 22, en intérêts de fonds d'avance , & qui attribue
ensuite un capital à ces mêmes honoraires , pour me reprocher une faute de sa propre composition. Je n'ai rien vu de
si particulier , & l'on ne fait que penser d'une telle manière
de faire.

Voici cependant la suite du raisonnement de M. de Calonne ;
il avance que les fonds provenans des charges & des places
de Finances , se montent à 33 millions , & déduisant ces 33
millions des 146, dont je viens de parler , il me reproche
nettement de m'être trompé de 113 millions (1).

Je me demande ensuite pourquoi M. de Calonne se permet de semblables calculs. Est-ce de l'aveuglement ? est-ce

---

(1) On sera curieux peut-être de relire cet article singulier du Mémoire de
M. de Calonne ; on le trouvera aux pages 149 & 150 de l'in-4°., &
313 & suivantes de l'in-8°. Le paragraphe commence par ces mots : *L'exa-*
gération est bien plus forte.......

une fimple hardieffe ? Mon opinion, véritablement, ne fait à quoi s'arrêter.

Je ne finirois pas, fi j'indiquois tous les traits, non pas de cette force, mais d'un pareil genre, que j'apperçois dans le Mémoire de M. de Calonne.

Il ne prend pas garde, en faifant le calcul des fonds deftinés au remboursement des Pays d'Etats, que ces fonds groffiffent annuellement de la valeur des intérêts éteints.

Il dit que dans mon Mémoire de l'année dernière, j'ai cité l'extinction des intérêts des anciennes Refcriptions, fans faire mention de l'amortiffement du capital ; mais il n'a pas vu que ce dernier article étoit compris dans la déduction générale des remboursemens, exiftans à l'époque du Compte rendu, page 75, article 4.

Il trouve que j'ai évalué trop haut l'accroiffement des anticipations ; mais il choifit pour premier terme de comparaifon la fin de 1781, au lieu de prendre l'époque du Compte rendu ; il évite encore de remarquer que j'avois compris expreffément dans l'article des anticipations exiftantes en 1787, le prompt paiement de dix millions avancés par les Receveurs généraux, & tous les Emprunts à *temps*. J'en connoiffois plufieurs vaguement, entre autres celui dont il eft parlé dans le dernier Compte de l'Administration, & qui étoit relatif à une avance de huit millions, faite par une Compagnie, pour avoir le droit de doubler les chances d'une Loterie de la Ville. En vérité, il n'y a pas dix lignes de fuite, dans le Mémoire de M. de Calonne, où je n'aie trouvé un calcul ou un raifonnement à reprendre. Je jette un coup-d'œil en cet inftant fur mon exemplaire, & je vois les marges couvertes de toutes les croix & de toutes les barres que j'ai faites en le lifant.

J'avois

J'avois d'abord entrepris d'indiquer toutes ces erreurs, &
j'ai fait un grand travail pour remplir ma première idée ;
mais j'ai vu qu'une pareille controverfe ne feroit pas lifible,
& je me fuis borné aux conteftations relatives à la défenfe
du Compte rendu, ou aux développemens acceffoires, fufceptibles de quelque intérêt.

Il s'en faut bien cependant que je croye juftes en tous les
points, les évaluations fpéculatives que je faifois au mois d'avril
1787, fur l'accroiffement des charges de l'Etat depuis le
Compte rendu; car je vois clairement, par le dernier Compte
du Gouvernement, qu'un grand nombre d'articles m'étoient
inconnus. On le reconnoîtra facilement, fi l'on examine avec
attention la feptième Section de ce Mémoire, où je rapproche le Compte rendu du Tableau général des Recettes & des
Dépenfes de 1788.

Auffi je ne puis affez m'étonner que M. de Calonne réduife
à rien, ou, ce qui eft plus extraordinaire encore, à une
fomme de 864 mille livres l'article de quinze millions, que
j'avois paffé dans mon Mémoire de l'année dernière, pour
repréfenter un grand nombre de charges nouvelles, dont la
quotité m'étoit inconnue ; énumération qui finiffoit par ces
mots, *enfin, tout ce que j'ignore.* Quoi! un article qui devoit
être, non de quinze, mais de vingt-cinq millions, M. de Calonne le réduit à huit cens foixante-quatre mille livres! Quelle
hardieffe! Il raye, entre autres, pofitivement la partie de cet
article que je rapportois vaguement à des indemnités, des
échanges, des achats de Domaines. Mais toutes les indemnités annuelles, accordées à la Ferme générale, aux Poftes,
aux Régies, exiftoient-elles à l'époque du Compte rendu ?
Mais les articles de rentes ou de rembourfemens concernant
l'acquifition du Clermontois, les Terres du Châtel & Caraman,

K k

la Terre du Viviers, celle de Bois-le-Vicomte, celle d'Auvillars, les Forêts de Camors & Florange, le Comté de Montgommery, la difpofition des Bois dépendans de l'Evêché de Metz, les Terres & Seigneuries de Saint-Prieft & de Saint-Etienne, &c. &c. &c.; tous ces objets, qui font encore partie du Compte de 1788, exiftoient-ils à l'époque du Compte rendu? L'accroiffement des dépenfes des Haras, des Poftes aux chevaux, l'augmentation des Charges affignées fur les Domaines & Bois; l'établiffement de plufieurs Primes relatives au Commerce, &c. &c.; tous ces articles exiftoient-ils à l'époque du Compte rendu? Mais parce que je n'étois pas en état de les défigner avec précifion; parce que j'étois forcé de les indiquer d'une manière vague, & parce que je me fervois de cette expreffion, *enfin, tout ce que j'ignore*, M. de Calonne a l'imprudence de croire que je ne ferai jamais plus inftruit; & il ofe publiquement foutenir que l'article de quinze millions dont je viens de rendre compte, feroit tout au plus applicable à des dépenfes imprévues; & dans fon aveugle triomphe, il finit par ces paroles : « Refte donc en produit, *ne dois-je pas* » *dire en avortement* de cet article de quinze millions, la fomme » de 864 mille livres «.

Eh non! vous ne deviez pas le dire, parce que l'affertion eft fauffe, & l'expreffion de très-mauvais goût.

C'en étoit bien affez, dans un même genre, de cette année *1781, qui fe trouvoit avoir engendré une maffe de* 259 *millions.*

La décompofition que fait M. de Calonne d'un Compte formé fous le Miniftère de M. de Fleury, n'exige heureufement aucune difcuffion; ce Compte étoit relatif aux befoins particuliers de l'année 1783, & comprenoit, fans diftinction, l'ordinaire & l'extraordinaire. C'eft M. de Calonne qui, faifant à fon gré la féparation de ces différens objets, ne manque pas d'arriver, par les mêmes erreurs, aux mêmes réfultats. Il faudroit donc reprendre fon ouvrage en entier, & fubftituer de l'exactitude à l'incorrection la plus parfaite, fi l'on vouloit montrer comment le Compte de M. de Fleury peut fe concilier, & avec le dernier Compte du Gouvernement, & avec celui de M. de Calonne, & avec le mien en 1781; mais fûrement on me difpenfera volontiers de ce nouveau travail; car le Public doit être auffi fatigué des chiffres & des calculs que je le fuis moi-même.

Tout eft diftraction, tout eft méprife dans les raifonnemens & les calculs de M. de Calonne; & cependant il trouve toujours le réfultat dont il a befoin. Guidé par l'opinion commune, il fuppofe que le produit des fols pour livres eft de *vingt-cinq millions* dans le Compte de M. de Fleury, & il forme en conféquence fes calculs de rapprochement. Je jette un coup-d'œil fur ce même Compte de M. de Fleury, & je vois que les fols pour livres y font compris feulement pour 20,520,000 liv. (1).

M. de Calonne fe refufe continuellement à prendre de la peine; il écrit de génie, & me laiffe le foin de vérifier fes affertions.

Il évalue à 411,001,000 livres les Emprunts qui ont eu lieu depuis ma retraite, jufques & compris les dix premiers mois 1783; mais c'eft en y réuniffant les foixante & dix millions de Contrats à quatre pour cent, que M. de Calonne fuppofoit avoir été diftribués par M. de Fleury, pendant les

---

(1) La Ferme générale. . . . . 12,520,000 liv.
La Régie générale. 5,000,000
L'Adminiftration des Domaines. 3,000,000
TOTAL 20,520,000

K k 2

sept derniers mois 1781 ; allégation dont j'ai démontré l'erreur.

Les dix premiers termes du troisième Vingtième, pour les Pays d'Election, se trouvant réunis, dans le Compte de M. de Fleury, aux deux autres Vingtièmes, & aux diverses Impositions dont le recouvrement est confié aux Receveurs généraux, l'ensemble formoit un article de 158,853,200 livres. M. de Calonne, pour distinguer l'ordinaire de l'extraordinaire, a voulu déduire de cette somme les dix premiers termes du troisième Vingtième, & il les a évalués à dix-huit millions ; mais la totalité du troisième Vingtième, pour les Pays d'Election, ne se montoit qu'à cette somme, & les dix premiers termes, reçus en 1783, pouvoient à peine être estimés dix millions : ainsi l'erreur de M. de Calonne est de huit millions.

Je suis d'autant plus fâché de cette distraction de M. de Calonne, que s'il n'avoit pas rabattu dix-huit millions, au lieu de dix des 158,853,200 livres ci-dessus, il auroit trouvé que le surplus montant à 148,853,200 livres, répondoit précisément à la somme portée dans le Compte rendu pour les recouvremens de la Recette générale, & qu'ainsi je ne m'étois pas trompé de dix millions, comme il avoit cherché à le persuader, en s'appuyant du prétendu Compte effectif de 1781 ; mais peut-être que M. de Calonne ne s'est pas soucié de voir tout cela.

M. de Calonne est incommodé de trouver dans le Compte de M. de Fleury, les Pensions à vingt-cinq millions, parce qu'il se fait valoir, dans son Mémoire, de les avoir réduites de vingt-huit à vingt-sept ; & en conséquence, il dit tout simplement que M. de Fleury s'est trompé de deux millions. Il faut convenir que c'est une manière bien aisée d'arranger les comptes; cependant, avec cette addition de deux millions, faite à la main par M. de Calonne, il n'a que vingt-fept millions de Penfions à fon arrivée dans le Miniftère; & comme il paffe la même fomme dans fon Compte de 1787, il auroit dû groffir l'article de M. de Fleury d'un million de plus, pour s'affurer le mérite d'avoir diminué cette partie de dépenfe.

M. de Calonne trouve que, dans le Compte de M. de Fleury, les dépenfes de la Maifon du Roi font de neuf cens mille livres environ au-deffous de la fomme portée dans le Compte des Finances de 1787, & il hauffe d'autant l'article de M. de Fleury : il auroit dû cependant fe fouvenir que l'accroiffement de neuf cens cinquante mille livres aux fonds des Bâtimens, a été déterminé fous fon Miniftère, &c. &c.

L'intérêt de l'Emprunt fait par la Ville en 1781, eft paffé à quatre cens mille livres dans le Compte de M. de Fleury. M. de Calonne y ajoute fix cens mille livres, fous le prétexte que cet Emprunt étoit de vingt millions; mais il devoit favoir qu'au premier janvier 1783, le Tréfor royal n'avoit pas encore touché huit millions; mais il devoit fur-tout favoir que plus de la moitié de cet Emprunt de la Ville a été diftribué fous fon miniftère, & pour différens objets décidés par lui-même. Enfin, on ne fait jamais fi M. de Calonne prend pour époque la fin de 1783, ou le moment de fon arrivée au Miniftère (le commencement de novembre); car fes calculs & fes paroles vont alternativement à l'une & l'autre époque.

M. de Calonne commet une grande faute de raifonnement, en imaginant qu'après avoir établi, *par fes fictions*, un déficit de foixante & dix millions en 1781, il fuffifoit, pour expliquer un déficit de 115 en 1787, de prouver que, dans l'intervalle de 1781 à 1787, l'augmentation progreffive des dépenfes avoit furpaffé l'accroiffement des recettes de quarante-cinq millions.

Il faudroit, pour rendre cette propofition vraie, que tous les articles de dépenfes dont on a compofé le premier déficit de foixante & dix millions, fe trouvaffent dans le Compte de 1787. Or, M. de Calonne a fait entrer dans ce premier déficit fept millions cinq cens mille livres, applicables à une prétendue liquidation de dettes arriérées; & l'on ne voit rien de pareil ni dans le Compte de 1787, ni dans celui de M. de Fleury. J'indique cet article entre plufieurs autres; il ne me conviendroit pas d'entrer dans des détails, puifque j'aurois l'air de vouloir examiner de près un Compte dont toutes les parties, fans exception, font erronées.

M. de Calonne prétend avoir fouftrait du Compte de M. de Fleury tous les articles extraordinaires; mais en parcourant feulement les titres de diverfes parties de ce Compte, je vois que M. de Calonne a oublié, dans fes fouftractions, un article de vingt-quatre millions, intitulé *Dépenfes extraordinaires* (1); un article de 2,391,250 livres, avance particulière à la Marine; un article de deux millions, fecours extraordinaire à M. le Comte D'ARTOIS; un article de 2,520,000 livres, pour le capital & les arrérages, à cinq pour cent, d'une année des 2,400,000 livres que j'ai prêtés au Roi; & cependant les

_____

(1) Voici la teneur de cet article,

« Dépenfes extraordinaires, intérêts des reconnoiffances de l'Emprunt de » janvier 1782, augmentations de fonds aux rentes de la Ville pour ledit » Emprunt, frais d'opérations extraordinaires & autres dépenfes imprévues, » environ vingt-quatre millions ».

On ne comprend pas pourquoi une augmentation de fonds aux rentes fur la Ville, fe trouve mêlée aux dépenfes extraordinaires. L'Emprunt qu'on cite ayant été fait en janvier 1782, les intérêts de cet Emprunt ont fait partie, en 1783, des affignats fournis aux Payeurs des rentes fur la Ferme générale, & les intérêts à cinq pour cent des portions non conftituées, étoient les feuls payables au Tréfor royal.

intérêts feuls devoient être paffés dans le compte des charges annuelles, &c. &c.

En même temps, M. de Calonne a dû voir que la dépenfe des Ponts & Chauffées étoit, dans le Compte de M. de Fleury, d'un million au-deffous de ce même article dans le Compte rendu; & il n'en dit rien.

Il a dû voir que les fonds deftinés à la Caiffe des arrérages, différoient auffi de huit cens mille livres; & il n'en dit rien.

Il a dû voir que les droits du Domaine d'Occident & le revenu des Monnoies, n'étoient pas tirés en ligne dans le Compte de M. de Fleury; & il n'en dit rien encore. Mais laiffons faire M. de Calonne, il n'arrivera pas moins au but qu'il fe propofe; & ce chemin qu'il aura pris, ce chemin ouvert & battu par lui-même, il va bientôt l'indiquer comme une des fix routes qui l'ont conduit naturellement à trouver toujours le même déficit à l'époque du Compte rendu.

Je n'ai pas befoin de le dire, les mêmes principes qui ont engagé M. de Calonne à donner, dans fon Tableau comparatif de 1781, le nom des dépenfes ordinaires à plufieurs dépenfes relatives à la guerre, ces mêmes principes font encore appliqués, par M. de Calonne, à la fingulière décompofition qu'il a faite du Compte de M. de Fleury.

On ne peut fe faire une idée de la peine que m'a donné M. de Calonne, uniquement pour le fuivre. *Il a mené*, nous dit-il, *une vie laborieufe, mais jamais trifte;* je le crois aifément, fi, comme il l'a fait en cette occafion, il a toujours tourné les épines en dehors. *Jamais trifte !* c'eft bien fait, quand on le peut; mais en fe livrant à fa joie, pourquoi troubler injuftement la tranquillité d'autrui ?

M. de Calonne, dans un moment où il veut réduire l'accroifsement du déficit pendant le cours de son administration , passe quatre millions pour les fonds destinés à la Caisse d'Amortissement , & cet article , dans le Compte de 1787 , publié par M. de Calonne lui-même , se monte à neuf millions cent mille livres , y compris les deux millions destinés au remboursement des Offices de Magistrature & de Finance.

De semblables variantes , selon le but où l'on veut aller , me surprennent toujours.

C'est encore au milieu des efforts de M. de Calonne, pour réduire le déficit relatif à son administration , que l'on voit paroître un calcul sur l'accroissement des revenus du Roi, à l'époque du dernier renouvellement des Fermes & des Régies ; mais on n'y trouve point les augmentations de traitement , & ce qui est bien plus important, on n'y voit aucun indice des diverses déductions & des diverses indemnités qui ont diminué considérablement le produit apparent du Bail & des Traités , réglés en 1786.

Enfin les nouvelles dépenses de tout genre, survenues pendant l'administration de M. de Calonne , sont pareillement mises à l'écart.

Une petite chose à côté des grandes , mais remarquable par la singularité des réflexions de M. de Calonne, est encore celle-ci. Il a eu besoin, dans une de ses hypothèses , de trouver quatre millions de revenu de plus, applicables à l'administration de M. de Fleury, & il essaie de nous prouver que l'intérêt des quatre-vingts millions, reçus en quatre ans pour le troisième Vingtième, doit être mis au rang des revenus ordinaires. Cependant , en suivant le plus simple des raisonnemens , il auroit dit , de deux choses l'une ; ou les quatre-vingts millions ont été appliqués à des dépenses , & alors il ne peut plus en être question d'aucune manière ; ou bien ces quatre - vingts millions ont été

destinés,

deftinés , foit en tout, foit en partie, à des rembourfemens , &
alors les intérêts , amortis par ces rembourfemens, fe trouvent
fouftraits naturellement de la fomme totale des rentes ; ainfi ce
feroit vifiblement un double emploi que de porter en recette
annuelle l'intérêt fictif du capital dont on s'eft fervi pour
éteindre une dette & s'affranchir d'un intérêt réel.

M. de Calonne cependant fe fait beaucoup valoir *du fcrupule*
qui l'engage à ajouter aux recettes relatives à l'adminiftration de M. de Fleury, l'intérêt du troifième Vingtième , comme
s'il pouvoit échapper aux yeux clairvoyans que M. de Calonne,
attentif à me réferver foigneufement un déficit de foixante &
dix millions, & fe trouvant placé entre ce faux déficit & l'augmentation trop réelle de toutes les dépenfes pendant fon
Miniftère , avoit un intérêt véritable à réduire, de fon mieux,
l'accroiffement du déficit pendant l'intervalle qui a féparé fon
adminiftration de la mienne. Il faut fe prêter à fon embarras :
le déficit, en 1787, étoit, felon fon Compte, de cent quinze
millions; ainfi, me donnant en part un déficit de foixante & dix
millions, il lui reftoit feulement quarante-cinq millions pour
répondre à tout ce qui s'étoit paffé depuis mon Miniftère;
c'étoit bien peu, & il falloit de l'intelligence pour en faire une
diftribution fupportable. Mais pourquoi donner à cette habileté
le nom de fcrupule? n'eft-ce pas aller trop loin? Voici cependant les propres paroles de M. de Calonne , à la fuite du dernier
trait que j'ai cité.

« J'avouerai *fans peine* que c'eft *par excès de fcrupule*, qu'en
» faifant l'énumération des bonifications , furvenues pendant le
» Miniftère de M. de Fleury, j'ai cru devoir y comprendre
» l'intérêt du fonds extraordinaire que le troifième Vingtième a
» procuré: mais en ce moment, *où il s'agit* de le compter en
» omiffion dans un tableau formé par M. Necker , *je me fais le*

L l

» *scrupule contraire*. S'il paroît en réfulter une forte de difcor-
» dance entre ce que je fais ici & ce que j'ai fait ailleurs, *le*
» *principe qui m'y détermine* doit en être l'excufe ».

Ce principe fi timoré, ces combats, ces deux fcrupules,
l'un envers M. de Fleury, après l'avoir attaqué fi fortement
à caufe de fon témoignage au foutien du Compte rendu,
l'autre envers M. Necker, dans un moment où *il s'agit* de
lui imputer une omiffion, tous ces fentimens peuvent être
très-refpeétables, confidérés abftraitement ; mais ils perdent
de leur effet au milieu d'un Mémoire où, dans chaque ligne,
il s'agit, & par trop, de me chercher des torts & de me
trouver en faute.

Je ne finirois pas, fi je me livrois à toutes les obfervations
que je trouverois à faire fur la juftice diftributive de M. de
Calonne, dans la répartition du déficit de 1787, entre lui
& fes prédéceffeurs. Il nous affure *avoir mefuré tout le cours du*
déficit, en remontant vers fa fource. Ce voyage étoit peut-
être un peu moins long pour lui que pour un autre, & puis
il fait route plus leftement que perfonne. Quant à moi, après
avoir conftaté l'exaétitude du Compte rendu, je n'ai aucun
intérêt à marquer la progreffion fucceffive du déficit qui exifte
aujourd'hui dans les Finances, & je n'ai garde de m'engager
dans une nouvelle controverfe inutile. Je retranche d'ailleurs
de cet ouvrage une multitude de remarques critiques, bien
plus près de mon fujet que la difcuffion dont je viens de
parler, & je les retranche, parce qu'elles tiennent à une
contexture rendue fi compliquée par M. de Calonne, que
je fatiguerois l'attention en effayant de me faire entendre.

Qui voudroit feulement me fuivre, fi j'indiquois comment
à chaque inftant il change de place, & paffe d'un point de
comparaifon à un autre fans en avertir ? Il confond, felon

fon bon plaifir, l'époque du Compte rendu, la date de ma
retraite, la fin de 1781; il confond de même la fin de 1783
avec le moment de fon arrivée au Miniftère; il ne fait aucune
diftinction du temps où un Emprunt a été déterminé, & de
celui où il a été rempli; il cite un article du Compte
effectif dans un moment où l'on doit croire qu'il parle du
Compte ordinaire; il fe fert des évaluations fpéculatives de
mon Ecrit du mois d'avril de l'année dernière, quand elles
lui conviennent; il les critique comme une affertion pofitive,
quand il en apperçoit le moyen. Il a calculé l'attention dont
les hommes font fufceptibles, & après leur en avoir impofé
par ces grandes divifions extérieures, qui annoncent de l'ordre & de la méthode, il fe met infenfiblement plus à l'aife,
bien fûr qu'on ne le fuivra pas dans tous les détails d'une
difcuffion fans attrait. Il profite avec art de toutes les reffemblances qui fe trouvent entre les apparences & la réalité,
entre les rapports & les conformités; entre les contrariétés
& les différences; entre les chofes conftantes & celles qui
arrivent fouvent; & il fe fert ainfi indiftinctement de l'idée
précife & de celle qu'on peut interpréter de plufieurs manières,
de la mefure jufte & de celle qu'on peut étendre à fon gré;
enfin, je pourrois dire qu'il fait d'une vérité compofer deux
ou trois erreurs, & d'une erreur deux ou trois vérités, uniquement par la manière dont il divife ou disjoint ces erreurs
& ces vérités.

Je voudrois donner des exemples de tous ces actes d'intelligence; mais les plus parfaits font unis à un entrelacement de calculs qu'on ne voudroit jamais s'appliquer à connoître, à moins d'être remplis du même intérêt dont je fuis
animé. D'ailleurs, c'eft affez difcourir fur des méprifes & des
illufions, je ne pourrois aller plus loin fans indifcrétion envers

ceux qui consentiront à me lire , & moi - même je suis
fatigué de me trouver si long-temps aux prises avec des
fantômes.

Il me reste cependant , & l'on s'y attend sans doute, il
me reste à dire un mot du singulier raisonnement employé
par M. de Calonne , pour essayer de nous persuader que
s'il eût suivi les erremens du Compte rendu , il auroit pu
composer , pour l'Assemblée des Notables , un état général
des Finances , dont le résultat auroit présenté un excédent
de vingt millions, au lieu d'un déficit de cent quinze. Seroit-
il possible que cette brillante conclusion de M. de Calonne ,
que ce raisonnement , le bouquet, pour ainsi dire , de son feu
d'artifice , eût fait une impression durable ?

Il auroit pu, dit-il, diminuer le déficit de cinquante millions ,
en augmentant dans ses comptes le produit de la Recette
générale , celui de la Ferme générale , celui du Domaine
d'Occident , celui de la Régie des Domaines, de la Régie
des Aides , & de la Loterie royale ; il auroit pu encore diminuer ce déficit, en réduisant de son chef les fonds des Départemens, & en destinant sur-tout aux dépenses imprévues , huit
millions de moins qu'il n'a fait, c'est-à-dire , huit millions au-
dessous de rien ; & tout cela, il auroit pu se le permettre en
vertu des erreurs qu'il a imputées au Compte rendu, mais
dont j'ai prouvé démonstrativement l'illusion & la fausseté.

Il auroit pu, dit-il, diminuer encore le déficit de vingt-six
millions , en retranchant tous les remboursemens du Compte
des Finances , & en y substituant l'intérêt à cinq pour cent des
fonds nécessaires pour éteindre le capital de la dette à laquelle
ces remboursemens se rapportent ; & il l'auroit fait, dit-il , à
mon imitation. Cependant j'ai passé dans le Compte rendu, au
rang des dépenses ordinaires , dix-sept millions trois cens mille

livres de remboursemens, dont plusieurs touchoient à leur dernier terme, je n'avois adopté une forme différente que pour les seules Loteries de 1777 & 1780, & j'ai fait connoître le motif de cette exception.

Il auroit pu, dit-il, porter en recette ordinaire & fixe, trente millions de plus pour l'augmentation future des Vingtièmes, tandis que dans le Compte rendu je n'avois pas seulement passé à l'avance le produit, en 1781, de la petite augmentation annuelle de deux à trois cens mille livres, dont le Roi étoit assuré par la continuation successive des vérifications établies.

Il auroit pu, dit-il, ajouter encore aux revenus annuels, vingt millions pour les diverses réductions économiques, dont il avoit dessein de faire au Roi la proposition ; tandis qu'il n'est pas question d'un pareil article dans le Compte rendu ; & cependant on auroit pu croire à ma parole, puisque j'avois montré le goût de l'ordre & l'amour de l'économie, puisqu'aucune année en grand, aucun jour peut-être, en petit, ne s'étoient écoulés sans une amélioration dans l'état des Finances, & je n'étois pas au dernier terme de mes soins & de mes espérances (1).

Enfin, M. de Calonne, avec toutes les licences dont il nous trace le tableau, n'auroit pas encore atteint son but ; il auroit eu besoin d'en imaginer une de plus, pour balancer les omissions commises dans les états présentés de sa part aux

_____

(1) J'avois demandé, entre autres, peu de temps avant ma retraite, que le Roi voulût bien me confier la direction des Marchés de la Marine & de la Guerre : on voit, par les économies dont ce dernier Département s'est trouvé susceptible, si ma sollicitation étoit un acte inconsidéré d'ambition, & s'il étoit juste de la présenter au Roi sous cette couleur.

Notables ; omiffions dont il nous a donné connoiffance en publiant le Compte de 1787, annexé à fon dernier Mémoire.

Cependant, c'eft à la fuite des fuppofitions les plus chimé-
riques , c'eft à la fuite d'un calcul indigne véritablement d'une
attention férieufe, que M. de Calonne s'écrie : « O Nation
» trop fufceptible d'être trompée, & qu'il faut tromper pour
» lui plaire ! fi j'avois fuivi cette marche captieufe, vous
» auriez peut-être été contente : moins vrai, j'euffe été mieux
» traité...... ».

M. de Calonne nous permettra de douter que les Notables
du Royaume de France euffent été dans le tranfport d'un
pareil Compte : il nous permettra de douter que ces étranges
calculs euffent fuffi pour relever la réputation d'un Miniftre,
& pour lui gagner tous les cœurs. Non, ce n'eft pas à une
Nation toujours refpectable qu'il eft permis d'adreffer de femblables difcours : on pourroit à peine en faire l'épreuve avec
l'élite des fots ou des imbécilles.

Je dois diftinguer, au milieu des raifonnemens de M. de
Calonne, quelques obfervations juftes.

Il auroit pu, dit-il, à mon imitation, mettre en ligne de
compte, dans fon Tableau des Finances, les extinctions de
l'année 1787, & les bénéfices qui devoient appartenir au Roi
dès la fin de cette même année, fur les Traités des Fermes
& des Régies. Cette remarque eft vraie : mais je dois ajouter
que M. de Calonne auroit pris un parti fage en agiffant ainfi, &
je ne faurois imaginer qu'au moment où il auroit propofé défi-
nitivement les moyens applicables à la balance du déficit, il
n'eût pas indiqué lui-même qu'une augmentation de revenus,
ou une diminution de dépenfes affurées dans l'année courante,
devoient réduire en proportion le befoin des reffources extraordinaires ; & les Notables l'auroient mis certainement fur la voie

d'une idée ſi ſimple , ſi , contre toute apparence , elle lui avoit échappé.

M. de Calonne ajoute qu'il auroit pu , comme je l'ai fait , comprendre la cinquième partie du Don gratuit du Clergé dans l'état général des Finances : mais j'ai déjà dit que les Comptes préſentés à l'Aſſemblée des Notables renfermoient cet article , & j'ignore pourquoi M. de Calonne a changé de méthode , en formant le Tableau annexé à ſon Mémoire.

M. de Calonne repréſente de plus, qu'à mon exemple il auroit pu ſéparer les dépenſes ordinaires de l'Artillerie des fonds deſtinés momentanément à des entrepriſes extraordinaires : mais en ne le faiſant pas , il a ſimplement favoriſé une confuſion dangereuſe ; il s'eſt écarté des principes qu'un bon Adminiſtrateur des Finances doit maintenir conſtamment , & de ceux qu'il a ſuivis lui-même à l'égard des dépenſes des Affaires Etrangères.

Je dois faire obſerver encore que M. de Calonne auroit eu tort, ſi , en cumulant enſemble tous les rembourſemens dont l'Etat étoit chargé , il n'eût pas diſtingué clairement , devant les Notables , & la partie de ces rembourſemens , qui n'étoit pas indiſpenſable , & celle dont le dernier terme étoit prochain , & celle qui affranchiſſoit annuellement d'une certaine ſomme d'intérêts , & s'il n'avoit pas meſuré ſes propres combinaiſons ſur une pareille étude.

M. de Calonne ne peut donc pas ſe faire valoir d'avoir tout uniment porté , dans les dépenſes ordinaires , l'univerſalité des rembourſemens qui exiſtoient à la fin de 1786. Mais après avoir préſenté les idées les plus raſſurantes , en établiſſant une Caiſſe d'Amortiſſement ; après avoir annoncé l'extinction progreſſive des dettes de l'Etat avec cette exactitude préciſe , ſigne ordinaire d'une conviction parfaite ; après avoir également animé la confiance dans les préambules des différentes

Loix, tout à coup M. de Calonne a pris une autre route; &
aujourd'hui, qu'il se glorifie encore du succès de sa première
politique, il veut en même temps qu'on l'applaudisse de s'être
bien gardé d'adoucir le mal au moment de l'Assemblée des
Notables; de s'être bien gardé de porter en compte les extinctions des rentes & les augmentations de revenus assurées dès
l'année courante; de s'être bien gardé de séparer les dépenses
ordinaires de l'Artillerie des dépenses extraordinaires; de s'être
bien gardé d'apporter aucune modification à l'article des remboursemens; de s'être bien gardé enfin de toutes les distinctions
propres à diminuer d'un degré l'inquiétude publique : M. de
Calonne a donc pensé que de faux encouragemens pouvoient
être balancés par des alarmes exagérées. Il doit être permis
de lui dire que cette manière de calculer, en morale, n'est pas
plus juste que son autre arithmétique.

Ah! que je me fais une idée bien différente des devoirs d'un
Ministre des Finances, au milieu d'une Assemblée nationale &
sous les regards de son Roi! Il ne doit se montrer ni pour les
créanciers de l'Etat contre les contribuables, ni pour ceux-ci
contre les créanciers de l'Etat; fidèle aux uns & aux autres, il
doit décrire l'embarras des affaires sans feinte & sans exagération. Il doit être religieusement intimidé de la balance qu'il
tient dans sa main; & si le moindre motif personnel, si le moindre mouvement étranger à la plus parfaite justice, rendoit
cette main chancelante, poursuivi par ses regrets, il ne trouveroit de refuge ni dans les consolations de l'opinion publique,
ni dans le sentiment de sa propre conscience. Enfin, à l'aspect
des Représentans d'une Nation, occupés en commun de l'œuvre
du bien public, on est comme effrayé des obligations de celui
qui doit alternativement les suivre & les guider dans leur
route, & l'on se pénètre de l'idée que la vertu la plus pure, à
cause

cause de sa beauté naturelle, à cause de sa grande origine, peut seule être en harmonie avec une solemnité si augufte.

Après avoir mis chacun à portée de se former une idée des objeftions, des raifonnemens & des calculs de M. de Calonne, je voudrois détourner mes regards de ce tableau final, où il décrit avec applaudiffement les fix routes qui l'ont conduit à trouver, tantôt foixante & dix millions de déficit, *à l'époque du Compte rendu par M. Necker* (1) ;

Tantôt . . . . 70 millions & . . . 404,500 liv.

Tantôt . . . . 70 millions & . . . 226,000

Tantôt . . . . 70 millions & . . . 436,000

Tantôt . . . . 70 millions & . . . 206,000

Et tantôt . . . . 70 millions moins 304,000

Quel chef-d'œuvre à la fois d'harmonie & de précifion ! On ne pouvoit pas moins attendre, & des mêmes erreurs, & du même fyftême, & du même compofiteur.

« L'accord de tant de réfultats, *dit l'auteur du Mémoire,* » la réunion de tant de routes, qui, procédant d'un point de » départ, arrivent au même but, à travers des *monceaux* de

---

(1) J'ai déjà fait obferver que les faux calculs de M. de Calonne, pour établir un déficit de foixante & dix millions, fe rapportoient à l'époque de ma retraite, & non à celle du Compte rendu : cependant, après avoir cité, dans le cours de fon Mémoire, tantôt l'une, tantôt l'autre époque, c'eft en finiffant, c'eft à une grande diftance de fes premières explications, qu'il rapporte ce même déficit à l'époque du Compte rendu. Il le préfente ainfi de douze millions au-deffus de fes propres calculs, ainfi que je l'ai montré dans un autre endroit de cet écrit, page 112.

Il m'eft très-indifférent, comme on le fuppofe bien, que le déficit d'attribution de M. de Calonne foit de dix ou douze millions plus fort ou plus foible : mais un exemple fi frappant de fa verfatilité dans les chofes graves, eft digne de quelque attention.

M m

» calculs *hériffés* de contradictions, doit produire une conviction
» *irréfiftible* ».

Et moi, je dis que lorfqu'à travers tant d'erreurs, tant de
méprifes, tant de faux calculs, tant d'allégations menfongères,
on voit arriver des réfultats, fi rapprochés qu'ils diffèrent feulement dans une fraction convenable pour la vraifemblance, on
frémit d'un pareil deffein & d'une femblable exécution.

J'arrive enfin au terme de mon pénible travail, & j'éprouve
un fentiment de trifteffe & de mélancolie, en fixant ma penfée
fur toutes les explications & toutes les recherches laborieufes,
auxquelles on m'a forcé de me livrer. Encore, fi c'étoit après
un examen réfléchi, qu'on eût donné cette décifion ! mais une
partie du Public de Paris rend des arrêts fi vite, que fouvent
elle exige une replique avant de connoître les objections, &
une folution avant d'avoir des doutes. Cependant, quand on
veut céder aux premières impreffions, c'eft à l'inftinct du fentiment qu'il faudroit s'abandonner, & quand on veut juger
fans attention, c'eft à l'empire des idées générales qu'il feroit
jufte de fe foumettre.

Ces règles font parfaitement applicables à la controverfe
dont je viens de m'occuper ; & fi l'on avoit bien voulu les
obferver, on auroit été, je le penfe, beaucoup plus jufte
envers moi.

Combien de fentimens, en effet, combien d'idées fimples
euffent fuffi pour guider droitement l'opinion !

J'avois publié, l'année dernière, ma Correfpondance avec
M. de Calonne ; ainfi l'on connoiffoit tous les foins que je
m'étois donnés pour l'inviter à s'éclairer, & pour lui demander,
entre autres, la communication de ce Compte effectif, qui lui
fert aujourd'hui de point d'attaque. On a vu tous ces détails
dans ma Correfpondance avec M. de Calonne ; on a vu mes

inftances ; on a vu fon refus ; on a vu de même que je n'avois rien négligé pour être admis à paroître avec lui dans l'Affemblée des Notables, ou fimplement au grand Comité de cette Affemblée : mais il n'a point fecondé ma follicitation ; mais il l'a combattue, peut-être, avec adreffe, & je n'ai pas réuffi.

Il dit aujourd'hui qu'il avoit deffein de me propofer une conférence, ajuftée fans doute à fa manière, & qu'il en avoit dit un mot à quelques Notables. Eh ! oui, dans un moment où chacun partageoit le jufte fentiment que je devois éprouver, il falloit bien placer un ou deux mots d'attente ; mais je m'étois trop avancé, je l'avois fait d'un ton trop fier, & il auroit eu trop de plaifir à humilier ma confiance pour ne pas accepter mon offre, fi la juftice de fa caufe lui en avoit donné le courage ; enfin, felon les anciennes loix de la Chevalerie, n'ayant pas paru en champ clos au temps prefcrit, il n'étoit plus admiffible au combat.

Voilà les circonftances dont il falloit fe fouvenir, lorfqu'au bout d'un an révolu, l'Ecrit de M. de Calonne a été publié ; & combien d'autres confidérations, du nombre de celles que je m'interdis, auroient dû fixer l'opinion, & fauver tant de gens du déshonneur de leur impartialité ! N'ai je pas eu conftamment affez d'ennemis obftinés à me nuire & à me bleffer, & ne devroit-il pas exifter une contre-alliance entre tous les hommes d'un autre caractère ? La morale eft-elle donc d'une fi baffe condition, quelle ne puiffe avoir auffi fon courage ? vous n'avez qu'à faire beau jeu à tous ces Meffieurs qui n'ont aucun principe, & vous verrez ce que deviendront infenfiblement vos mœurs, votre fortune & votre liberté. Mais vous aimez les combats, vous vous plaifez dans les querelles, & votre gardien le plus fidèle, vous le jetterez dans l'arène, plutôt que de renoncer à un fpectacle.

Nous ne gagnerons rien, j'en réponds, à laiffer à tous le champ libre; nous ne gagnerons rien à encourager tant d'écrits fi propres à faire difparoître le peu de vertus qui nous reftent. Où irons-nous donc avec l'efprit feul? Aujourd'hui pour le bien public, demain il fera contre lui; aujourd'hui défenfeur de la morale, demain il s'en jouera; il fait de refte s'unir à tout, felon fon intérêt & fa politique; mais il ne donne à rien une force durable, parce qu'on le voit fervir indifféremment & toutes les caufes & tous les pouvoirs. Il faut donc quelque chofe de plus & dans les affaires publiques & dans les conteftations qui s'en rapprochent; il faut un autre guide; il faut un autre confeil.

Je ne fuis pas ingrat, & je n'ai garde, dans l'amertume ou le fimple dépit de mon cœur, de ne pas adopter toutes les diftinctions que je dois faire, & qui font fi effentielles à mon bonheur. Cependant, je l'avoue, ce n'eft pas feulement de mes anciens & conftans adverfaires que j'ai cru pouvoir me plaindre en cette occafion; & en effet, pour eux feuls je n'aurois jamais entrepris mon long & pénible travail. J'ai cru voir un moment que l'on étoit las de ma caufe, & qu'on aimoit encore mieux en être le juge que le défenfeur; mon cœur en a fouffert, & c'eft bien triftement que je me fuis livré à une fuite d'examens, de recherches & de calculs dont la fatigue & l'ennui m'étoient infupportables, & dont la néceffité me bleffoit. Aujourd'hui, que ma tâche eft remplie, mes regards fe retournent au loin; & découvrant de nouveau ces fentimens d'eftime, dont la jouiffance a fait mes délices, je retrouve toute ma reconnoiffance, fans être encore cependant entiérement confolé.

Je ne fuis rien, fans doute, au milieu de ce tourbillon d'intérêts & de paffions qui déterminent les mouvemens du

Public; & tous les jours davantage, je me détache de moi-
même, & je quitte les souvenirs qui m'infpiroient un peu de
confiance : ainfi, c'eft pour notre avantage commun, c'eft
au nom du bien général que je vais terminer ce Mémoire,
en foumettant à votre confidération une réflexion très-
importante.

La fituation préfente des affaires, le mouvement général
des efprits, la juftice du Monarque, promettent à la Nation
Françoife un nouvel ordre de chofes, qui lui rendra fon
ancienne influence fur les grands intérêts de l'Etat. Le temps
feul peut nous apprendre comment elle faura faire ufage de
cette influence, avec une indépendance & une intégrité fou-
tenue ; comment elle faura la conferver pure & fans taches,
au milieu des ambitions & des vanités qu'elle aime à fatisfaire, & au milieu des moyens de tout genre qui repofent
entre les mains du Gouvernement, & qui lui donnent le
pouvoir de captiver les efprits par tant d'intérêts divers. Le
temps feul nous apprendra avec quelle fageffe, avec quelle
tenue ces différentes forces fe concilieront, & demeureront en
équilibre : mais une vérité bien certaine, c'eft que, dans toutes
les circonftances connues & inconnues, il importe à la Nation
Françoife de prendre foin de l'Opinion publique, d'entretenir
fon afcendant, & de fe fouvenir de fes bienfaits : mais pour
ménager fon affiftance, il faut bien fe garder de faire jamais
de l'Opinion publique un inftrument de caprice ou de tyrannie ;
car fi l'on venoit à agiter fon fceptre avec indifférence, fi
l'on venoit à décourager ceux qui la cultivent, & ceux qui
honorent fa Cour, on rifqueroit de perdre, on rifqueroit
d'affoiblir la feule puiffance qui fera conftamment en harmonie
avec nos mœurs & avec notre efprit focial ; la feule puiffance
avec laquelle on introduit des récompenfes préférables aux

grandeurs & à la fortune; la feule avec laquelle on peut, au nom de la juftice & de l'honneur, diriger les Adminif-trateurs, & les affouplir, tôt ou tard, au joug de la raifon, quand il leur arrive de vouloir s'en affranchir; la feule puif-fance enfin qui ne foit pas rivale du Trône, parce qu'elle feconde les intentions bienfaifantes du Souverain, en faifant la garde pour lui autour de tous ceux qui cherchent à le furprendre.

C'eft encore l'Opinion publique qui, en jugeant la conduite des Gouvernemens, fait faire une jufte répartition de ce qui revient aux Confeils des Miniftres, & de ce qui appartient aux difpofitions naturelles, & aux premiers fentimens du Monarque; c'eft elle qui, au milieu des Règnes les plus agités, a pris l'empreinte des vertus des Rois, & l'a montrée par-tout à leurs Sujets, afin qu'ils reftaffent fidèles à l'heureufe habitude de les aimer.

Que les Princes ne prêtent donc jamais l'oreille à ceux qui voudroient deffervir auprès d'eux l'Opinion publique, à ceux qui voudroient la dégrader pour fe venger de fon inimitié. Qu'ils ne les croient point, lorfque fouvent ils leur entendront dire que l'Opinion publique fut toujours importune à l'Autorité; cette infinuation dangereufe n'a qu'une lueur de vérité. Les facultés humaines ne fauroient fuffire à toutes les volontés que peut avoir un bon Roi; & ce n'eft pas à fon bonheur, ce n'eft pas à fa gloire qu'un pouvoir fans bornes eft néceffaire; ce font fes Miniftres qui jouiffent du fuperflu; ce font eux qui s'en fervent pour feconder leurs paffions; ce font eux qui s'en fervent pour en impofer à leurs propres cenfeurs, & pour éloigner de la connoiffance du Monarque ce qu'il lui importeroit de favoir. Ils emploient ainfi l'autorité du Prince à le circonfcrire lui-même dans un plus petit efpace;

car c'eſt être circonſcrit, c'eſt être tenu dans une forte d'eſclavage, que de ne pouvoir ſe faiſir de la vérité, & d'être réduit à la recevoir ſous la garantie d'un ſeul interprète. Que ſi l'on rendoit encore ſuſpeɛt le bruit ſourd, mais conſtant, de l'Opinion publique, le Trône des Rois ſe trouveroit comme au milieu d'un déſert; & ce n'eſt qu'à Dieu qu'il appartient de connoître ſeul, de lui-même, & des bords de l'immenſité, nos beſoins, nos vœux, & nos penſées. Cependant, s'il étoit vrai que les bornes même de l'autorité ſouveraine aidaſſent les Princes à connoître diſtinɛtement, & à ſentir perſonnellement l'aɛtion de leur puiſſance, l'enceinte que forme autour du Trône l'Opinion publique ſeroit la moins gênante de toutes; & c'eſt en la ménageant cette Opinion, c'eſt en la reſpeɛtant; du moins dans les intérêts les plus délicats, que la France a préſenté long-temps le ſpeɛtacle particulier d'un Gouvernement où la prudence de l'Adminiſtration, & la généreuſe confiance d'une Nation, voiloient, pour le bonheur commun, les dernières limites de tous les droits.

F I N.

APPENDIX.

NOTE *fur les Obfervations d'un Anonyme, annexées au Mémoire de M. DE CALONNE.*

M. DE CALONNE, non content de fes attaques directes, juge à propos de me mettre encore aux prifes avec un Anonyme, fur la réunion que j'avois faite des quarante-huit Recettes générales à une feule Adminif-tration.

Cet Anonyme, fi j'en crois les difcours publics, eft un Receveur général fupprimé, qui m'avoit néanmoins beaucoup loué fur mon opé-ration ; & bonnement, comme cela fe pratique de la part des Miniftres, ainfi que de la part des autres hommes, je lui avois donné, en retour, des marques particulières d'affection & de confiance. Il a changé de lan-gage dès que je fuis forti de place : c'eft dans la règle commune ; il n'ap-partient pas à tout le monde de fe diftinguer.

M. de Calonne, en faifant imprimer ce Mémoire fur les Receveurs généraux, & en l'annonçant avec emphafe, a confidéré, peut-être comme un trait de politique, de s'attacher, en cette occafion, quarante-huit des perfonnes de Paris les plus écoutées fur les calculs de Finance.

Je devois, en écrivant au fortir du Miniftère, dire ouvertement mon opinion fur toutes les parties effentielles de l'Adminiftration. Ce que j'ai fait alors, je le ferois encore ; mais il me répugne de difcuter, uni-quément pour ma défenfe, une queftion qui touche aux intérêts de plufieurs perfonnes eftimables. Leurs dernières offres, l'engagement tacite que le Gouvernement a pris, en acceptant ces facrifices, & les incon-véniens attachés à des changemens continuels, ferviront bien mieux les Receveurs généraux, que les argumens d'un défenfeur dont la partialité eft évidente.

On

On n'oppofe que des calculs minutieux au Chapitre de mon Ouvrage, où je traite des Recettes générales : ainfi, je devrois, pour toute réponfe, inviter à relire ce Chapitre ; cependant, je vais, fans néceffité, faire quelques petites notes fur les petites critiques adoptées par M. de Calonne, & je dirai fimplement :

1°. Que les dépenfes du nouvel établiffement des Recettes générales ont été dirigées par un tout autre efprit, auffi-tôt que j'ai quitté le Miniftère. L'on n'a plus fongé alors qu'à rétablir les quarante-huit Receveurs généraux fupprimés, & l'économie dans la geftion, qui avoit été fubftituée à leurs fonctions, a dû paroître le dernier de tous les intérêts : ainfi, lorfqu'on choifit pour exemple un état de frais, dont les détails ont été négligés par l'effet naturel d'un changement de circonftances, & lorfqu'on y réunit encore des calculs hypothétiques fur l'accroiffement futur des dépenfes, on peut aifément faire un Tableau qui n'a point de rapport avec la tenue d'une adminiftration fage & fufceptible, au contraire, d'une plus grande fimplicité, à l'aide du temps & de l'expérience ;

2°. Que l'Anonyme a oublié de déduire des frais de Commis environ foixante mille livres, qui étoient auparavant au compte du Roi, & qui ont été replacées à fa charge depuis le rétabliffement des Receveurs généraux ;

3°. Que des tournées convenables dans les premiers momens d'un établiffement nouveau, & motivées auffi par le defir équitable de donner quelque occupation à des Receveurs généraux fupprimés, ne dévoient pas être confidérées comme une dépenfe permanente ;

4°. Que l'Hôtel de Mefmes avoit coûté feulement quatre cens mille livres. Que fi la dépenfe des diftributions intérieures a été portée trop loin après moi, c'eft une faute étrangère à l'opération ; & qu'enfin cette dépenfe étant faite, le rétabliffement des Receveurs généraux ne ferviroit qu'à la rendre inutile ;

5°. Qu'il eft déraifonnable d'évaluer à 375,000 livres par an, les pertes réelles qui pourroient être faites fur la geftion des Recettes générales, tandis qu'on a pour fûreté la finance des Receveurs des Tailles, & l'exercice du Privilège du Roi.

Les deux Régies des Domaines & des Aides n'ont pas perdu cette fomme pendant les fix années de leur dernier Traité, ou ne les perdront

N n

pas du moins en définitif ; & leurs recouvremens, dans cet espace de temps, se sont élevés à plus de six cens millions, c'est-à-dire, à quatre fois la somme des Recettes générales. Cependant, les deniers dont ces deux Régies doivent rendre compte, passent par les mains de trois sortes d'Employés, avant d'arriver à leur Caisse ; au lieu que les Receveurs. généraux ont recours seulement à deux intermédiaires, leurs Commis à la Recette générale, & les Receveurs des Tailles ; car les Paroisses, ou le Roi, sont garans des premiers Collecteurs de l'Impôt.

Ajoutons que les Receveurs généraux disposent d'une grande partie des fonds de leurs recettes en Province, par des Rescriptions tirées sur leur homme de confiance, connu sous le nom de Commis à la Recette générale ; & de cette manière, ils sont à l'abri du risque des transports d'espèces, ou des mauvaises lettres-de-change ; & quand ils s'engagent à payer leurs Rescriptions dans Paris, ils y sont déterminés par leur propre convenance, puisqu'ils obtiennent alors une prolongation de terme, & que cette prolongation, tout calcul fait, leur tourne à profit : ainsi, ce seroit un double emploi, que de passer en ligne de compte, parmi leurs sacrifices, le risque des lettres-de-change, ou des voitures d'argent.

Enfin, la somme & l'époque des recouvremens confiés à la Régie des Domaines & à celle des Aides, ne sont point fixes ; circonstance qui favorise davantage les abus ; & il n'en est pas de même des Impositions dont les Receveurs généraux font la levée.

J'ai entre mes mains un état authentique des pertes de la Ferme générale sur la recette des grandes Gabelles, depuis le premier octobre 1756, jusques au dernier décembre 1786, espace de trente ans ; & ces pertes, en définitif, se réduisent à 88,602 livres. Un si petit objet, sur un recouvrement d'un milliard, est vraiment extraordinaire, & je ne cite point ce fait en exemple ;

6°. Qu'avant le dernier rétablissement des Receveurs généraux, & à l'époque de leur suppression sous mon Ministère, ils se défendoient d'être garans des Receveurs des Tailles ; & cette question étoit en controverse. entre eux & le Gouvernement ;

7°. Que dans la supputation des frais de la Recette générale, je n'ai pas fait porter, comme on le dit, les trois deniers pour livre sur le produit entier des recouvremens, puisque ce produit se montoit, pour l'exercice 1781, à 148,590,000 livres, & que mon calcul ne portoit que sur 146 millions;

8°. Que l'article de 270 mille livres, dont le Mémoire anonyme augmente les dépenses relatives à la suppression des Receveurs généraux, n'est pas admissible, puisqu'il est fondé sur la prétendue obligation où l'on auroit été d'emprunter à six & demi pour cent, & non à cinq, les fonds qu'exigeoit le remboursement des Receveurs généraux : or, non-seulement en temps de guerre, les Emprunts des Pays d'Etats, & quelques autres, n'avoient coûté que cinq pour cent; mais de plus on devoit considérer cet intérêt comme le prix de paix, époque avant laquelle toutes les Charges des Receveurs généraux n'auroient pu être remboursées, vu la nécessité préalable d'une reddition de compte. Il y auroit eu d'ailleurs plusieurs compensations à faire avec les débets, entre les mains des Receveurs généraux supprimés;

9°. Que pour contester les jouissances de fonds des Receveurs généraux, il faut imaginer que l'on s'adresse à des Etrangers; & l'on manqueroit de bonne-foi, si l'on vouloit tirer avantage des résultats extraits des comptes d'une Administration supprimée avant l'expiration de l'année d'exercice; calculs hypothétiques en partie, & qu'aucun ami de cette Administration n'a dirigés ni revus;

10°. Que les Rescriptions se négocioient parfaitement bien sous le nouveau régime, & qu'en général il falloit, dans ce temps-là, résister à l'empressement du Public pour les placemens d'argent en Rescriptions ou autres effets à un an de terme;

11°. Que je n'ai point compris dans le compte des bénéfices attribués aux Receveurs généraux, les deux deniers pour livres de gratification dont parle le Mémoire anonyme; mais j'ai dit simplement, que cette gratification étant dévolue aux Receveurs généraux, lorsque les Receveurs des Tailles ne remettoient pas les deniers des Impositions aux époques convenues, il résultoit de cette disposition, que les Receveurs généraux ne pouvoient jamais souffrir des retards accidentels, occasionnés par l'inexactitude de quelques Receveurs des Tailles;

12°. Que je n'ai point mis en compte, dans le calcul du bénéfice des Receveurs généraux, l'accroissement des taxations qui devoit être l'effet d'un accroissement dans les Impositions; j'ai simplement indiqué ce fait par forme d'obfervation : ainfi il ne réfulte aucun dérangement dans mes calculs, de l'ignorance où j'étois que les Receveurs généraux avoient offert de faire le recouvrement du troifième Vingtième à moitié prix ;

13°. Que je n'ai véritablement aucun fouvenir d'avoir donné des fecours à un Receveur général fans néceffité ; mais ce dont je fuis bien fûr, c'eft de n'avoir jamais cédé à des recommandations, pour foigner foiblement en aucune chofe les intérêts du Roi ;

14°. Qu'il y a de l'injuftice à me faire un reproche de ma conduite à l'égard des anciens Payeurs des Rentes; qu'il y en a auffi à me prêter un difcours que je n'ai fûrement ni tenu ni pu tenir dans le fens & l'efprit qu'on fuppofe. Le remboursement des Charges dont il eft ici queftion, étoit fufpendu depuis le Miniftère de M. l'Abbé Terray. Etoit-ce au milieu de la guerre que je pouvois fagement propofer au Roi de l'exécuter ? mais les intérêts du capital ont été payés très-exactement ; je pris même les ordres du Roi pour quelques rembourfemens partiels, lorfque la fituation des Propriétaires de ces Charges me parut l'exiger : enfin, on omet abfo-lument de dire que, fur mon rapport, le Roi leur fit délivrer à tous une fomme modique de Contrats à quatre pour cent fur l'Hôtel-de-Ville, pour les dédommager du dixième auquel l'intérêt de leurs Charges avoit été foumis ; & je me fouviens très-bien que, reconnoiffans de cette difpofition, ils me promirent de ne plus folliciter leur remboursement pendant toute la guerre ;

15°. Que je renvoie au Chapitre de mon Ouvrage fur les Receveurs généraux, pour toutes les obfervations générales dont la controverfe préfente ne me femble pas digne,

www.ingramcontent.com/pod-product-compliance
Lightning Source LLC
Chambersburg PA
CBHW071900020726
47502CB00003B/834